读客® 知识小说文库

读小说，学知识

历史上真实的鲁班，不仅是木匠祖师，也是暗器与杀戮机关的祖师爷。

鲁班的诅咒

3

大兴安岭火山阵

圆太极 著

江苏凤凰文艺出版社
JIANGSU PHOENIX LITERATURE AND
ART PUBLISHING, LTD

目录

第四章 妖弓射月：无坚不摧的三截箭 / 109

弓弩射出的力道是个从弱到强再从强到弱的过程。第一种形态下，钢叉弯曲蓄积能量，第二种形态开始时，弯曲的钢叉绷直，积聚的能量会突然释放。这个释放的瞬间，钢叉正好追上铁箭，挟带强劲绷弹能量的叉头弹在铁箭尾端，铁箭在这力道作用下，相当于第二次发射，极速地追上铁菱，撞击铁菱尾部的圆洞形凹槽。于是大部分的力道便集中施加给铁菱。铁菱变得更加无坚不摧，攻破防御和阻挡。而铁箭、钢叉也是余势不了，继续攻杀。

《杀器别册》中的“妖弓射月”！

第五章 龙盘鳌鼎：得此局象者得天下 / 131

“咦！这里好像是‘神鳌负鼎’嘛！”铁匠说出了自己的判断。

“不是，应该是‘龙盘鳌鼎’，任老大概只看到下方峡谷中，地势平整，中凸外落，形如甲背；四面坡壁，四角山岭，整个成鳌鼎格。其实你们再注意峡谷周围的山势，起伏连绵，高低错致，从这峡口起，又回到峡口处，犹如一条巨龙盘卧在此，明显是个盘龙格。这两个放在一块应该是‘龙盘鳌鼎’的局相。”傅利开指点风水，口沫喷飞，一副意气风发的模样。

第六章 被困地底数百米的冰火牢笼 / 167

这地下肯定有个巨大而繁杂的系统，而他们置身的这座暗室只是这系统中的一个关节，一个可以被当做扣子的关节。地下岩层中的暗河被地热加温沸腾，每隔一段时间就涌出流动，这和间歇喷涌的温泉是一个道理。与间歇喷泉不同的是，暗河是封闭循环的，其中水不外流，只有热气蒸发，从山体各处的缝隙窟窿中漫溢到外面遇冷成雾。系统内部的热气会导致气压增大，当内部高气压达到一定程度时，就会推开某个阀门快速排出，间歇停止的地热本身也会导致温度下降，而气压的急剧下降更会迅速带走许多热量。这其实就是个制冷过程，使得整个系统能在短时间里从闷热难耐变得极度寒冷。

第七章 扑面而来的巨石大斧 / 207

这石室里没有硝石，而且处在硝石洞上方，即使门开着，下沉的火气也进不来。四面石壁上有许多发光晶体，所以石室里很敞亮，不需要仔细辨认，就已经看清发出声响的是一些按顺序不断抬起落下的石斧。

石斧很大，比上面无梁殿中的巨木拍还要大，而且分布很密，几乎遍布整个石室。

……

现在已经不是卖弄的时候，这点柴头很拎得清："这坎面的动杆在脚下，平时石斧悬在室顶缝隙中，只要下面行走的步子不对，触了动杆儿，相应位置的石斧就会落下劈砸坎面中的人，而且就算坎中人功力高，躲闪快，但总有另一只斧子候着呢，是躲不过的。"

第八章 火尸蟛：潜伏在火山中上千年的食人虫群 / 233

东晋人程棱镔，后人也有称之为程开土的，为开山挖土之始祖，著有《见方动水土》和《地中异情录》。在《地中异情录》里有记载："叠尸之地，开土见虫。形如扁蟛，壳身蕴火。循缝而行，来去无迹。破皮而入，中者皆焚。"这就是说的火尸蟛。这火尸蟛只是俗称，书上常见的名字为火龙虫，也有叫火土龙、食火土龙的。在世界各地火山爆发的现场也见到这样的虫子，它可以在刚凝结的熔浆上快速蹑足而行。

那火尸蟛掉落在地，转了个圈，好像是在辨别方向，随后就往墙脚快速爬去，从根本看不到什么缝隙的墙脚处钻了进去。

第一章　铁鹰云：杀人如麻的机械乌云

铁鹰的脑袋被劈了，却不会影响它继续攻击。它是一件机械，只会坏不会死。于是第二轮攻击在乌梢云退后了一丈多后便继续开始，所不同的是这次领头的不是那只破了头的铁鹰，而是三只铁鹰。就在破头的那只铁鹰再次扑下的瞬间，紧跟它身后的两只铁鹰往前猛地一冲，从左右两侧一下子撞合在一起了，组成了一只更大的鹰。结合以后的铁鹰有六只铁爪，而且还多出两只翅膀挂在身体下面，都锋利无比。

莫老头已经来不及闭上因惊讶而微微张开的嘴巴，他抬臂挥剑，尽全力对着巨大铁鹰的组合迎上去。

如梦醒

一艘乌篷船急急驶入太湖，芦苇荡中只有水拍船帮发出的泊泊声。

一声唿哨传来，前方浓雾中突然窜出两艘渔船，与此同时，乌篷船也回应了一声响亮的唿哨。

唿哨声就在身后，鲁天柳瞬间僵住了，那两艘渔船也携带着无形的压力和死亡的杀机笼罩过来。

三条船眼看要撞在一起的刹那，船身都明显一滞，然后猛然一侧。

操船的都是高手，三艘船在相距一尺不到的位置同时定住，呈“之”字形对峙，鲁家的船被一头一尾挡在中间。

大渔船上站着个黑粗的胖子，脸色凝重地盯视着柳儿手中的玉盒，眼中闪烁着灼热的光芒。

柳儿左手捏住玉盒，右手抖出了“飞絮帕”。黑胖子来者不善，鲁天柳可以强烈地感觉到他身上散发出来的层层杀气，这杀气像一堵墙，压在身上，令她窒息。但更可怕的并不是面前这位高手，而是刚才发出第二声唿哨声的人，这人就在船尾，就在自己的身后。

“给我！”黑粗胖子伸出手的同时，从嗓子眼里哼出这样两个字，每个人都听得非常清楚。

“不要！”两个声音几乎同时响起，一个来自拦路的小船，还有一个柳儿听得出，是鲁恩的声音。

话音未落，鲁恩已经从船尾钻到船头，横刀挡在柳儿前面。

芦苇荡里出来的小船上站着一个健硕的秃顶老人，五十几岁的样子。刚才小船刚出芦苇丛时就是这老头发出的唿哨声。他脱口喊出的“不要”和他发出的唿哨声一样清亮刺耳，并随着这声喝叫纵身往鲁家的船上跳过来。

一道白亮的闪电，是五郎旋起的刀光。这刀光让秃顶老头没了立足之地，只能将身体下压，往下落去，眼看就要落入水中的时候，脚尖在鲁家小船的船帮上一踢，一个借力，又倒纵回自己的船上。

鲁家的船被秃顶老头这一踢，整个晃动起来。但五郎旋起的刀光却没有一丝变化，还是那么平稳如初，又继续旋了两圈才停了下来。

秃顶老头有些惊讶，觉得五郎这副从腰背到腿脚的桩功真不一般。但他不会就此罢休，因为他的目标在鲁家的船上。今夜他此行的使命，就是截拿住姑苏园子里逃出的每一个人，绝不能让园子里的秘密流出去。

晃动的船身又平稳了，五郎没有再等秃顶老头动作，身体一转，朴刀旋成个白色的风轮朝着那老头狂卷过去。老头正要往鲁家船上迈步，看到刀轮过来，便侧身退步，让过了这一刀。可是还没等他直过身子，第二个刀轮又到了，刀风更加强劲，刀速更加迅猛，老头只能再退。

第三个刀轮过来时，老头不再退避了。他的手中多了一根铁条，黑乎乎的，像是根铁尺，过去衙门捕快们常用的那种铁尺。

五郎的刀轮砍在这根铁尺上，“仓啷啷”一声巨响，四溅的火星在黑夜里显得分外明亮。

五郎的这一刀竟然被挡住了，而且是在转到第三圈时被一把小小的铁尺给挡住的。

五郎是个不知道怕的莽撞人，所以那刀尺相撞出的火星还没熄尽，就已经抓住朴刀的刀杆尾部，开始了新的旋斩，范围更广，力道更大。

如此砍杀确实和刚才不同了，声音更响，火星更密，但是结果还是一样，五郎的刀轮再次被挡住。

这一挡，五郎没有停止旋转，而是顺着铁尺的外弹力道，反方向旋转起来，但他没有继续进攻，第一圈就往后退出两步，退到了船尾另一侧的舷沿，而且变作了半蹲状。但此时的旋转更加迅猛了，刀风从船舱的芦棚顶上方划过，带起许多芦秆的碎屑随刀风飞舞。

突然，这刀风横飞出去。那是五郎连着两个小碎步，纵身而出，连人带刀合身扑向小船船头，往那秃顶老头的身上卷裹过去。

“当心！”这一声是鲁恩发出的。

船尾这样一番大动静，船头的两人和大渔船上的黑胖子竟然没有扭头看一眼。他们始终紧紧地对视着，任凭船摇水动，刀响火闪，全都无动于衷。直到五郎全身扑出，这样的拼死一搏才引得鲁恩眼角余光微微一扫，随即发出这样一声喊叫。

五郎连人带刀扑来，让秃顶老头很意外，但是他依旧从容，站立船头，岿然不动。他已经掂出面前这愣小子的斤两，他知道这样的扑杀会将两个人之间的距离拉得很近，所以秃顶老人已经决定利用这个时机废了关五郎。

于是铁尺反手挡出，挡在刀杆上端。刀杆处的旋转半径比刀头小，旋击的力量要比刀头弱。这样就可以保证铁尺接下来的回击有十成把握。老头清楚，五郎的力道真的非同凡人，要想回击成功就必须讨这样的巧。

如他所愿，铁尺挡住了刀杆，并顺着刀杆往前递，直奔五郎的胸口。老头没有用太大的力，因为五郎扑出的力量已经够猛了，两道力加在一起足够五郎死这么一回了。

可是老头在铁尺递到最后一段时，突然感觉使不出力了，自己的气脉松了，血脉也松了。

这是五郎的最后一招，叫做“反旋折转斩”。是在最后关头松开机括，朴刀变作三截棍模样。刀头拐弯了，刀尖划开了老头的半边脖子。

但秃顶老头的回击也奏效了，五郎被击飞，重重地落在甲板上。

鲁恩喊一声当心的同时也摔了回来，压塌了船上的小半边芦棚。

秃顶老头直直地倒下，他脖颈处的鲜血和五郎、鲁恩口中的鲜血几乎是一同喷洒而出的。

黑胖子依旧站在他自己原来的位置上，似动非动，鲁天柳也站在自己原来的位置上。只是在他们之间少了一个鲁恩，只剩下鲁恩的砍刀斜钉在船板上，轻轻地颤动着。

芦苇丛中又是一片死寂。

柳儿很紧张，刚才鲁恩被击出的一刹那，自己急促吸进的一口凉气憋了许久都没有吐出。

“给我！”依旧是从黑胖子嗓子眼里拧出的声音，少了些自信。

柳儿缓缓吐出那口气，很轻，轻得不像在呼吸。

“要是不给，你会怎么样？”柳儿终于说话了，她尽量平复自己的气息，说出的是字正腔圆的北方官话，“是不是像刚才一样，将腹中气提到胸口，然后左步前纵，右手手掌挥起扫对手眼目，左手半握空心拳勾击对方胸前，左足落地即点地后退，回到原位？而且刚才你的左手握拳时中指骨节还发出了一声毕剥声。”柳儿不是武林高手，这样鬼影般的招式她全都躲不过，但是她清明的三觉却可以将所有的细节都印在脑海里。

黑胖子依旧面无表情，身体未做丝毫的动作。可是在鲁天柳清明的三觉中，黑胖子动了，他的身形有了很大变化。

“你将气息运在腰背，双腿与肩部暗中运力，脖颈处也绷紧了。你是要来拿东西还是要走？”柳儿气势上已经占了上风。

此时那黑胖子依旧面无表情，但心理上已经崩溃。他不知道自己面对的是一个怎样的对手。从一开始与这姑娘对峙，就没听到过她的呼吸声，而她身上隐隐散发出的独特气相，却给自己造成无形的压力，让自己变得越来越不自信。引以为豪的一招“明帆暗锚”，连左拳手指没控制好而发出的一声骨节声响也没逃过对方的感知。刚才自己没有任何动作，只是暗中运气运力，却都能被她历历道来。她明明具备超人的功力，同伴被袭也无动于衷，戒备状态毫无懈怠。这种真正高手才具备的定力，自己是比不了了。

现在应该怎么办？黑胖子的心里非常清楚，面前这些人就算是丢了性命也拦不住，最高明的一招就是走了。

柳儿闭上眼睛，听到的是船只推开水波的声音，杀气在渐渐地隐伏，加诸在身上的压力渐渐远去。当她睁开眼睛的时候，那艘大渔船已经成了水雾中的一个影子。

可芦苇丛里钻出的那艘小船却还在那里，一动没动，就像在它船头倒下的秃顶老头一样，在等待着些什么。

“给我！”这声音是熟悉的，这腔调是陌生的。柳儿没有回头，虽然那声音有些含糊，有些中气不足，但她还是认得的，是那个人……

“为什么？”虽然她自己也觉得这样的问话有些多余，但还是忍不住问了。

“我也没法子，我有家小在别人手里，我也图个子孙后代富贵兴旺。”

“你肯定你想要的东西在这盒子里？”柳儿继续问道，北腔官话说话特别有气势，有一种凌驾于别人之上的感觉。

“我不知道，但拿了那盒子回去，我至少有个交待。近二十年的苦心苦力，就算不能富贵荣华，家小却可以保个平安。”

“那你就拿去吧。”

“不行！”又是一个声音从船舱里传出来的。是柳儿出园子后一直期盼听到的，于是急切地扭转身子。真是自家阿爹，一直昏迷着的鲁盛义。受伤的鲁恩听到喊声后，像发现了宝贝一样，合身向鲁盛义扑了过去。

一把七寸长的弯柄小刀闪着蓝幽幽的光。刀尖抵在鲁盛义的脖子上，已经刺出些艳红，刀柄握在鲁恩的手中。

“我知道你一直醒着，你这几招我二十年前就摸得清清楚楚。”鲁恩张合着他满是鲜血的嘴巴，恶狠狠地吐出这么一句话。

“我是刚刚才将你辨清楚，但也不晚。”鲁盛义面对刀尖很是镇定。

“朱家园子里是你有意解了我的回头绳？”鲁恩问道。

“那时虽然没有确凿证据，但对你也有了七成把握，如今事实证明我是正确的。”鲁盛义说这话的语气很得意。

“我好像没做漏什么，你凭什么就能确定？”鲁恩还是心有不甘，他一定要问出个缘由，这就好像一个名家的作品被别人指出有致命的缺陷，是无论如何都要刨根问底的，而他的作品就是“鲁恩”这个身份。

鲁盛义的嘴角挂出一丝微笑：“是你系回头绳的拴缆扣。你一直都打反穿绳，说明这行船常用的扣你早就会打，而且习惯反穿改不过来了。可你学系扣时却装不会，这是刻意想掩盖些什么。而且在这之前，我在炸鬼嚎里遇到二十年前带我去巡抚宅中救你的风水大师定无疑，他在此处的出现是你身份豁开的最大缺儿。”

鲁盛义顿了一下继续说道：“于是好多事情有了解释，刚盗回来那幅画，当晚就有人来抢，他们如何知道鲁家藏身之地的？他们又是如何顺利解了护家坎扣的？你过来救援没拿刀，却拿着你并不常用的斧子，一个老刀客为何会出现这种疏忽？今天一进朱家园子，你就直奔池塘边的观明阁，后面人出现变故，理都没理，明显是存着自己的目的。在观明阁，你走过栏，入室上楼，根本没一点戒心，因为这些点之前已经有人替你踏过了，我想就是定无疑这些人。最近江湖风传，鲁家在江南动得厉害，其实是把这帮子人误会成我鲁家的了。”

鲁天柳插一句：“我在船头玩玉盒时，你一直在偷窥，所有表情和动作都表露出你志在必得。”

随即鲁盛义又接上了话头：“当你认为宝物已是囊中之物，便肆无忌惮地与伙伴吹嗯哨发暗号，这辰光，我终于确定所有推断都是正确的。”

“五郎用拼命一招的时候，你喊当心，不是关心五郎，而是在提醒自己同伴。”柳儿又插了一句。

插话的不只柳儿，船尾的五郎挣扎着坐了起来，讷讷地问了一句：“师父，那你让我独自去关那个冷坛子，是不是把我当探杆了？”

“其实他收你为徒就是为了更好地掩饰自己，分散大家的注意力，所以放着许多灵巧聪明的孩子不收，而偏偏选中你。”鲁盛义帮鲁恩回答了五郎的问题。

“哈哈、哈哈……”鲁恩干笑了几声，说道：“佩服，真的是不能小看你们，手艺人的心的确很细。但现在还是将玉盒给我，这样的好东西在你们手中太浪费。柳丫头，拿它给你爹换条命还是值当的。”

“这样的交换不是很公道，再加两个问题，你答了，我肯定给你。”柳儿还有许多事情没明白，她很难抑止自己的好奇心。

“说。”

“谁派你来我家，为什么？”

“前清浙江巡抚张曾杨，是因为他祖上传下一个得宝得天下的秘密。听说他本姓杨，后改随母姓，应该是为了掩盖什么。”

“他祖上是什么能人？”柳儿继续问道。

“好像是辅佐过明朝建文帝的吴王教授杨应能。”

“哦！”柳儿和鲁盛义都明白了，一个做过朱家皇帝老师的人，有看到朱家留下秘文典籍的机会，也有悟出其中暗藏玄妙的能力。

“那条大船为什么走了？”柳儿趁鲁恩还没有不耐烦，又问。

“不知道，那船和我们不是一路，也许是朱家的援手。”

“难怪你会抢在我前面护住，原来是怕盒子被其他人抢走。”

鲁恩听完鲁天柳的话，好像意识到什么，马上嘶哑着嗓子叫道：“快把盒子给我！”

“不要！”鲁盛义斩钉截铁地喝叫一声。当即，他脖颈处的刀尖刺得更深了，疼痛和刀尖上的压力已经让他无法说出后面的话。

“住手！给你！”柳儿左手一扬扔出了玉盒。

玉盒在空中划过一个五彩的弧线，往船尾飞去。落点太靠后，所以鲁恩只能放开鲁盛义，快速退步，同时高举双手，往那玉盒接去。

鲁盛义的反应很快，但是他的腿脚不灵，能做的只是尽力将手朝着鲁恩的脸用力一甩。他的手中一直紧握着一支竹管，那里面装着他破结解弦的各种钢针。

柳儿左手扔出了玉盒的同时，右手“飞絮帕”也像活了一样，链子头一下子就缠住了鲁恩的砍刀，“链臂”的手法让那刀像是人手所持，对着鲁恩劈刺过去。

鲁恩还是接住了玉盒，虽然钢针扎满了他的半张脸，扎瞎了他的左眼，虽然柳儿抖出的刀斜向砍破他的左肋，深深刺入右大腿，他依旧紧紧捧住那只玉盒没有松手。但他失去了平衡，朝右边侧身倒下，那边是秃顶老头那条小船的船头，鲁恩便摔在他死去的同伴身边。

那小船快速地从鲁家船只旁边离开，并且往远处漂去。

鲁家的船没有追，五郎像个木桩一般坐在船尾，深受打击：一直以来都把师父看作自己的父亲，如今却只是被利用了。

鲁盛义懊丧地猛拍了一下船板，恨恨地看着那小船驶远。

柳儿依旧面无表情地站在船头，看着那小船远去、消失。随即，她嘴角闪过一丝狡黠的笑意，走近鲁盛义，缓缓蹲下身，轻声说了句：“盒子里的东西我取出来了。”

鲁盛义的眼睛一下子瞪得圆圆的，嘴巴半张着。但这样的表情只是一瞬间，他马上意识到现在应该做什么：“快走，往南，家不能回了。”

五郎一时缓不过来了，于是换作柳儿操船。船行驶得不是很快，但小小的船影一会儿工夫便消失在漆黑的太湖水面上。

二老诉

龙门涧其实离北平城不远，但鲁一弃他们往南绕了个弯，后来又没了马车，所以到这里的时候天已经黑了。

龙门涧的地势很是险要，是于谦保卫京师的古战场。传说远古时，蚩尤兄弟也曾在这里鏖战。此处怪石嶙峋、奇峰高耸、碧水潺潺，但现在是小冬，这里都已经变做了雪堆、冰层。特别是鬼谷之中，幽谧静默、奇幻莫测，在大雪的妆衬下，青一块白一块，更显得神秘诡异。

离着鬼谷不远有座道观，是全真派尹志平[1]督建的，由于年代久远，已经变得十分破落。道观外站立着十几个青衣短袄荷枪实弹的汉子，警觉地戒备着。为首一个穿长衫戴礼帽的，正是曾经带鲁一弃打过猎的吴副官。

鲁一弃是在门头镇遇到这帮人的，四叔之所以让他往西，就是因为有吴副官这些人在这里接应。鲁家现在势单力薄，要做成大事必须用些外人。四叔想到了酷爱古玩的吴副官，告诉他自己侄子要领人去开几处两千多年前的暗构[2]，找几件的东西，但是已经有人知道他们的行动，要来争夺；如果吴副官能够凑几个人同行保护的话，点开暗构后，除去自家要的一两件，其余可以任凭吴副官处置。

两千多年前的暗构，不要说里面的东西，这暗构本身，就是个无价之宝。这样的好事吴副官怎么能不心动，何止是心动，他简直是对四叔感激万分，又拍胸脯又赌咒，发誓保证能护得鲁一弃此行顺利。

1　尹志平，为元初著名全真道士。祖籍河北沧州，宋时徙居莱州（今山东掖县）。生于金大定九年（公元1169年）。邱处机卒时遗命其嗣教，是为全真道第六代掌教宗师。

2　所谓暗构就是暗藏的建筑，但不是墓穴，而是类似人们传说中的宝藏、宝库。

这些青衣短袄的人都是吴副官手下的警卫队，吴副官跟他们是实话实说的，结果谁都没舍得放弃这一趟就能富贵几代人的大好机会，换了便衣带了枪支弹药就随吴副官溜出了大帅府。

天色已经晚了，大雪刚停，道路难行。这样的天色和环境，很容易遭到对家偷袭，所以鲁一弃决定先找地方休息，等天亮再走。鲁一弃并不知道这里有座道观，是那个赶上来与他同行的红脸膛老人把他们带到这里的。

这一带鲁一弃和盲爷、鬼眼三都不熟悉，所以只能跟着红脸老头走。很情愿地跟着老头走，还有另一个原因，就是从刚才的情形推测，瘦高的架鹰弩手应该就是被这老头的气势给镇住的。这老头是个高手，深不可测的高手，这从他身上跃伏遒劲的气相就可以知道，他要想杀鲁一弃是易如反掌，根本没必要带他们另找地方搞什么玄虚费什么周折。

道观的正殿空空荡荡，连个塑像都没有，只有靠墙的一张供桌，墙上挂着三清[1]的画像。

此时，供桌前三只破旧的蒲团上各盘坐一个人，鲁一弃、红脸老头、还有一位老道士。这老道士是这里的观主，他正用惊异的目光看着面前这一老一少。

鲁一弃盘坐的姿势比那个修行了一辈子的道长还正宗，标准的五心问天，三脉汇流。听说这年轻人是来自鲁家班门，老道很是好奇。关于班门，他还是了解一些的，那都是工匠祖师的后辈，但是他们的工法似乎和道教没什么关系，怎么会出了这么一个道骨奇特的年轻人？

红脸膛老头坐得很随意，佛门中管这种姿势叫“罗汉修”，但这老头绝不会是正经的佛门中人，这从他杂乱的须发和衣服上厚厚的油渍就可以看出来。

鲁一弃微眯着眼睛，他虽然是一副正宗的打坐姿势，却没有正宗的道家心境，而是在暗暗打量面前两个人。

道长看上去很平常，和鲁一弃小时候在天鉴山看到的那些老道没什么两样。老头却不是一般的老头，在鲁一弃的感觉中，老头背后的那把

1 三清，即玉清、上清、太清，乃道教诸天界中最高者，也是道教对元始天尊、灵宝天尊、道德天尊的合称，同时是唐明宫中一座宫殿的名称。

剑就像活的一样，不断地有青芒之气腾跃而出，雪野之中见到的青气便来自此剑。剑是个宝，年代久远且可以杀强破固的宝贝。所以，驾驭它的人肯定是个非同一般的高手，是那持大弩的瘦高个无法匹敌的高手。鲁一弃发自内心地希望，这样的高手是朋友而不是敌人。

红脸膛的老头轻笑一声打破沉默："我们三个都入不了定，不如说说话吧。再说我走这趟的目的就是说话，我说，你也要说。"他指了一下那个老道。

"我听。"鲁一弃觉得自己只有听的份，他知道的太少，应该没什么话题能提起这两个人的兴趣，唯一能让他们感兴趣的就是自己怀里的那部《机巧集》，却是不能说的。

鲁一弃的话好像是在红脸老头的意料之中，他点头笑了笑。

"我要说？我能说什么？"老道也笑了，他这清静的小庙难得有人来，更难得有这样奇怪的人来。

"就说说你们全真动土宝的事情。"红脸老头依旧笑眯眯的，说话声也没有丝毫的提高，但这句话仿佛在老道和鲁一弃的耳中响起一串炸雷。鲁一弃顿时将微眯的眼睛睁大，抿紧的嘴唇微张，整张脸在惊讶神情的牵引下舒展开。而老道脸上的皱纹一下子都收缩堆垒到脸的中央，脸上显出的是痛苦和无奈。

老道呆坐了许久，他瞧瞧老头，又看看一弃，两人身上隐隐透出的气相让他觉得很正很实。特别是鲁一弃，姿态和气势更是有种让人仰慕的感觉。当然，这些也就是像他这样修道一辈子的人才能感觉到。他估摸今天自己终于等到说话的机会了，但面前这两个人到底是何方神圣？

"你们谁是土宝正庄？"老道问话的语气奇怪。

"我是，但是他更需要知道，因为从今天起，我的正庄让给他了。"红脸老头笑眯眯地指了下鲁一弃。

红脸老头和那老道的对话鲁一弃听得似懂非懂，因此他心中期望能直接进入关于土宝的正题。因为根据《机巧集》天机篇所录，土宝的藏位正北，是离这里最近的一宝。

"那尊驾是墨家传人？"老道似乎好不容易才从那种痛苦和无奈中恢复过来，轻声问道。

“是！”

红脸老头的回答让鲁一弃心中猛地一惊。他小腹收得紧紧地，全身下意识地运劲，一团气息在胸腹间回荡两圈，便往四肢百窍腾然而出。

鲁一弃在四合院里遇鬼坎时得知，鲁家对手的技艺来自“论鬼第一人”，其实就是墨翟，因为墨子《明鬼》一文是至今尚存最早最系统的论鬼文章，而且他在祖屋地室里的幻境中也见到了墨翟和自家的祖师爷鲁班，两家肯定有着极大的联系，却不知因何成了对头。现在对家的传人高手正和自己面对面坐着，他如何能够不紧张？

老头和老道都惊异地看着鲁一弃，这是因为鲁一弃下意识的紧张和戒备让他周围气绕若云，光炫若灿，整个人如同仙圣临凡一般。

红脸老头大概从鲁一弃的状态中看出了什么，赶忙问道：“你家长辈有没有说过你面对的敌手是谁？”

鲁一弃摇了摇头，老头吁了口气，脸上重新回复到笑眯眯的模样。

“那就还是听我们说，我们可以告诉你许多你家长辈没来得及告诉你的事情。还请道长继续。”老头的声音重新变得轻松闲适。

“难怪如此年轻就能担当正庄，看来今天我真等到说话的人了。可你是南墨还是北墨？”老道语气中依旧带着惊异地问道。

“呵呵，其实你应该问我是墨家还是朱家。”红脸老头笑眯眯地说，“你们全真道家从《南华经》里窥知墨家分作南北两派，那其实是从墨家中分出一支朱门。世人常说近朱者赤，近墨者黑，这话的真实意思是说朱门宗旨是凭宝杀伐以求位极天下，而墨家则是要求弟子养心静气隐身田园山林。”

“哦！原来如此，我们对墨家的了解也大多是道听途说，偏颇甚多。南北墨门之说，我们确实是从《南华经》中获知，那上面倒真是写作两派。”老道的疑惑并未因红脸老头的解释而消除，也难怪，让这个修道快一辈子的人说话间就否定道教中至圣典籍，确实是件为难的事情。

“这事情我会说，道长只管说你家的事情。你道家曾经倒真是南北两派各得兴旺，只是这北派全真的兴旺却是与动土宝有极大关系，我们感兴趣的是这个。”

老道的脸又皱作了一团：“唉！怎么说呢？道教的兴旺是从宋元开

始的，南派是龙虎天师一派，北派就是我们全真一派。北派最盛时出了祖师丘处机，他曾带十八弟子北上传道，并受到成吉思汗的重用封为国师。后成吉思汗横扫中原，攻及亚欧大陆多少领土地域，这些都与丘祖师北上的目的有极大关系。这秘密我门派中只做口授，由掌教代代相传，多少会有遗漏和忘却的，到我这里，已经所余不多，但依旧不能轻易对外人言说。当年尹祖师建此道观时留下言语，代代相承在此候到土宝正庄，将事情原委据实而告。既然今天你们找来了，我也就不用再隐瞒了。师傅对我口授秘密时说，丘祖师曾细研《南华经》，对经中提及的一人极感兴趣，于是寻各种典籍遗载，把此人了解了个透彻，并寻到此人的后代，与之交好，有幸借得其后人所携家训细细揣摩了一番，从中悟出土宝秘藏所在，这才带弟子北上，只为寻到土宝。但是先辈高人所建藏宝的构筑却非他们十几人能破的，幸好成吉思汗派人协助。为破开那座以六十四星道布局，其间沟道暗连的土堡群，死伤了三千多蒙古勇士，最后终于踏到真点子，启出宝贝。据说后来成吉思汗的墓穴便是仿造这六十四星道布局的土堡群而建。得宝后，成吉思汗建一台，祭奉土宝，依仗宝气惠泽庇佑，动刀兵纵横天下，掠土夺地无数。”

“后来土宝哪里去了？”虽然鲁一弃对这个问题怀着太多的迫切和焦急，但他的语气依旧极度平静，就像是渐入梦乡时的呢喃。

但就是这么一声如同呢喃的问话，让老道不由自主地顺其话头马上答道：“元朝异族的大肆扩张，让丘祖师心中很是懊悔。但他又不能与成吉思汗正面冲突，便离开成吉思汗回到全真派，然后派遣弟子寻机盗出土宝。为保中原常安，他们还将这宝贝藏在了中原域土的中心位。说是在古咸阳以北的某个地宫之中。”

“啊！土宝移位？！后果将不堪设想！”这声惊讶是鲁一弃发出的，而他心中的骇然更带动身体周围的气息猛然一盛。也许是鲁一弃的气相，也许是话语的内容，让老道讶异的嘴张得更大了，让红脸老头的眼睛笑得更小了。

鲁一弃之所以这样确定，是因为《机巧集》中强调过这一点。

“的确如此呀！行悖天意，终有祸事。土宝移位不久，中原那一方土地水土流失，木毁草枯，渐有层层黄土堆积。北魏《水经注》[1]描绘曾经情景：‘杂树交荫，云垂烟接，翠柏烟峰，清泉灌顶’，而现在，如此一切已成烟云，那里只剩下高原黄土了。藏宝的地宫也被掩在层层黄土中，不知所踪，更不要说那土宝的踪迹了。”说完这些，老道像是舒了口气，皱起的脸面终于舒展开来。

“土宝无踪？”这结论让鲁一弃非常意外。但他没有从老道的神情中看出说谎的迹象。

“是的，全真动土宝，我墨家曾试图阻止，可是墨家人手太少了。世人学墨家技的本就不多，而且其中不乏企望以技获取荣华富贵之辈，墨家所知八宝的秘密绝不能被这类人知道，所以这些门人弟子不能为用。而真正的墨门能者又都隐世避俗，他们中有很大一部分都遵照祖宗的遗训，教培传习优秀门人，以保证八极之数后的重任得成，脑筋都僵了。最终只凑齐十四人远赴北域，再加上在北域护宝的那些墨门后人，还不到二十人，根本无法与数千铁骑抗衡，只能眼睁睁地看着土宝启位。”

可是，鲁一弃想要相信这些，可能还需要一些其他的佐证。虽说如今咸阳北的地区确实是高原黄土层层堆积，可没有任何典籍记录证实此情形是土宝移位后才出现的。种种很难说清的事情，凭面前两个人的一唱一和最多是让鲁一弃觉得曲折新奇，却难以彻底相信。

蓦惊觉

鲁一弃的疑虑那两个人都看出来了。于是红脸老头给了鲁一弃更为直接的证明，证明自己。是的，相信一个人所说的话，首先那个人本身必须是可信的，所以老头首先让鲁一弃知道自己是个可信的人。

1 《水经注》是公元六世纪北魏时郦道元所著，是我国古代较完整的一部以记载河道水系为主的综合性地理著作。

“我墨门中人虽然大都早就不问俗事，但是土宝启出并移位，让那些死脑筋终于坐不住了，他们也意识到八宝的秘密已经泄露。于是想到了朱门，可是朱门中人虽然学的是墨家技艺，墨家却从没向他们透露过八宝的秘密。转而想到班门，但班门虽然知道八宝的秘密，可墨家所藏三宝都是墨家自己所为，班门无人参与，倒是班门藏西南木宝时，墨门是派人协助的，现在动的是墨家藏的土宝，这不该是班门的问题。为弄清祸源，门中暗派高手监窥班门和墨门下各个分支。直到几代以后，已经销声匿迹的朱门突然有人凭宝夺天下，我们这才意识到，秘密可能从自家祖宗那里就已经被泄露了。而且更为严重的是朱门凭借的宝贝也已启位。”红脸老头的话说得挺快，他想尽快切入让鲁一弃完全相信的正题。

“出现异象恶果了吗？”虽然老头说得挺快，但是还是有人插嘴了，是满脸好奇的老道。

“唉，怎么没有？那朱元璋当皇帝之前，老家凤阳年年大旱，颗粒无收。就是因为他朱家启携的是火宝。朱家没有像你全真教那样寻个地方把宝定了位。因为此宝根本没法定位，他们携宝到哪里，哪里便干涸荒芜，无法生存。这也是朱门一派大起大落无法重兴的原因。朱家凭宝争天下，我墨门觉得事情蹊跷，便暗查朱家祖训，这才知道缘由，朱家的祖训竟然大部分都是墨门不传于世的‘墨门十八篇[1]’，其中就暗藏有八宝定凡疆的秘密。朱家在鼎盛时让世人误以为是与墨家分作南北两派，正是因为他们掌握了墨家不外传的技艺，确实足以与墨家分庭抗礼。朱家祖训抄录虽然不广，但也不在少数，难保道行深、修为高的异能之士不从中悟出些东西，比如你们全真的丘祖师。于是墨门传人尽出，毁朱门后人所留的祖训，并要伺机夺回朱元璋手中的火宝。与此同时，鲁家也发现火宝启出移位，展开了一系列的夺宝行动。”

红脸老头说话的时候一直都盯着鲁一弃在看，他想知道自己的哪一条信息是鲁一弃知道的，自己就可以从这方面继续证实自己。但他发现鲁一弃目光中除了好奇还是好奇，表情始终显得无动于衷。

1　墨子一生共著有七十一篇著作，但留世的只有五十三篇。缺少的十八篇并不是在流传中遗失，而是因为这本身就是不传之密。在这十八篇中收录了最为精巧的各类技艺，而且暗藏了八宝的秘密。

老头只有接着往下说："此时朱元璋已经功业将成，手下也是能人高手无数。我墨门虽然多勇者，但人数太少，几次夺宝争斗，死伤殆尽。当时的门长临逝之前看门人所剩无几，便要门人不再与朱家直面争斗，暂且在暗中协助鲁家行动。"

鲁一弃的表情依旧，没有一点变化。红脸老头眯眯的笑容开始有些僵固："鲁家虽然都是匠人，但是与朱家的对抗反倒比我墨家相持得长久，因为班门嫡传弟子虽然人丁不旺，但鲁家技艺传于天下，惠及天下，所以援手很多。而且鲁家有很重要的一点我墨门不能比，就是你们是'世上人'，知道江湖中的人际交往、尔虞我诈，也知道利用人性中的恩惠冤仇，更能发挥各种人才高手的技艺特点为己用。墨门避世太久，这方面欠缺了。但是即便如此，班门仍然有两次差点就被朱家尽数灭了。"

鲁一弃没有反应，他的眼皮越合越小，似乎要睡着一样。老头的语气中显出了些焦急。

"一次是明宣德年间，在广东佛山地界，鲁家门长与自家兄弟子侄七人，被朱家的爪子锦衣卫高手设'垂云蔽日'局[1]困住，四天未能脱出，七人中已经三死四伤。是我墨门高手暗中相助，布'七彩虹桥渡阴阳[2]'，破了'垂云蔽日'局，这才让他们逃出。"

鲁一弃像是睡着了，就连鼻息都变得很轻很淡。老头的笑容已经没了，他的语气真的变得很急。

"还有一次是在二十一年前，班门门长携兄弟家人，被朱家高手逼出北平祖屋，围在'阳鱼眼'中，也是我墨门中人出手相助，用'漆翎

1　一种结合了扣子和迷魂术的机关布置，是用掺杂幻药的"蔽日烟"改变光线，再用"垂云幔"将周围环境里具有特征的东西遮掩，同时所有"垂云幔"按一定规律不断变化位置，扰乱敌人的方向感。

2　针对迷雾混沌状布局的一种破解技法。从坎面外部，用专用的灯具射出七种色彩的光线，对准坎面中的主要部件，并且紧随着坎面部件的变化而动，这样就相当于将整个坎面的变化标示出来，指引被困坎面中的人走出去。

火风扇'[1]燃着一方围布，并将其吹裹在阳鱼尾活桩上，指引鲁家三人逃出。"

鲁一弃的眼皮激烈地跳动了两下，微微启开。这个微小的表情变化老头看到了，于是他颧骨处的肉又堆垒上来，嘴角被笑意往两边扯开。终于找对了窍口。随后，他说话的语气变得轻巧，但说出的内容却沉重许多。

"当时'阳鱼眼'助鲁家逃出的就有我，同去的是师兄弟四人。鲁家脱出时，我们一直与朱家人纠缠，但等鲁家都全身而逃后，我们却没能走掉。朱家援手到了，反将我们四人围住。一场正面血搏之后只有我带伤逃出。此后，我墨门传人可以说是高手尽灭。几年后，门长也突患急病而逝，竟然连门长传承都没交待。我将初入门的幼辈遣散各地自修，待召唤时为用。而我自己，二十年来一直守在北平。我知道鲁家人早晚要回来的。昨天半夜时见到院中'阳鱼眼'的火光，我随即跟入，除了几只死猫烂狗，倒没碰到多大麻烦。但还未入正堂，却发现朱家护院的那些高子矮子在往外退，重新找地方布局。我立马知道这趟进去的是高手，这些护院的没能拦住。"

鲁一弃的眼睛睁开了，他终于知道垂花门的铜头铁背猞猁是谁给开瓢的了，还有那些树断壁塌都是谁所为了。红脸老头终于又将自己放回到原先那种舒服的修炼状态，笑眯眯地继续自己的讲述："拿大弩的瘦子在背后追你们，虽然我知道你们能够应付，但我想我还是出一下手。一则你们也忙了一整夜了，另外我也需要一个接近你们的理由。"

"那朱家到底是如何得宝的？他们家怎么会有你们墨门的秘传十八篇？你们又是如何知道是从你们祖宗那里漏的秘密？"老道在一旁连问了三个问题。看得出，他也是个世外人，不知道这样询问别人家的秘密是很犯忌的事情。

老头还在笑，却是看着老道在笑，这满脸的笑容让老道也意识到些

1　这工具其实是一种漆器，扇形的盒子。扇子柄为射口，扇身为鼓风部分。它的作用有两个，一个是可以将其中的翎羽射出，翎羽见风即燃，速度极快；而且风劲成线，能在大堆的东西里吹走目标而不影响其他东西。多个火风扇配合使用更为奇妙，它们能以几点之力将整片布匹平展在空中。

什么，忙稍带些羞愧重新端正自己的姿势，将气息深调。说实在话，老头的这番讲述真的让他听得心荡神摇。

不知道红脸老头确实是想回答老道的问题，还是想继续向鲁一弃证明些什么，他轻咳了一声又说道："其实朱家如何得宝我们并不知道，什么时候启出的火宝我们也不知道，至于他们家怎么会有墨门十八篇，是不是我墨门老祖宗泄露的秘密，我们更不知道。"

这话让老道一愣。鲁一弃却没有任何反应，他心中似乎已经听到老头在说"但是"了。

"但是，朱家凭火宝夺天下，我门中的一些前辈为了弄清事实，查遍墨门典籍，最后在一部祖上传下来的无字竹简上找到线索。竹简上没有字，只是在背面刻有两幅风格迥异的图案。谁都不知道这竹简有什么用处，当时墨门中有一位异能高人，已经年过百岁而且是在弥留之间，他看了这卷竹简之后说了两句话：'是老祖宗给的，是老祖宗说的。'随即便归天而去。至于其中详情，谁都无从知晓。"

"哦！哦？"显然这样的回答并不能让老道感到满意。不止是老道，就是鲁一弃的心中也觉得这回答有些玄乎。

红脸老头也知道自己说的事情确实虚了些，但他依旧笑眯眯的，笑得那么随便。只是原本舒服的姿势已经变了，他此时盘坐得很正、很直："我墨家门长从此将那卷竹简代代相传，现在虽然墨门已散，竹简却依旧保存完好，我一直将它带在身边。今天我便斗胆将它拿出来给两位看看，说不定两位高人能看出其中奥妙端倪。"

老头的话让老道一惊，就连鲁一弃的嘴边也嘣出半个"不"字。他倒不是惊慌，他说"不"只是因为老头把他也归于高人的范畴。

墨家的红脸老头没有理会，自顾自地从腰边的布包中掏出一个长的青布囊，解开布囊封口系绳，里面又是一层羊皮包裹，解开了羊皮包裹，终于看到一卷黑乎乎的竹简。

老头将竹简放在摊开的羊皮包裹上，手中轻轻用力，羊皮包裹带着竹简从青砖地面上滑过，停在鲁一弃的面前。他好像根本就没看到老道好奇和惊异的目光，只是一味笑眯眯地看着鲁一弃，就像个非常坚定自信的赌徒，在等着鲁一弃这个庄家开宝。

鲁一弃微眯着眼睛，这让别人看不出他到底是看向哪里，也看不出他在想什么。竹简滑到面前的瞬间，他搁在膝盖处双手的指头微微跳动了一下。

许久，许久，三个人都没有作声，鲁一弃如此平静地面对这样一个巨大的秘密，让别人觉得不可思议，而他显示的定力，更让那老道感到羞愧。

终于，鲁一弃开口了，话语中的气势和风范绝对超越了他的外表和年龄："你的目的是什么？"

这句问话让红脸老头一愣，脸上的微笑稍稍僵了一下。

"你家的秘密我并不感兴趣，如果知道了，对于我来说就多了一个负担。"鲁一弃说这话的语气稍带点无奈，但这话却让红脸老头僵住的微笑又活了起来，"所以，你先说一说我需要知道这秘密的理由。"

鲁一弃越说越平淡，但话语中的却似乎有种无形的力量，让面前那两个人感到震撼。

"我就算不说，你肯定也已经猜到，墨门中没人手了。墨家当年许下的用所藏三宝封凶穴定凡疆的承诺很难完成，所以想将重任相托，而我墨家所余几人将竭气力性命相助。"老头说这话的时候收敛一下笑容，表情变得庄重，"当年你鲁家藏西南一宝，因西南地险水恶，墨家也曾出勇者协助。如今我门中力薄，尤其是少了与宝有缘的灵性之人。这封凶穴定凡疆是造福苍生后辈的大事，万万疏忽不得，这样的泽世大任我想鲁家绝不会推脱。"话到最后，老头的表情越发活泛起来。

鲁一弃的眼皮依旧耷拉着，看不出他的眼光是瞄向哪处。但他的话语却是清晰的，话语中带些豪气也带些无奈："既然这书简是关于八宝的秘密，倒是应该看一看的，如果墨家真没有人可以完成此事，我鲁家可以一力承担，怕只怕是力已竭，而事难成。"

这话让红脸老头的嘴角扯得很远了，颧骨处的肉也堆得更高了，眼睛眯缝得更小了。

一旁的老道却在疑惑，这小伙子竟然没考虑到老头说的一个重要条件——"与宝有缘的灵性之人"。

鲁一弃的眼睛稍稍睁开了一些，他将竹简握在手中，抚摸了一下。

他能感觉出竹简腾出的那种暗青色的古朴气息，虽然不那么绚丽灵动，却是沉稳而有力。这样的宝气一般是年代久远且极有深度内涵的宝物才有的。

鲁一弃直接将竹简翻转过来，他想细看一下那竹简背面的两幅图案，因为刚才他已经从露出的少许图案上感觉出了一些东西。

他的目光与图案融合在一起。他能感觉到，图案在转、在跳。突然间都散碎开来，在他的脑海里，图案的碎片与他曾经记住的那些符号图形迅速交汇组合，重新排列成一些他能看懂的东西。

又是许久，鲁一弃就像是从梦境中恍然醒来。他没说一句话，只是缓慢细心地将竹简卷好，不同的是他把有图案的背面卷在了里面，然后轻轻地放在羊皮袋子上。

老头和老道都紧张地盯住鲁一弃。

“这两幅刻绘的图案不是装饰用的背图，它们其实是正文，这是一种古老的拆体组合的象形文字，你们把竹简的正面和背面弄混了。”鲁一弃的话让老头的眼睛眯成一条线，也让老道的嘴巴又一次不由自主地张开。

鲁一弃道：“火宝的秘密是墨门祖师告知朱家的，墨门十八篇也是墨门祖师相赠。但是朱家祖先原是帮墨家藏宝的，至于宝贝如何落在他家，竹简上未曾说出。”

“朱家祖先是谁？”老头追问了一句，这句话其实是想证明一下鲁一弃是不是真的看懂了竹简上的内容，还是根据自己透露的信息在瞎编。

鲁一弃看了看老道，再转头看看老头。老头知道他顾虑的是什么，便说：“他兴许早就知道，全真道士就是因为对朱家祖先感兴趣，这才查朱家祖训，找出土宝线索的。”

于是鲁一弃说出四个字：“屠龙之人。”

老头露出了厚黄的牙齿，他笑到现在才露出牙齿。只需这四个字，他已经完全可以确定，面前这个年轻人就是个与宝有缘的灵性之人。

没等鲁一弃再说点什么，那红脸老头已变换了一个坐姿，让他挺直腰背显得郑重其事。曲肘伸出右臂，虚握拳大拇指朝下，以这样一个简单的行礼动作表示敬意，同时清嗓朗声说道：“墨门传人莫天规，愿与鲁家高士相携完成封穴定疆大举。”

到现在鲁一弃才知道这老头叫莫天规。

“劳烦道长移步，让我与鲁家小哥商量点事情。”莫天规依旧笑眯眯地对老道说话。

老道合掌，起身往后门走出去。他走得很轻松，自己坚守的秘密已经告知给了该知道的人，他的心头就像卸下个担子。

轻松的不止老道，还有红脸老头莫天规，祖师传下来的遗命终于有人能接手完成了，如同解开他身心上一个无形的枷锁。

只有鲁一弃，虽然他从启出《机巧集》的那一刻起就已经意识到，不管是谁家藏的宝，自己都要全力承担寻宝封穴的大事，但是现在墨家的三宝重任往他身上一落，还是让他感到压力陡增。

“小哥是鲁家什么人？与二十年前从北平逃出的班门门长鲁盛孝是怎样一个关系？”老头的声音压得很低。

鲁一弃心中有团伤戚涌上，一天之前他亲眼看到大伯死去，还没来得及悲痛。于是他一言不发，只是掏出挂在脖子上的弄斧。他认为如果这老头二十年前就知道谁是班门门长，那也应该认识门长的信符。

“啊，你现在是班门门长？！”这倒是让老头很意外，虽然他知道面前的小伙子是个少见的高手异士，但他怎么都没有将他与班门门长这个身份联系起来。

鲁一弃微微一笑，轻轻地点了一下头，这份超凡的气度却又让莫天规没法怀疑面前这个年轻人的门长身份。

“鲁门长……”

“我叫鲁一弃。莫老不用太客气，您可以叫我名字。”

“不、不，我还是叫鲁门长的好，我们不是同门，叫得太放肆会让你班门中人反感的。”

鲁一弃从没行走过江湖，对江湖上那一套根本不懂。既然莫天规这样说了，他也就没再坚持。

“鲁门长。”莫天规此时的表情很严肃，“我将我墨家当年所藏三宝的情况说一下。其实你已知道了两个，正北土宝已经移位，西北火宝为朱家所得，只留正西天宝。我已经发飞信让墨门仅剩的几个能办事的弟子奔了正西，一是找一找当年留下来护宝的墨门传人，二是看看能不能先找到宝构的大概位置，等我们过去后可以缩小些范围。”

“这天宝只要还在原处，应该可以找到。”鲁一弃因为有《机巧集》和标明八处凶穴位置的玉牌在手，所以这话说得十分自信，“只是那土宝已埋入层层黄土，要重新寻到并启出去封穴定疆，颇费周折。而最难的应该还是火宝，你说火宝在朱家手中，我从昨天与朱家的纠缠较量中知道，要想从这样一个门派中夺出火宝，可以说是千难万难。”

“鲁门长先不要为这个担心，我们只需寻到藏着的宝贝，用他们封住凶穴就行了。至于那火宝我们可以不去争夺，因为那火宝在……谁？！”老头突然断喝一声，纵身而起，拔剑往大门口冲去。

鲁一弃只觉得眼前光华一闪，一团青芒直奔那古旧的正殿殿门扑去。

谁宵猎

鲁一弃的反应要比莫老头慢多了，当莫老头将身形化作一团青芒，挟带着断喝的余音和衣袂的风声冲出了正殿，他才刚刚从蒲团上站起来。

门外远远传来几声惨叫，同时两个人从门外一前一后扑进大殿，喊道：“大少，有对家硬爪子发狠！别出来！”

先进来的是盲爷，后面紧跟着鬼眼三。他们本来是在偏房休息的，现在却都手拿家伙跑到正殿来了。

两个人才跨入门槛，就有一连串的枪声清脆地响起，撕破了深夜的宁静，在山谷中久久回荡。

紧跟在鬼眼三背后又有几个人跌跌撞撞地跑进来，嘴里还惊恐地喊着：“飞鬼！会飞的鬼！”

这几个人是吴副官带来的警卫，都是些身经百战的士兵。可这一刻却都惊吓成这样。

外面还有几个人，他们都惊恐地躺在地上，一边朝空中开枪，一边往大门内挪动。

莫老头似乎发现了什么，他纵身跳下大殿前的台阶，快步往道观的院子外跑去，变成黑暗中一条若隐若现的灰色影子。

鲁一弃也已经走到了门口，他脚下一挑，一支德国造的毛瑟步枪落在了手中，然后眯起了双眼，让自己进入一个忘我状态。顿时，他听不到枪声、叫喊声了，也看不到那些惊恐慌乱的人了。他只是感受着夜色的黑暗，感受着黑暗中一切微小的变化。

一个和黑夜一样黑的影子飘浮在空中，忽上忽下、忽左忽右，移动的距离很小，速度却极快。也就是鲁一弃如此专注凝神才能感受到这一切，要换作寻常人在大白天都很难看出这影子的移动变化。

鲁一弃还能感觉到莫老头的存在，他手中剑发出的清灵宝气可以帮助一弃确定他的位置。莫老头迅速地朝那黑影子靠近，但是黑影子的高度却是他所不能及的。于是他将手中的剑插在地上，用一个奇怪的姿态戒备，同时从身边的布袋中掏拿什么。可那黑影子已经一个斜线扑落下来。

黑影子的目标不是莫老头，而是那些警卫，就像是猫头鹰发现了逃窜的田鼠，黑色的双翼一振，肆无忌惮地往这群奔跑着的人追扑过来。

人群中跑在最后的是吴副官，他穿了件棉长袍，行动有些滞碍。黑影子扑落的速度很快，虽然莫老头已提剑往回赶，但要想救吴副官已经来不及了。

黑色影子笼罩的边缘已经触及到了吴副官，鲁一弃能够感受到吴副官的脸因为惊恐而扭曲，也能感受到黑影落下的速度和冲击力道，甚至都能感受到黑影压下来的重量。

枪响了，黑影顿了顿。幸亏这么一个瞬息的停顿，才使得吴副官被削去的只是半只黑呢礼帽而不是脑袋。

鲁一弃迅速退弹上膛，继续打出第二枪。他不知道黑影是什么，更不知道黑影的要害在哪里，所以只是对着同一个点射击。可能是距离近了些，第二枪的阻击效果比第一枪更明显。

第三发子弹也射出，依旧同一个点，依旧成功阻击。

黑影子距离吴副官虽然远了些，却丝毫没有停下的意思。而此时鲁一弃的枪里已经没子弹了！

吴副官离大门就剩十几步，可是依旧逃不过夜魔般快速飞行的黑影子。步枪落地的时候，鲁一弃已经奔出去四五步。他也知道吴副官跑不过空中的黑影，七八步之后就会被追上。于是鲁一弃奔了出去，他要赶在黑影之前抓住吴副官。

又是在空中黑影的边缘刚刚触及到吴副官的瞬间，鲁一弃到了，他抱住吴副官侧身翻倒，同时抓住吴副官握枪的右手，朝上方狠狠地扣动了扳机。

黑影子离他们很近，但始终扑不下来。吴副官手中是支泛着幽蓝光泽的驳壳枪，俗称二十响大镜面，弹仓里可以压进二十发子弹。鲁一弃连续打出十五颗子弹后，那黑影身上终于掉下个什么东西，随即猛然扭转了个方向，远远地飘开，消失在山谷之中。

等莫老头赶到，鲁一弃和吴副官已经艰难地坐了起来。吴副官惊魂未定，六神无主。鲁一弃虽然表情依旧如常，心里却也惊惧难宁。

十五发子弹，再加上开始射击的三发步枪子弹，都打在那黑影子身上的同一个点上。可是这样强劲的打击只是让那影子飘然而去，就好像根本没有受过伤。

跟在鲁一弃背后冲出来的还有一个人，他可以看出黑影是什么东西，也可以看到黑影身上落下的是什么东西，因为他是能黑暗中视物的鬼眼三。

鬼眼三赶到鲁一弃旁边的时候，弯腰从黑暗的地面上捡起一件东西并随手递给刚站起来的鲁一弃："怪鸟。这是羽毛。"

莫老头虽然看不清那黑影，却很清楚那是什么玩意儿，所以还没等鲁一弃细看手中沉甸甸的羽毛，就已经直接告诉他知道："这是铁鹰，全身都是生铁制成，胸腹是中空的，其中装有机括。你我的祖先曾经都能削木为鹊，还做过可以带人飞行的木鸢，铁鹰便是从这些技艺中演变而来。"

此时，大殿里又走出几人，并拿来了火把，鲁一弃借着火把的光亮可以看清手中的确是一只宽大的羽毛。这羽毛是用生铁打制，制作极其精细，而且非常薄，就像是刀的刃口。更难得的是羽毛上的纹路清晰可见，要不说都以为是件精致的工艺品。

踪迹还是被对家发现了。一想到追来的对家，鲁一弃很自然地就想到白天跟在他们背后，天一黑却又不知踪迹的养鬼婢。心中有种说不清道不明的滋味。

吴副官手下的警卫损失了两人，一个是被割破了喉咙，就算是鲁一弃这样的外行都可以一眼看出，这正是被刃口一样薄的羽毛给割开的；另一个脑门被啄出一个窟窿，鲜红的血夹杂着白乎乎的脑浆缓缓流出。

鬼眼三确认了两人已死，随即便解下他们携带的枪支弹药。这些警卫随身都有一支毛瑟步枪和一支驳壳枪，还有四颗鸭蛋形手雷。这些东西鬼眼三不感兴趣，但他知道鲁一弃会用到。

“铁鹰攻击力虽然大，但是它体型沉重，上满机括并不能飞行太远，控制它的人应该就在附近，我们必须赶快离开这里。”莫老头边说边朝殿中走去，回到大殿，他首先将蒲团前的竹简卷起收好，然后往正殿的后偏门走去。

莫老头的动作让鲁一弃忽然觉得有哪里不对劲，但是现在已经来不及琢磨这些细节了，必须赶紧上路。

还没到后偏门，就迎面遇到闻声而来的老道。莫老头一把抓住老道的手腕，急促地说道：“外面是来找我们正庄的对家，与你不搭界，你不要慌，给我们指条隐蔽的路，我们一走，你也少了麻烦。”

老道似乎知道会是这样的结果，想都没想就脱口而出：“从后门小道，过滚石坡，穿过歪松岭和发草坡，再走过分水梁，就可以下到整个峡谷西北边的官道，到时你们要往西、往北、往东都可以。这条道是最近的脱身之路，很少有人知道，只是这分水梁现在不知道还能不能过人，那梁上终日流淌的泉水这种天气可能全结成冰面了。”

“不管怎样都得走，吴副官，你瞧出我们这趟浑水的凶险来了吧，我们离藏宝暗构还远着呢，你就已经损失了两个弟兄。这样吧，对家找的是我们几个，你带你的人还从前门走，然后往西，我们要是能从此处脱身，与你约个地界会合。就在咸阳、咸阳……”鲁一弃并不知道咸阳有些什么地方。

“咸阳城外渭水边十八里营。”盲爷在旁边开口了，他这辈子都混迹在西北一带，对那里的一些地方比对自己的身体还熟悉。

“对，就在咸阳城外渭水边十八里营会合，到时我们一起开正西和西北两处暗构，分成照旧。”经过一场搏杀，鲁一弃的思路变得越发清晰，语气也变得气势非凡，不容辩驳。

吴副官仍惊魂未定，脑子的反应也变得迟钝。所以他没想得太多，只暗自庆幸得到这个非凡年轻人的一个承诺。在他看来这个承诺要比四叔说的话可信上百倍，于是这些人就此分道而逃。

鲁一弃再次遇到养鬼婢是在翻过滚石坡以后，一身雪白的养鬼婢牵着她的白色骡子站在半坡处的一棵孤零零的大松树下。鲁一弃从她面前过去，像老相识一样对她笑了笑。养鬼婢赶紧把视线转开，脸上涌起两片红云。

养鬼婢不是来拦截自己的，这让鲁一弃舒了口气。但她白天为什么跟着自己？现在为何又出现在这里？不过有一点是明摆着的，老道指点的这条隐蔽的路径好像不是太隐蔽，至少这养鬼婢就知道，而且还赶在他们前面等候在这里了。

“莫老，你墨家理论中认为这世上有鬼，这养鬼婢倒是个证明！”养鬼婢让鲁一弃想起到心中一些难解的疑惑。

“呵呵，其实世人误会我墨家《明鬼》一文了。我墨家理论中的‘鬼’与现在的概念根本不是一回事，我家老祖宗是想世人明白‘鬼’其实是一种力量，一种人活着就拥有，死后还能继续遗存下来的力量。这力量依附在人身上，并和人的身体状况息息相关。但这力量却无法利用，只有极少数人在最极端的情况下才会被激发出来，比如说一个五龄童为救自己母亲竟推开过千斤巨梁。简单点说，就是人偶尔间发挥出的极度潜能。当然也有人能通过修炼来使用这力量，并且锻炼它提高它，但能做到这一点就已经不是人了，而是成仙成神了。”

“哦？不知道这力量是以一种什么形态存在，倒是可以想办法运用。”鲁一弃觉得莫天规道出的“鬼”理论极有意思，这样的解释是他第一次听说。

“那应该是一种场，类似于菩萨修炼的道场，神仙修炼的玄场，只是‘鬼’这场由人而生，无法修炼得和那些场一样强大。也正因为

‘鬼’由人生，那些垂老善终之人一般不会有‘鬼’留下，而冤死的、暴死的、死不瞑目的人临死之前总会留下一些强烈意念，这些意念便成为一个新的中心让这力量依附，这就在无形中出现了一个包含能量的场，有些场可以到处移动，有些场却局限在某一个区域内。当然，随着时间的推移，能量会渐渐减弱乃至消失。”

“那是不是相当于物理中的磁场、电场？”鲁一弃终于忍不住发问了，洋学堂里的知识也给了他启发。

“这我不知道，我只知道所谓鬼害人，是因为死去的人留下的场力太强大，活人身上所带的场被影响导致紊乱，或者是活着的人太虚弱，承受不了死去人留下的场力，这才会有遇鬼的人或失魂或发狂等种种现象。我自己估摸这就是世人常说的豪光[1]高的人不怕鬼、豪光低的容易被鬼缠。”

一般一个人将一件事情讲到自己推测的地步就证明他知道的已经说得差不多了，莫老头也一样。

“哦！”鲁一弃心里想的要比莫老头说的多得多，这个洋学堂出来的学生，思维的路线始终是科学的，在他看来“鬼”就是个未散的生物场，其形态类似悬浮的磁场或者电场，这样的场力在一定程度下就会影响到活人的生理系统，从而造成其精神与肉体上的伤害。那些驱鬼的道士也许是正好利用了一些工具破坏了磁场、电场的存在，比如说宝剑、银针、含铁的磷石粉等等。而养鬼婢养鬼其实是以某种方法来储存和控制这种场力。

鲁一弃冷静地思考着，脚下却仓促地奔逃。养鬼婢的出现意味着脚下这条路很不安全，他们只能快速往前赶，争取在对家布好坎扣之前冲过去。

对家新一轮的攻击来得比想象中快，没等走到歪松岭，一个黑影幽灵般出现在漆黑的夜空，直奔他们后背追扑过来。是铁鹰！

躲避空中的袭击，最好是有阻碍铁鹰飞行和扑下的东西，眼前的歪

---

1 用密宗的说法就是七轮中的梵穴轮。是在人体之外、头顶之上的光轮，只有在红外摄影出现之后才被发现，并被认为是科学未知领域。其实这种光轮谁都有，只是有强有弱，与身体状况息息相关，越是健康强壮，光轮越是明显。

松岭上倒是有一片七扭八歪的松树，于是莫老头果断喝道：“快走，往林子里去！”

鬼眼三和盲爷的速度是极快的，毕竟是练家子。再加上鬼眼三的夜眼可以看清路途障碍，所以行动更如猫蹿狗跳般迅捷。盲爷曾经是个白夺夜盗的贼王，虽说看不见，但是他可以听到鬼眼三的落脚点，所以紧跟在鬼眼三身后一步都没落下。

鲁一弃的行动就慢多了，脚下接连几个踉跄差点摔倒。他的速度一慢，莫老头也就快不起来，断后是由他负责的，保证鲁一弃的安全更让他觉得是天大的责任。但是他也有一份疑惑，鲁一弃这么一个绝顶高手，怎么此时会如此不济，是自己感觉错误了吗？

情况虽然是紧迫了点，但是就在铁鹰掠过人头顶这样高度的时候，他们离树林已经很近了。这个位置后面追赶的铁鹰必须抬高飞行角度，要不然就算能抓到些什么，它也要被树枝给绊住。要想拦住这四人，除非有侧向拦截的攻击。

就在四人已贴近松林的边缘时，又出现了一只铁鹰，从鲁一弃他们奔跑途径的侧面扑击下来，目标是鬼眼三，因为拦下了第一个，就能牵制住后面所有的人。

鬼眼三被撞跌出几个跟头，虽然铁鹰的铁翅、铁爪、铁喙都没有与他的肉体直接接触，但是就这自上而下的一个大力撞击，让鬼眼三手中用来阻挡的雨金刚像面大锣一样被敲响。鬼眼三没有硬撑，而是随着撞击身体顺势滚出，这样子虽然狼狈，却可以避免受到内伤。

铁鹰一撞之下，双翅稍一扑棱，爬升了三尺多就再次扑下。这样迅速的连续扑击就连盲爷这样的老贼头都没想到，他紧跟在鬼眼三身后，鬼眼三跌出，他就变成首要目标了。

盲爷也没能挡得住，因为他根本就没挡。铁鹰翅膀掀起的风劲让老贼头意识到自己无法与之一碰，所以他也跌出，准确地说是他把自己摔出去的。由于看不见，落在一片碎石、乱枝之中，显得更狼狈。盲爷没在乎自己的形象，落地后继续就地滚出很远，对于他这样的江湖人来说，保住性命是第一位的。

铁鹰的扑击落了空，反倒一个低掠飞了过去。

鲁一弃和莫天规赶到时，盲爷和鬼眼三也已经连滚带爬地站起身来。他们现在最需要做的是再紧赶几步，躲进树林，这样才能暂时逃脱。

晚了，他们的动作还是慢了些，第一只铁鹰已经绕了半个圈回来了，而且它的攻击角度更低，更难躲避。

声嗦唳

莫老头拔出了剑，这是一把古朴粗重的宝剑，但这样一把剑却闪烁着两线清灵的刃光。青光一泓搅起华光四射，莫老头挥剑直击铁鹰，这扬起的半扇青华仿佛冲天青霞，带起的风声就似梵语天籁，这番情形让鲁一弃心中顿时豪气冲涨。

当莫老头手中的剑与铁鹰的铁爪相击时，鲁一弃射出的子弹也同时击中铁鹰的脑袋。铁鹰的身躯往后上方一腾，旋即便再次落下。

这次没等莫老头挥剑，鲁一弃的子弹就再次射出，击中的还是铁鹰的脑袋。铁鹰再次往后腾起退却。当然，铁鹰还会继续扑下，你就算打烂它的脑袋它都不会死，照样可以履行它的袭杀任务，而且等那掠飞过去的第二只鹰再回转过来，左右夹击，上下合围，结果将不堪想象。

鲁一弃没有办法并不代表其他人没办法。莫天规，这墨门的正宗传人与朱家也缠斗了几十年，要是也一点办法也没有，这江湖真是白混了。但是他对付铁鹰的法子却不是甩手就可用的，要么早有准备，要么有人掩护，比如说像鲁一弃这样枪枪命中鹰头，让铁鹰无法扑下。

鲁一弃打出五发子弹的时候，莫老头掏出一只木制扁盒并掀开了盒盖。打出十发子弹的时候，在莫老头粗壮却不失灵巧的手指快速地拨弄下，盒子中白花花的物件已经飞出去一半。

没等弹仓里的子弹打光，铁鹰已经打着旋顺山坡落下，砸断一棵碗口粗细的马尾松，然后翻着跟斗打着滚，挟带着碎石、杂草、积雪，没入到山坡下的那片黑暗之中，最后传来轰然一声闷响。

第二只鹰果然也绕回来，但是莫老头放出去的东西还有一半在空中盘旋，便一起没入到第二只铁鹰笼罩的阴影里。顿时，第二只鹰侧着身体往松林的另一面斜插而去，并且很快消失在松林背后。消失的一瞬间，它的飞行姿势由侧向变成了倒向。

鲁一弃没有看那两只铁鹰如何落下，他更感兴趣的是莫老头木盒里放出的东西。

木盒子本身就是个少见的好东西，黝黑的材色、金黄的纹路，是用已近绝迹的“墨云金雨檀”做成的。据说这种木料木质极韧硬，分量却轻飘若云。

盒子里的东西放完了，一个没剩。但鲁一弃之前已经感觉出那些快速盘旋飞行的东西像种昆虫，但这东西是如何制服巨大铁鹰的，他却没感觉到。

“快走！”莫老头说这话的时候已没有了惯常的微笑，面色变得非常凝重。

四个人风一般冲进歪松林子，在林木之间迅速穿行。突然，走在最后的莫天规几个纵步赶到鬼眼三身边，一把握住鬼眼三的肩膀。

这举动让其他三人都一惊，盲爷倒退一步，斜提盲杖，杖尖对准莫老头，鲁一弃一下子没收住，继续前冲了两步。

鬼眼三和莫天规像树林中突然出现的一对树桩一样，突然停住。

鬼眼三没有动，不是他不想动，而是在莫天规一握之下，他真的动不了。

莫天规动了，却只是动嘴：“你会不会倪家的‘冷血定息咒[1]’？”说完这话，他握住鬼眼三的手稍微松了松。

鬼眼三感觉肩头一松，于是就点了点头。

“那快给我们四个画符点咒！”莫天规急切地说道。

“啊，那是用来定活血生毛僵尸的，定了活人，时间一长，内腑心

1　这种符咒可以让人的心跳变得极慢，呼吸也微弱得近似停止。这是茅山道法中几乎失传的咒符。用现在的知识来解释，其实是一种心理暗示加药物辅助而产生的假死现象。

智都会受损伤。”鬼眼三说道。

“那你算好时间解定。”莫老头的说话声音第一次这样凶狠霸道，“要活命就要快！”

鬼眼三回头看了鲁一弃一眼，鲁一弃点了点头。

定僵尸的符不用画，鬼眼三随身有带的，四人面对面盘坐在几棵粗大茂密的歪松下面，鬼眼三迅速撒香灰画坛位，插令牌分阴阳两界。

这时，盲爷突然轻叫一声：“什么怪声？！”

很快，其他三人都听到这声音，那声音像风吼，像兽啸，像鬼嚎，其中还夹杂有类似磨牙、嚼骨的声响。

莫天规始终微笑的脸上露出了恐惧。能让这样一个高手感到恐惧，那发出这怪声的怪物到底有多可怕？

“快！”莫天规紧张得只能说出一个字。

鬼眼三迅速将咒符贴在四人额上，口中念念有词：“无息血自寒，返身归阴房，灵光眉心下，一体没九泉……”

当咒语念完最后一句，鬼眼三伸出他的舌头，舌尖沾住贴在自己额上咒符的尾端，然后便如泥塑一样不动了。

在他的念咒声中，鲁一弃渐渐产生一种幻觉，感觉步入了一个黑暗寒冷的世界，步入了一个满是鬼魅妖孽的境地，来到了地狱，又被赶进奈何桥下那阴黑寒冷的水中，他被水中无数只枯瘦如骨的手拖着往下沉，越陷越深，越沉越黑。

一个寒战，鲁一弃猛然醒了过来。这一刻辰光让他觉得好累好累，仿佛是翻越了几重大山。睁开眼的瞬间，他看到莫老头和盲爷也正在睁眼抬头。从他们的表情和状态来看，并不比自己好受多少。

鬼眼三还没有醒，但他额上的咒符已经掉下来了，那咒符沾在他的舌头上面，真的像是个吊死鬼。

鲁一弃正想伸手帮鬼眼三拉掉舌头上的咒符，鬼眼三忽然大喘一口气，吹掉了舌头上的咒符，醒了过来。

他们都不知道自己被定了多长时间，但那怪声已经听不见了。

鬼眼三醒来后第一句话就是问盲爷：“盲爷，听听，走没？”

盲爷没说话，其实他从醒来就开始用他的耳朵在搜索了。终于，盲爷抖动了一下面颊肌肉，从鼠须下的薄嘴唇里挤出几个字来：“走了，没走远。”

莫老头好像已经知道是这样的结果，说了句：“先到前面再想办法，应该有法子把这些东西骗开。”

于是四个人重新起身，但这次不再奔跑，而是小心翼翼地一步步摸索着前行。

鲁一弃很想问那些是什么东西，但是莫天规毕竟是其他门派的，自己直接询问不太合适。于是他转头对鬼眼三说：“三哥，你这咒儿定的时间可能短了点，那东西还没走远。”

“我舌头只能竖这么久，只有这招，要不定不了我自己。”鬼眼三说得有些无奈。

原来鬼眼三从没试过用“冷血定息咒”将自己连同其他三人同时定住，还要定时间揭掉。咒符定住以后，自己就不再有能力控制手脚的运动了，所以他用舌头沾住主符，将主符定在自己脸上，然后舌头伸出竖起一段时间后，肌肉和神经会迫使它垂下，这样就可以将主符带下，解了几人的定咒。

“那么说，我们只定了你舌头竖起的一小会啊？！”一弃有些惊讶，“怎么我觉得像死了一回那么长似的。”

“够长的啦，他身上也就这舌头翘起的时间最长了。嘿嘿。”盲爷打趣了一句，可两声笑却是干巴巴的。

“鲁门长说得没错，我们的确是鬼门关里转了一圈，要不是这咒符奏效，我们现在可能就剩脚尖是翘着的了。”莫老头的微笑表情仍旧没恢复过来，这让别人也不由地跟着他揪住心。

“你们瞧瞧。”莫老头边说边随手拍了一棵松树，这松树稍一摇动，松枝、松叶便如雨点一般撒下。

“这次朱家是志在必得，所以他们出的除了‘独戈铁鹰’，还有铁鹰云！”莫老头是带些悚然口气说完这句话的。

“铁鹰云？也是铁鹰啊，你老刚才没费力就打发两只，就算不能都打发了，要避开还是容易的。”鲁一弃明显未能由现象判断出铁鹰云的厉害，这是他的弱点，他对没有灵气的东西感觉很差。而盲爷、鬼眼三都是久走江湖的，那松枝、松叶往下一落，他们的眼睛和耳朵，还有最重要的一条——江湖经验，就立刻作出了判断，可怕！太可怕了！铁鹰云飞过，其风势便已经将整个松林削剪了一遍。

“不一样的。鲁门长，我这些年在朱门手中死去活来了好多回，亲眼见到多少高手折在这铁鹰云下面。铁鹰云是铁鹰的组合，形式很多，有鱼鳞云、卷尾云、叠片云、乌梢云等等，不下二十种。它们的个头比‘独戈铁鹰’要小一点，速度却要快很多。翅刃、爪刺、喙钻极其锋利，绝不弱于真正的兵刃，鲁门长可以看看这些枝叶切口，这些都是被铁鹰飞过时的翅风所断。”莫老头停了一下，似乎在等待鲁一弃去查看一下。鲁一弃没看，而是在等待莫老头继续说下去。“最可怕的是他们的组合攻击法，组合起来的铁鹰云，其威力可将这样的树林转眼间给削成柴火堆。而且每种云形组合各有不同的围杀特点，它们可以根据周围地势环境的不同随时变化云形攻击目标。至于是如何变化的却无人知晓，因为见过的人没一个能活着脱出。”

“那刚才你不是有招儿毁对方的铁鹰吗？”鬼眼三突然问道。

“那是石木蜂，是我墨门专门对付朱家铁鹰的。铁鹰的弱点在它的内部，一个是它内部的顺向机括弦绊，一旦被卡死或破坏，铁鹰就会失去动力；另一个就是铁鹰内部的控制系统，有两种说法，一种是说铁鹰是被‘循热嗜血符[1]’控制，还有种说法是在铁鹰中养着一只能闻到活人血气的怪异灵虫。这两种形式都可以用‘冷血定息咒’掩盖活人的气息血气来避开。‘石木蜂’体轻质硬，遇隙自入，单只铁鹰飞行带起的风力可以让‘石木蜂’顺着铁鹰腿根和翅根处较大的间隙进入铁鹰体内，要么直接卡死弦括，要么被机括绞碎，利用碎片破坏它内部的咒符和杀死灵虫。”

莫天规又停了下，然后用带些伤感的语气继续道：“但是‘石木蜂’进不了铁鹰云。我师叔曾经领四名弟子，携带了一千两百只‘石木蜂’，为争得一件刻有玄文的周代石磬，与铁鹰云对决，结果五个人无

1　又叫狩子巫，巫术的一种，最早流传在云南一带的猎人当中。运用此术，能画出追踪血气和体温的咒符，附在箭矢上，能使箭更准确地命中目标；附在猎犬身上，可以让它们更敏锐地发现猎物。

一生还。后来我利用一个玉凤阁的头牌姑娘从朱家一个小角色口中套出当时的对决情形，原来铁鹰云形成组合后，它们带起的风胶着盘旋形成怪异的风道，轻盈的‘石木蜂’根本靠近不了。”

莫天规说完这些，没有一个人再作声，只是小心地走着脚下的路，一块小石头的滚动都会让这几个高手一阵紧张。

终于走到松树林的边缘，他们却没有马上出去。大家都静下来，以便盲爷再次倾听周围的动静，然后准确作出判断。

盲爷听了一会儿，翻了两下眼白子，细瘦的脖子往旁边梗了一下，说道：“现在应该没事，过会儿就保不齐了，要走就快。”

“对！快走！”说完这话，莫老头带头冲出了歪松林子。

看看大家都跟上来了，莫老头又回头说道：“我们赶到前面去找点材料做些诱儿，把铁鹰云骗住一会儿，那样可以给我们让条道过那个分水梁。过了分水梁，上了四通八达的官道，他们要想再吊住我们就没那么容易了。”

要过分水梁，肯定要先经过发草坡。发草坡上长满一种细长的茅草，一顺朝坡下披挂，就像是浓密的披发。但这种季节，茅草都已经枯黄，且都被积雪掩盖了。

莫老头来到坡上，忽然停住脚步，拔出长剑挥舞而下，就如同一片青云飘过。

“你们谁会扎草人？”莫老头扭头问道。

鲁一弃和鬼眼三对视了一下，意思很明白，他们俩都不会。盲爷一双招子什么都看不见，就更不用说了。看来只有辛苦莫老头一个人了。

可是出乎他意料的是盲爷开口了：“我来扎吧！”说完将盲杖插在山坡上的石缝里，挽袖子抱茅草捻草绳，动作熟练之极，根本看不出他是个盲人。

盲爷当年纵横西北，打草把、捻草绳的对于他来说是小菜一碟。眼盲之后，他躲在千尸坟里琢磨鲁家的《班经》，同时锻炼恢复自己的功力，那段时间，他几乎每天都要摆弄尸骨，对人体的结构大小特征了解得比自己手指都清楚。要他扎个人形的草人根本不在话下。

四个草人不一会就站立在了山坡之上。真是不简单，盲爷扎出的草人不但像模像样，而且圆滑齐整，没有一根支棱在外的杂草。

莫天规从身边囊中又掏出几根具有弹性的弦线。弦线被伸长拉紧，然后挂绊在草人的身上。

“倪三爷，你懂‘附身形意咒[1]’吗？要不懂我就只好单使‘活气丸[2]’了。”莫老头说这话的时候已经站在草人前掏他的“活气丸”。

鬼眼三没有说话，他从随身的袋中抽出几张画好的咒符来，口中念念有词：“一魂不两分，你只做影身，你毁我无碍，我亡你俱焚……”边念边将一张张咒符贴在草人身上，然后走到盲爷身边。

鬼眼三站在盲爷面前，嘴里一直嘟囔着他的咒语。盲爷似乎知道这“附身形意咒”的下一步应该怎么做，他一口咬破自己中指，先将一点鲜血准确地弹在一个草人身上贴着的咒符上，然后再将一滴血滴在鬼眼三手中的一张咒符上。

鬼眼三将滴有盲爷鲜血的咒符叠成一个三角，让盲爷用咬破的食指和拇指紧紧捏住。

接着另外几人包括鬼眼三都像盲爷那样咬中指，滴血捏符。

莫天规在滴血之前给四个草人的腹中各塞入一只半透明的珠子。等他也完成滴血捏符时，那四个草人的身上开始散发出淡淡的雾气。

“散雾息仿佛活人，驾十船巧借万箭。”鲁一弃脱口而出这两句话，是因为他忽然想起大伯讲过的一个典故，说是三国时诸葛亮草船借箭不是依靠的江上大雾，如果真是大雾的话，他们自己的船只也无法在大江上正常行驶。那是诸葛亮在草人身上放了一种能散发淡雾状气息的药丸，让对手误以为真是活人在行动，同时还能遮掩草人本来面目。莫非那种药丸就是这“活气丸”？

鲁一弃的话大家都听到了，但只有莫天规的脸上又堆积起笑意来，这笑意里有得意还有敬意。鲁一弃从这神情知道自己的猜测是正确的。

事情做完后四人便继续往山坡的顶端行进，刚一行动，鲁一弃就发

1　这是茅山术的一种，以对应的真人气血为引子，使得假人能模仿真人的动作，惟妙惟肖。一般被盗墓人用来诱拿起毛僵尸，因为可以诱骗从阴府溜出来找替身的鬼魂错上到假人身上。

2　一种剥去包裹物后便能散发出淡雾状气息的药丸，而且气息的扩散和起伏跟人一致。放在假人身上，可以骗过依靠气息追踪猎物的活坎

现了一件怪异又好玩的事情。他们几人这边一动，那几个草人竟然也原地动了起来。鲁一弃故意挥挥手，贴有他滴血咒符的草人竟然也似是而非地一起挥挥手。

大概是“附身形意咒”发挥了功用吧，一个黄裱纸画的符和几句嘟囔不清的咒语就会产生这样的功效，这也太不可思议了。

北宋年间《揾尘十毒法记》[1]记载有人在假人上下咒符，由假人控制真人去杀人和自杀的案例，不知与这“附身形意咒”是不是有相通之处。

搏冰梁

四人没有直接从发草坡上翻过去，而是从右侧绕的。这是盲爷的建议，也是他的经验，他说自己当年在西北做贼王时，一般是不直上坡顶的，那样无法知道坡顶的另一面是什么情况，而且那是个进退两难的位置，对家如果在坡顶的另一侧摆局候着你，你会措手不及，无法逃避。所以应该从一侧绕过去，这样就算遇埋伏也可以早一点知道，而且侧坡的位置上下进退都可以。

接下来的路，四个人没有遇到任何危险，路径也很好走。没见到铁鹰云，也没听到铁鹰云飞过的怪声。只是鲁一弃的心中一阵阵地发慌发虚，但这感觉在一阵剧烈晕眩之后突然消失。

与此同时，发草坡上的四个草人在一股刃风吹过以后飞扬成漫天的草屑。

分水梁的位置很奇特，周围都是高峰，它就像是横搁在碗中的一根断筷。这是一道只有尺把宽的石梁，长度倒是有三四十米，两侧都是陡

1　这是一部禅史，作者青庭闲人，这肯定是为化名。其中有十个怪异的故事，是否作者杜撰无从考证。不过其中故事确实很吸引人，多被借鉴修改后用到其他著作中。此书最后一版是清雍正时出的，如今藏书界可偶见。

峭悬崖。

分水梁很直，但却不是很平，它有一定的坡度。平时，这石梁高起的那端有一个泉眼终日不断地流出水来，沿着这石梁流下来，在石梁面上分作两边，顺陡峭的崖壁流下去，就是因为这点，才把这里叫做分水梁。

但此时的分水梁上没有流淌的泉水，只有一层层迭起的冰，冰面闪烁着晶莹寒冷的白光，让人觉得眼寒、身寒、心寒。

莫天规根本没考虑这样的冰封石梁能不能过，因为到了这个地步，不管能不能过，他们都要拼命一试。可是在这样少见的险地儿，要是再有对家的什么死坎活扣来攻袭，那活下来的机会就渺茫了。

“盲爷，你仔细听听，上了石梁再出现什么变故我们就很难有机会了。”莫老头说道。

“没事，走吧，要这样婆婆妈妈的，明天也过不了这梁子。”盲爷很肯定，但不知道这肯定是否确实来自他的听觉。

鲁一弃首先走上的冰封石梁，脚步战战兢兢。说实话，他这辈子从没走过这样危险难行的道路。虽然他心中惊恐慌乱得一团糟，但表情却很是镇定，就算是那缓慢的一步一蹭，显现出的都是大家宗师才会有的谨慎。

鬼眼三紧跟在后面，不知道从什么时候开始，他把保护鲁一弃当成了自己唯一的重任。

盲爷跟在鬼眼三背后，莫老头想扶他一把被他甩手拒绝了，自顾自地点步踏上石梁，稳健得像个黑色的鹞子。

莫老头看着盲爷的背影，眼角稍稍抖跳了一下，但随即马上回头，再次查看了一下周围的情况，没有发现异样，便也踏上石梁。

行进的速度不慢，没一会儿，四个人已经在石梁上走出一半多了，但是越往那边越难走。因为那边本来就是高点，是水流下来的地方，所以越往前冻结的冰层就越厚，坡度也就变得更大。

鲁一弃在最前面，他抬头看了看，没多远了，虽然是最艰难的一段，但也只要再坚持几步就过去了。

可就在此时，一阵怪声骤然响起，如同鬼哭狼嚎、魔吼兽喘。

铁鹰云！铁鹰云在这个最不应该出现的时候出现了。

“快过去，铁鹰云来了!”莫天规的喊声中似乎带了点惨然。

盲爷在催促鬼眼三：“倪三，你倒是快点！”

鬼眼三不是不快，是因为他快不了，他的前面是鲁一弃，鲁一弃不是练家子，走这样的险滑道路真的很困难。

“老贼瞎，嫌慢你跃高子。”鬼眼三话的意思是你嫌慢就从我们头上跃过去。

要跃过正常人的高度，对盲爷来说不算难。但是在一条只有尺把宽且结有光滑冰面的狭道上，而且冰面高低叠凸不平。盲爷怎么都不敢冒这个险。

“就我过去有屁用，你过去晚了，来不及下‘冷血定息咒’我们还是一样完！”盲爷喊道。

“大少在我前面，我给他下咒，保了他的命，再转过来和你一并跟铁鹰拼了。”鬼眼三说的是气话，在这样的冰封石梁上给人下“冷血定息咒”，自己又没命解咒，那被下咒的人不是滑落谷底，就是被冻死。

这样紧张的气氛让鲁一弃觉得应该说点什么：“应该还有其他的办法对付铁鹰云，我不是就打下铁鹰的一根铁羽毛吗，那铁鹰不是也飞走了吗？”

虽然铁鹰云的呼啸声越来越近，危险已经近在咫尺了，但鲁一弃随意的一句话还是让莫老头眼睛猛然一亮，多少年的疑难竟然在这一刻顿悟。于是他急急地高声问一句：“你们知道‘倍加复列’吗？”

“我知道！”这是鲁一弃在《机巧集》里看到的，说白了就是以一点为主点，在其后按顺序成倍地增加，比方说骨牌，推倒一块就可以使背后的一片倒下。

莫天规咧着嘴说道：“先找到铁鹰云倍加复列主点位上的那只鹰，再找到主点铁鹰翅羽倍加复列的主点，断了翅羽主点，这只鹰就完了，主点鹰一完，铁鹰云也就散了。”

没等鲁一弃完全理解这话的意思，一声穿透夜空的尖啸从半空中凌厉而下，还夹杂有风吼声和一些吱吱咔咔的怪响。

莫老头脸色一沉，返身抽剑，顿时一道青光暴涨。莫天规不再是那个矮胖邋遢的老头子了，一个真正的高手眨眼间出现在了青芒四射的剑光中。

这种变化是个人就能感受到，因为剑光中心散发出的威力是震撼的、摄魂的。可惜对手不是人，是铁鹰，只是一部机械、一件工具，没有生命，更没有感觉，任何力量对它们都没有震慑作用。

铁鹰云是个庞大的群体，它们从山峰的另一侧掩盖过来，真就像是翻卷着的乌云，层层叠叠，一下子就将这山峰堆垒的井口给封住了。

也正因为这里的地形像口井，所以铁鹰云没办法一起扑下。周围山峰和树木会影响他们的排列，而且狭窄的山谷间，下来铁鹰太多后，气流的变化会导致它们无法正常飞行。

大部分的铁鹰悬在高空，排列成鱼鳞云，就像是一副巨大的黑色鳞甲挂在天上，发出刺耳乱神的怪响，声音在这井一般的山谷中回荡，让人难以忍受。

扑下来的铁鹰不多，却也是一个组合，头尾呼应、先后有序，是乌梢云。由于它们的速度很快，相互间的距离又很近，所以打眼间看不清具体个数，估摸应该有十几只。

莫老头挥剑砍在最前面的那只铁鹰的头上，把头劈作了两瓣。这只铁鹰被这一记重击逼退了一丈多，背后的其他铁鹰也同时腾起一丈多，配合得就如同一个整体。

铁鹰的脑袋被劈了，却不会影响它继续攻击。它是一件机械，只会坏不会死。于是第二轮攻击在乌梢云退后了一丈多后便继续开始，所不同的是这次领头的不是那只破了头的铁鹰，而是三只铁鹰。就在破头的那只铁鹰再次扑下的瞬间，紧跟它身后的两只铁鹰往前猛地一冲，从左右两侧一下子撞合在一起了，组成了一只更大的鹰。结合以后的铁鹰有六只铁爪，而且还多出两只翅膀挂在身体下面，都锋利无比。

莫老头已经来不及闭上因惊讶而微微张开的嘴巴，他抬臂挥剑，尽全力对着巨大铁鹰的组合迎上去。

冲击的力量比莫老头想象中的要大得多。三只鹰的重量，只使用了四只翅膀，这样下坠冲击的力量远超过了三只铁鹰分别扑击。而莫老头现在脚下是冰面，下盘不牢靠，就算身怀霸道的劲气也无法全数使出，而且他还不能采用以身卸力和跺踹借力的方法来应付铁鹰的冲击，那样很可能导致冰层碎裂滑落，这么一来四个人便都会坠入谷底。

下盘是虚的，又无法借力卸力，这让一个高手变成只会使蛮力的莽汉。又是一次更猛烈的撞击，夜色中可以看到四溅的火花。铁鹰的组合在丢下两只铁爪后再次扑动翅膀将身形腾起。但是这次明显慢了，艰难了，因为现在是借助了四只翅膀的动力带动三只铁鹰。

虽然砍下了两只铁爪，但是莫老头还是在这大力的一撞之下往身后滑倒。他的脚下无法踩实，所以只有在这尺把宽的石梁上不由自主地往后滑。而且他连后滑的方向都无法控制，只要稍有一点偏斜，就会掉入两边的万丈峭壁。

但莫老头只滑出两脚掌的距离就停住了。因为石梁的冰面虽然不能给他大力支撑，背后却有人帮他稳住了身形。

莫老头撞在盲爷消瘦的背上，莫老头站稳了，盲爷却变得摇摇欲坠。

在这样光滑狭窄的冰封石梁上，在这样大的撞击下，谁都不能保证自己可以站稳，更何况盲爷看不见脚下的石梁冰面，他不敢往前冲步卸力，只能强撑着不断摇晃自己的上身，尽量稳住脚步和身形。

多亏鬼眼三抓住了盲杖的另一端。鬼眼三转身的时机是恰到好处的，但他抓住盲爷的盲杖另一端却是鲁莽的，盲爷的剧烈摇晃将鬼眼三也带动起来，他的脚下的冰面比盲爷那里的坡度更大更光滑。

鲁一弃也转身了，他半蹲身子，一双手捧牢了鬼眼三的腰胯，将鬼眼三摇晃的腰腿稳住。

他们都稳住了，但谁都不敢再动一下。

铁鹰再次落下的时候已经变成了六只的组合，背后又有三只铁鹰撞上来与前面那三只组合在一起，像是半片山壁一样砸落下来。

莫老头的脸色变得死灰死灰的，他有些咬牙切齿地叫道：“快碎主点！快碎主点！”

鲁一弃也知道这是在对他叫，但他急切间真的找不出铁鹰云“倍加复列”的主鹰位，更找不出铁鹰羽翅的主点。

六只鹰的组合下来时已经不像是一般的鹰扑，更像是砸下、压下。

不管鲁一弃有没有找到主点，会不会碎主点，现在都已经来不及了。莫老头，这个墨家硕果仅存的高手只能拼尽全力再搏一把。

莫天规改作了双手持剑，紧紧靠住盲爷的后背，抵靠住盲爷的脚跟。然后挥舞双臂，将剑划了半个绚烂的光轮，同时苍唇半开，一口气从小腹间直冲胸喉，一声炸雷般的叱喝响彻夜空。

紧接着是金属的撞击和破裂声，不知道砍中哪只铁鹰，也不知道砍到铁鹰的那个部位，但是这次莫老头没能将铁鹰的组合砍砸得再往上腾起，只是将它们扑击的角度稍稍抬高了一些。铁鹰云的组合继续斜滑而下，紧贴着四人的头顶飞过。

莫老头的反应很单一，他斜着身体直直倒下，这一轮较量有他预料到的，也有出乎他意料的。他知道自己最终会倒下，但是他没想到自己会这么直接，这么无着无依地倒下。

在莫老头倒下的同时，盲爷毡帽的帽顶整个落了下来，鬼眼三杂乱焦黄的头发变成了板寸，鲁一弃弯着腰位置最低，所以没被波及，但他听到自己背上毛瑟步枪枪管发出刺耳刮磨声。

莫天规就像是个摆放在石梁上的稻草把，被空中巨大的力量推撞出石梁的范围，倒栽下了峭壁悬崖。深不见底的悬崖下远远传来莫天规一个短暂而清晰的惨呼，竟然连漫天铁鹰的嘈杂声都掩盖不了。

等鲁一弃发现有什么落下悬崖时，他只隐约看到盲爷的帽顶打着旋儿在峭壁边盘旋。

铁鹰云的组合从三人头上掠过便不再回头，在紧贴山坡的地方一个侧向翻转，那六只鹰的组合顿时散了，沿着山峰往上飞去。乌梢云剩下的铁鹰也没有继续向鲁一弃他们攻击，而是振翅追上前面的六只铁鹰，往半空中的鱼鳞云汇拢过去。

自然云形中的乌梢云是云头一过不再回头，铁鹰组合成的乌梢云也是一样，只要扑过头就散开重新排列组合。对付乌梢云，重要的是要有个高手能将云头挑过。莫天规就是这样一个高手，虽然他的方法不正确，但是他无意之举也达到了一样的效果。

大群铁鹰组成的鱼鳞云中又拖出一缕云带，就像是个仙子挥舞的袖带。袖带云，铁鹰的又一种组合，没有谁知道这样的组合怎样破，也没有人知道这样的组合怎样避开，更没有了能与铁鹰组合稍作较量的高手。

石梁上的三个人可能是被莫天规的坠落吓傻了，也可能是被蜿蜒叫嚣而来的袖带云震撼了，他们不敢动也忘记动了。

鲁一弃带着失去莫天规的痛楚喊道："啊！'倍加复列'的主点怎么找呀？"

是的，如果鲁一弃知道"倍加复列"如何应用，如果他能找到铁鹰云排列的规律，如果他能及时破了铁鹰云的主点，莫天规就不会死了。

可现在他们连为莫天归伤心的时间都没有了，必须冷静，必须找出铁鹰云的缺！

"是不是你们鲁家三角屋脊一瓦挂百槽？"鬼眼三的这一句话让鲁一弃和盲爷一下子都安静下来。

盲爷也开口了："莫非就是'一点吊千斤，单梁挂波来'？"

鬼眼三又抢着说道："三角屋脊头瓦无槽，压双瓦出单槽，再压四瓦出三槽，依次类推，瓦裂屋漏，下瓦裂，漏点，中瓦裂，漏片，头瓦裂，檐面俱漏。"

盲爷也插入话头："一个小小的固定点，它的牢靠程度直吊重物可达千斤，但是如果是一臂伸出就不能这样吊挂了。比方说单梁挑出挂檐椽，近根处可挂双根丈二，第二隔可挂双根丈一，越往尾处越短，最后只能挂单根几寸。"

说话间，那飘带一般形状的铁鹰云已经盘绕到了三人头顶了，前面的几只铁鹰已经开始绕圈盘旋起来，越往下，盘旋的范围越大，可以看出，这次的攻击是要让铁鹰云组合呈一个螺旋形罩扣下来，让这冰封石梁上三个人死在一个巨大旋涡里——从空中倒转而下的漩涡，由无数铁翅利刃旋转而成的漩涡。

碎云天

这二人的讲述让鲁一弃想起了一样东西——“闻鬼来”。南宋年间，河南见性禅院的天目和尚著有一部《世事怪异诸般》，其中曾提到一件可以闻知鬼魂来临的物件——“闻鬼来”，书中有云：“金叶八十一片，大不逾甲，薄如鳞。一银线穿之如扇，挂檐下，鬼至，其声若铃；鬼近，线断叶落。鬼弱，叶飘数片；鬼凶，金叶尽散。”鲁一弃当初看到这篇文章时，他觉得很不可思议，后来四叔给他含糊地解释过几句，说这“闻鬼来”是用一根银线巧妙地将八十一片金叶串接而成的，当没有缘由的怪异力量出现时，金叶会相互撞击发出铃铛般的响声，怪异力量离得近了，银线断裂金叶飘落。如果靠近的怪异力量不是很强，就只能震落其尾端的几片金叶，如果怪异的力量极强，其力度可以延银线作用至串联的起始部位，那里的金叶一落，它下面相连的金叶便全都落下。

如此看来，“闻鬼来”金叶串接的起始部位就是主点，金叶的串接等同于铁鹰羽翅的串接，也等同于铁鹰云的顺序排列。

此时石梁周围一下子黑下来，是因为铁鹰云已经近在身边，那个巨大的漩涡已经将他们三个罩扣在其中。

鬼眼三的夜眼可以看清周围飞舞盘旋的铁鹰，甚至可以看清铁鹰身上铁喙、钢爪、翅刃发出的寒光。是的，有时候看得太清楚并不一定是好事，像鬼眼三现在这样，给他带来的只有临死前更多的恐惧和痛苦。

盲爷虽然看不见，但是他能听见，听见周围有无数迅疾强劲的利刃破空之声，那是风声、叫声、嘈杂声都无法掩盖的。

鲁一弃这一刻却安静得有些异常，他如同入定了一般，脑海变得空远而深邃，在这极度冷清和空旷的思维中，只有一根铁鹰的铁羽毛在飞舞飘荡。

“鬼强，力度直贯叶串其根。头瓦裂，檐面俱漏。单梁吊挂，根重尾轻。”这些概念让鲁一弃的思维更加清晰，让鲁一弃的心里更为平静。他凝神侧脸往身旁的铁鹰云看去。迅疾飞行的铁鹰在他感觉中一下子变得缓慢，体积本就庞大的铁鹰在他眼中一下子拉近，近得可以看到翅膀上每一根羽毛，近得可以看到羽毛上的每一个纹路。

这是一个活动的关节，这是一个可以扇动整个翅膀的关节，这是一个吊挂住一根羽毛，从而吊挂起整个翅膀的关节。

此时铁鹰云组合成的倒转形漩涡已经开始往中间收缩了，带起的刃风刮得三人脸上生疼，但是这样的疼痛肯定不会维持太久，失去生命就意味着疼痛的结束，这样的结局就在眼前。

鲁一弃拔出驳壳枪，枪响了，在铁鹰云的嘈杂声中，显得无比清脆悦耳。

一只铁鹰的翅膀散了，只剩一只翅膀的铁鹰如同是被漩涡甩出，砸落在一侧的山峰之上。许多的铁刃羽毛在漩涡中飞舞，眨眼间便不知飞散到何处去了。

鲁一弃只开了一枪，因为他现在已经不是像在道观前那样硬生生地打断铁羽毛，他现在打的是关节。关节不需要打断，只要打脱开就行。铁鹰的翅膀往上扬起到最高时是关节活动的一个极点，鲁一弃就是在这一瞬间将子弹击中关节的根部。于是关节脱出了，翅膀散了，铁鹰落了。

枪声继续响起，铁鹰继续掉落，铁鹰顺着山峰滚落谷底，发出“轰隆隆”的巨响，在山谷中久久回荡。

漫天的铁鹰是没有生命和意识的器具，所以不会因为同伴的散碎掉落而惧怕和畏缩，它们无意识、无停滞地继续收缩紧逼。所以飘带云没有散去，铁鹰掉落后空出的位置马上由后面的铁鹰补上。而且半空中鱼鳞云里不断有铁鹰继续飞下，补充到袖带云中。围住鲁一弃他们的这根袖带变始终牵在鱼鳞云中，不知道到底有多长。

鲁一弃很清楚，子弹打光后，是没有时间再填子弹的，而且照现在这种打法，时间一长，也保不齐自己会失手，这种处境容不得一点闪失。

袖带云的排列不是双双而至。这根“带子”是双鹰、三鹰、四鹰再三鹰、双鹰排列的，也就是双向波浪形，但其间的距离并不相同，这是因为这带子已经盘旋成螺旋状了，这种形态下数量不等的排列无法保持距离一致，否则无法正常飞行。铁鹰云这种机械排列的顺序是要有主位鹰的，主位鹰的作用是控制整个组合，找到这只鹰也就找到铁鹰云的主点。

鲁一弃随手打下一只铁鹰，借这样一个缓冲，他辨别出这根袖带从下到顶这样的双向波浪形总共有四个。对称形“倍加复列”，鲁一弃心中飞速度算：一二波顶端相连，取连线中心一点，三四波的波顶也同样相连找到中心一点，两中心点再相连，找出中心点，这个中心点对应到飘带云中有一只离得最近的铁鹰，就是它！鲁一弃心中暗叫一声，他甩手连续三枪又打落三只铁鹰，这样就将自己和确定的那只铁鹰之间清开了一个空当，这样可以防止威力小速度慢的驳壳枪子弹被其他铁鹰意外挡住。

没等其他铁鹰补上位，鲁一弃将枪口瞄准了那只主位铁鹰。枪响了，却只是“咔嗒”一声，不是卡膛，是没子弹了。

这下子完了，铁鹰云不可能给一弃留填装子弹的时间，盘旋的圈子迅速缩小，铁翅掀起的风让狭窄石梁、光滑冰面上的三人变得摇摇欲坠。

三人在惊恐中剧烈地摇晃，这让盲爷手中盲杖乱舞，于是盲杖的另一端从鬼眼三手中甩脱。鬼眼三手中突然没了盲杖，便也失去了和盲爷的相互支撑。他站立在光滑冰面上，在铁翅掀起的劲风中乱晃，随时都可能滑入身边的深渊。此时要稳住自己的身体只有弯腰，双手撑地，而且双膝不能弯，因为如果弯了，就会让鲁一弃失去支撑，身体前冲跌落。

鬼眼三像一张板凳，双手双脚都直直地绷在那里。这样的姿势让鲁一弃单手扶住鬼眼三背腰处便可以站稳；也让鬼眼三替鲁一弃背着的那支步枪有了一个往斜上方射击的角度；还可以让鬼眼三的身体做枪托，而鲁一弃一只手就可以瞄准射击。

枪声再次响起，比刚才的枪声更为清脆高亢。因为这是威力比驳壳枪要大得多的步枪。

原本清开的空当已经被其他铁鹰补上了位，但鲁一弃超常的感觉还是在众多铁鹰中找到间隙，寻到那只主点位铁鹰。威力大速度快的步枪子弹恰到好处地在铁鹰翅膀挺举最高时击中关节主点。于是翅羽碎了，铁羽毛飞散得漫天都是。

主点的铁鹰破了，却没有马上砸下悬崖深谷，因为它的上下左右都有铁鹰，因为它是这条飘带的主控点，所以它连续地撞在其他铁鹰的身上。被撞到的铁鹰转向又撞到其他的铁鹰，于是有了连锁反应，袖带开始乱飘了，不断有铁鹰从带子中冲出或落下。上边又立刻有铁鹰补位而下，于是整个袖带上的铁鹰都碰撞纠缠到一块儿。铁鹰组合成的袖带云毁了，它们如同一挂铁流的瀑布向山谷中狂泻而去。

山谷在轰鸣，山峰在颤抖，积雪飞扬成雾，树木断折如鞭。

鲁一弃已经蹲下，并且用一只手撑住石梁冰面。他这是下意识的反应，不论谁的头顶出现这样一幅天地变色、山峦战栗的情景，都会将自己身体缩到最低。

盲爷从鬼眼三和鲁一弃上方跃了过去。因为他听到狂泄而下的铁鹰中有一只夹带着吱嘎的怪响直往他头顶砸下，要是再不跳，就会被切成肉块、砸成肉泥。

盲爷跃过去了，却没有踩到山坡，还是落在了冰面上，而且是石梁水源处圆滑凸起的冰面，脚下一滑便往石梁一侧的峭壁下跌落。

盲爷在最后一刻拧开了盲杖的机括，盲杖弹出伸长的一段扎在山坡上，深深刺进一棵枯死大树的树干。盲杖挂住了盲爷，稳住了他的脚步。因为成为瞎子而懊恼了大半辈子的贼王此时应该庆幸自己是个拄盲杖的瞎子。

落下的铁鹰没有砸到盲爷，却砸在了石梁的冰面上。随着破碎冰面连串的“咔啦”爆响，石梁两侧挂结住的冰面大片大片地滑入谷底。

鲁一弃和鬼眼三都感到脚下的冰面松动了，鬼眼三的夜眼还见到了水，在冰面下流动的水。冰面与石梁之间松动后出现间隙，堆垒冻结起来的冰层便再也阻堵不住水源。

更为可怕的事情出现了，又一只铁鹰碰撞后落下，贴着吊挂在那里的盲爷，砸在水源处那冻结得像个大馒头似的冰面上。石梁上的冰层断裂了，冰面下流动的水让一整块冰面顺着石梁的坡度往下滑动，而鲁一弃和鬼眼三就趴在这块冰面上。

鲁一弃和鬼眼三两个无路可遁，只能随着滑动的冰层一点点地坠向深渊。

第二章　隐居在大兴安岭的鲁班后裔

一旁的任火狂没有看鲁一弃手中的画，因为这是人家门中的秘密。不过他倒是对傅利开手中的《班经》发生了兴趣。任火狂身上也有一本《班经》，那是鲁盛义送给他的，让他有时间研究研究，以后鲁家如需要会其中技艺的人帮忙，可以请他出马。

现在他发现傅利开手中的《班经》比他的要厚得多，探头瞄一眼，字迹也比自己书上的小，这是怎么回事？

闹处袭

东北人的口味重，他们吃的菜重盐、重油、重辣子。一大盆子菜往面前一端，油腥味、辣子味直冲鼻孔。但是在天寒地冻、冰封雪盖的地界，只有这样的菜再加上烧刀子酒、酸碱子面，才能让你吃出火坑上的热度来。

吃饭的棚子里没几个人，外面倒是人来人往。大兴安岭山林子里这样的小镇本就不多，更难得这样热闹，要不是今儿是大冬，又赶上年底出山货的大集，这里恐怕除了白雪就是林木，再有的话就是什么兽子会到这里来溜达溜达。

俗话说，大冬小年，其实小镇过年都没今天热闹。过年的时候不管走货的还是圈货的，都出山回家，这里反比平常还要死寂。而今天，不但是个大节气，更是收获的日子，钻山客忙活了一整年都在今天见现钱。

比饭棚子更冷清的是西边紧挨着的一个铁匠挑子，这里的铁匠是不开铺子的，那样会没生意做。铁匠一般都是挑个火炉担子跟着大群的山客背后跑，这样随时可以给他们打工具、修工具。现在是年尾收工的时间，谁都不会挑这个时间做工具和修工具，总要等到明年开春动工时。所以尽管挑子的炉火很旺，却没一个生意。

饭棚子的东面是一块空地，没人在那里摆摊子，因为空地的另一侧叠堆着像小山一样的原木。虽然堆头都用很粗的麻绳固定着，但山里讨生活的人都知道那里是个危险区，是不能久留的。

饭棚子对面七八十步外是一个简陋的戏台子，吹的拉的坐了半个台子，中间一对男女甩着红帕子摇着花扇子在唱二人转。

看戏的人不多，戏台子下面大多是看货、收货、砍价、称重的人。只有少数几个出了货，并且得了好价钱的，才心情愉快地看着戏台上盘儿亮、声儿脆的女戏子想入非非。

最热闹的地方反倒是在戏台子东面，围了一大群的人在吆喝着叫骂着，那是个卖木头的摊子，摊主撸着袖子，拿着一把又长又大的弓形锯，就像是个卖肉的屠夫。这摊主的材货是论斤算价的，因为他卖的是铁线金花梨和红玉脂矮松。这两种木头都是难成材的稀有木种，以前是专门用来雕刻佛龛佛像、壁挂摆设进献到宫里的。

饭棚子里的人也没有在看戏，他们吃饭吃得很专注，似乎棚子外面热闹的一切和他们都没有关系。

盲爷端起粗瓷碗连灌三大口烧刀子，这是他当贼王时留下的习惯，喝酒总是先灌三大口过下酒瘾，然后再慢慢地品。从他脸上露出的惬意笑容可以知道，这里的烈性烧酒很对他口味。

鬼眼三的笑容有些吓人，这是因为他脸上两道很长的伤疤让他的笑比哭还难看。除了脸上的伤，鬼眼三的手上也有一个怪异的伤疤，这道伤口绕他左手掌整整一圈。这几道伤疤虽不致命，但是它们却能让鬼眼三真切地想起夜斗铁鹰云的惊心动魄。

鲁一弃也有伤，但是看不到，因为在背上。那是两支铁鹰的铁羽刺透棉衣刺入肉体造成的。铁羽入肉很深，幸亏是斜入肉而不是直刺，否则就刺破心脏没命了。

那夜在分水石梁上，他和鬼眼三脚下的冰层已经有一半滑出了石梁的边缘。但此刻两人都站不起来，也移动不了身体，他们任何一个使力的动作都可能导致冰层快速侧向滑出石梁。

当时的情况已经极度危急，鲁一弃表情反变得异常平静，他在认真寻找机会。现在他的身上负有重任，绝不能就这么死了。

鬼眼三一只手在跪着的身前忙碌着些什么。就在冰层滑出石梁的瞬间，鬼眼三掷出身体前横放着的雨金刚。雨金刚飞到石梁另一侧的山峰上，从一棵大树的两个粗大枝杈间穿过。伞把后面好像牵系着什么东西，鬼眼三就在身体往石梁下坠落的同时，左手一抖，雨金刚张开，挂住了那两支粗大的枝桠。

鬼眼三没有忘记鲁一弃，坠下时，他反手紧紧抓住鲁一弃的前衣襟。鲁一弃也死死抓住鬼眼三的腰带。

鲁一弃和鬼眼三拉扯着一起滑落到石梁一侧的悬崖下。鬼眼三发出一声惨呼，差点没把鲁一弃的耳朵给震聋了。但这声惨呼不是垂死的呼叫，而是因为彻骨的疼痛。

雨金刚的伞把上系着一根细丝——“天湖鲛链”。鲁盛孝从垂花门前的五足兽上解下来两根，给了鲁一弃和鬼眼三一人一根，说是能派到用场。果然，才过了一天，这物件就救了两人的性命。

鬼眼三是将“天湖鲛链”在左手掌上缠绕了一圈，细细的“天湖鲛链”上挂着两个人的重量，一下便深深勒入到肉里，将鬼眼三手掌切出一道血缝。要不是鲛链有一定弹性，甚至会勒断骨头，把半个手掌切掉。

铁鹰在继续砸落，石梁周围铁羽乱飞。鬼眼三的脸上被划开了一道血口子，皮肉翻卷。鲁一弃的背部也被两支铁羽深深刺入，伤势比鬼眼三要重多了。铁羽扎得太深，可能伤到了肺部。口中咳出些鲜血后，他的目光开始迷离，是昏厥的前兆。

鬼眼三背着鲁一弃，盲爷在背后托扶着，他们翻越了面前的山峰。终于来到官道上的三岔口，才在岔口站住，昏迷的鲁一弃突然醒了过来：“不要走官道，往东北方向寻小路走……”

鬼眼三和盲爷都听清了一弃的话，但是他们都不能理解，于是站住没动。

“对家铁鹰云虽然厉害，但他们不会只动用这样一个坎面来对付我们。但对家开始肯定没想到我们会分两路走，要调动再多力量已来不及，只好将现成的坎面兵分两路截杀。所以是吴副官他们诱走了对家其他什么坎面，也不知道他们现在吉凶如何。”

鲁一弃咳了一声，这次没有咳出血来。

“对家很快就会发现吴副官他们不是正庄，随后就会集中人马全力对付我们。对家有理由认为我们会往西与吴副官他们会合；也有理由认为我们抛出吴副官他们一行诱他们往西，而我们实际掉头在往东；当然，他们更有理由想到我们会往北去寻离这里最近的土宝。所以这三条路我们都不能走，只有往东北方向寻小道走，才能摆脱对家。”

鬼眼三默不作声，思忖良久，终于咬咬牙，恨恨地一跺脚，往布满积雪的山坡上走去。

盲爷的表情是愕然的，鲁一弃突然改变路径他似乎也十分地不情愿，好像破坏了他什么计划，让他浑身难受，脚步与背着鲁一弃的鬼眼三相比，显得十分地艰难。

鲁一弃的想法是缜密的，但有一点他没有想到，正是因为他选择了东北方向，对家才停止了追杀。只两天时间，朱家飞信便传遍东北方位的冰风堂、黑流堂、白林堂及其属下所有坛口，飞信中具体描绘了鲁一弃三人的面相特征，严令各处盯住三人，具体行动待门主下一步决策。

到达大兴安岭中的这个小镇已经是一个多月之后，这一路他们翻山越岭钻林子，乘过马车、雪橇、冰耙犁，已经算是很快了。可鲁一弃感觉背后始终有对家在追赶。

这个偏僻的镇子再往北就是一条犹如黑龙的大江，而且离着这里不远，曾经是满人祖先聚居的地方。不知道为什么，鲁一弃感觉不能再往前走了，因为他很不舒服，那种滋味很难形容，就像是遇到凶险前的预兆一样。

最近这段时间，鲁一弃研究了和《机巧集》一起掏出的那块玉牌，但是上面的文字真的很难看懂，而且这些奇怪的文字并没有像前几次那样在他脑海中重新组合，他只能凭着自己对各种古文字和符号的了解逐个去破译其中的意思。

玉牌上每行文字的前面都有一个符号，这些符号很容易就辨别出是八卦的爻形。鲁一弃找出巽位，太极八卦中的巽位代表东南方向。但是在先天阴阳八卦中却代表东北，这概念现在很少有人懂。其实鲁一弃也不知道，但一见到这个巽符，他脑中就立刻显现出东北的概念。于是他着重分辨这一行的文字符号，最终也就认出“金”、“黑”、“母性”这样几个字，而且从文字位置上看，这母性二字应该是在最后的地名上。但三个人在山林里转悠了好几天，始终未发现和这几个字有关的地名和建筑。

鬼眼三笑吟吟地喝了口酒，最近这些日子他特别开心，因为他身体内的“三更寒”虫卵还没有发作，也因为这些天他在林子中轻易就掏了几座墓穴，成了一个不小的财主，让他们三个可以衣着光鲜有吃有喝。

其实鲁一弃那天让往东北方向走，鬼眼三心中是极其矛盾的，往西往东，可以绕个弯儿继续往沧州行进，他就有机会找到韦经道帮他除了虫卵。现在是往东北方向走，他活命的希望就渺茫了。开始几天，每到夜里他就让盲爷用“天湖鲛链”将自己捆绑起来。但奇怪的是，体内的“三更寒”虫卵一直都没发作，甚至连点发作的迹象都没有。于是他很开心，而且越来越开心。

鲁一弃没有喝酒，他扒拉着一大碗酸碱子面，面条虽然扒拉得很快，其实到嘴的并不多。因为他样子像在认真吃面，注意力全都放在周围过往的人身上。斑斓的玉石“弄斧”挂在他胸前晃悠着，并不十分引人注目，但该注意到的人，一定不会错过。

鲁一弃突然放下手中的面碗站起身来。

鬼眼三见一弃站起来，赶忙咽下口中塞得满满的粉条，也站了起来，并随手提起身边的雨金刚。

盲爷没站起来，但他也停止了咀嚼，侧耳从周围的声响中搜寻异常。

鲁一弃在人群中感觉到一种少见的灵动气息，绵长不断，层层叠叠，腾跃不息，每一次的起伏都强劲有力。隐约在黄灿的气息中还夹杂着暗青色的光泽。很难判断这是什么绝好宝贝，因为气相上看像是物中有物。但不管外物还是内物，年份都会在千年以上。

在这种白山黑水的险恶之地，出现这样大年份的古物，很可能和鲁家藏宝的暗构有关系。

鲁一弃急切地走出了饭棚子，拨开人群往那气息来源走去。可他只关注到好东西的灵动气相，而疏忽了其他一些东西。也是由于那气相太盛，才将其他应该注意到的东西掩盖了。

一直走到很近位置，鲁一弃才突然发觉不对劲，在那灵动气相的周围还四散分布着其他怪异气息。这些气息很寒、很冲。之所以怪异，是因为它们与鲁一弃感受到的古玩气息大不相同。这些气息中更多的是血腥的味道、危险的味道、杀戮的味道。这些味道只应该在杀过人的武器上才会有，应该叫做血气、刃气、杀气。

鲁一弃还发现，那些怪异气息的分布是有一定规律的，是《道藏精华》[1]中提到的“五重灯元汇”[2]。大年份的古物就好比一柱灯元，而周围却暗布五重二十五处杀人的武器，这就像是撒了谷米后的倒扣藤箩，在诱惑着雀儿，等待着雀儿进入。

鲁一弃不但止住脚步，他还马上往后退，因为他意识到那些血气、刃气、杀气由于他的接近而越发旺盛起来。

“快走！”这一声是对跟在身后的鬼眼三说的。鬼眼三也马上反应过来，但他没有马上动作，而是等鲁一弃退到他身后以后，他才往后退，边退步边提着雨金刚警惕地戒备着。

人群乱了，从中闪出十几个手持利刃的人。那些利刃是非常标准的明式护卫刀，刀的前段圆宽，后段窄直。持刀人的动作很一致，握刀的手很稳，在阳光和雪光的映照下，可以清楚地看到刀身上优美的纹饰。

刀，就算再美，终究是要在杀人时才能体现它们的价值。鲁一弃的动作明显没有那些刀手快，而且场面一下就混乱了，四处奔逃的人们阻碍了鲁一弃快速退逃的脚步。杀人的刀顿时就逼近了他。

鲁一弃走不远，鬼眼三便也走不远，他始终将鲁一弃护在自己身后，他要在危险和鲁一弃之间竖起一道保护墙。

刀手们动作快，这是因为他们是有计划的，有目的的。而且他们不会顾及那些四散奔逃的人，为了扫清拦路的障碍，他们毫无顾忌地将拦阻到他们攻击路线的人砍倒。

鬼眼三和追击的刀手接上了手，但是他的一把雨金刚只能拦住两个，其他刀手绕过鬼眼三继续往鲁一弃这里追来。

鲁一弃将一支驳壳枪藏在了棉衣里面，此时要掏出来很不容易，另一支驳壳枪在鬼眼三背囊里，但此时的鬼眼三根本没机会掏枪扔给他。还有两支步枪在饭棚子里，分别用两块暗青色的粗布包缠着。鲁一弃回

1 道家著作，明末清初时，姑苏玄妙观无拙道长收集整理。但后人指出，当时的姑苏玄妙观破落得很，几乎是殿倾观空。所以很可能是其他什么人托玄妙观名头而作。

2 道家一种修炼的状态。是将心元化作一盏明灯，然后再一盏化作五盏，四盏围住中间一盏盘旋；然后这五个灯盏再各自化作五个，同样是四个围住中间一个盘旋。这种状态与佛教中“心生莲花，莲中生莲”的修炼状态很相似，也与星体的运行有相似之处。

奔的目的就是要拿到这两支步枪。

盲爷在饭棚子里，却没有想到将那步枪扔给鲁一弃。他只是迅疾地冲出饭棚子，将盲杖抖成一条黑色毒蛇一般向那些刀手阻杀过去。前面的刀手让开了盲爷，后面的刀手却缠住了盲爷。于是追击的继续追击，纠缠的开始了纠缠。

再没有人可以护住鲁一弃了，依照这样的速度，鲁一弃根本走不到饭棚子那里。几个刀手已经呈半圆形朝鲁一弃收拢，就像是一群豺狗即将扑到一只羸弱的猎物。但是，就在这个紧要关头下雨了，下了一场又硬又热的雨，而且有幸沐浴到这种甘霖的只有那些刀手。

刀手的身手都不错，他们不愿意被这样的烫雨淋到，于是都挥刀格挡。一时间到处火星飞溅，焦臭漫溢。

落下的雨点是一大堆烧红了的铁器，有凿子、刀子、铲子、刨子，这些雨点虽然不是很多，却够大也够烫，刀手们虽然格挡有招，但是格挡之后，烧红铁器会迸溅出许多的火星，于是免不了头发衣服烧焦、脸面脖子遍布燎泡。

刀手们被这些滚烫的雨点阻了阻，但是他们却没有退，雨点一过，他们又以更快的速度冲了上来。

于是第二场火雨来临了，这次下来的都是燃烧着的火炭。雨点更密，更加难以格挡，而且这些火炭一碰就碎，化作无数火苗飞落而下，沾身即着。

这样一番火雨下来，刀手已经没有刚才那样好受了，好几个人一下就燃着了。但这些刀手都是惯战江湖的老手，身上一着，便立刻前扑滚地将身上火苗压熄，滚地同时还能巧妙避让落在地上的那些火炭，应变能力极好。

本来这阵火雨的阻挡应该可以让鲁一弃有时间从容奔逃到饭棚子，但是偏偏有两个赶在最前面的刀手避过了这场火雨，他们本就靠前，所以第二次火雨的袭击，两人只需低头纵步，挥臂遮面便躲了过去。

鲁一弃看到饭棚子前面的台子上搁着一锅油汤，那是送给买馍馍的人就着吃馍馍的。那汤不冒热气，但这不意味着不烫，当地人喜欢用厚厚的油面封住汤面保温。

刀手离得很近了，鲁一弃已经可以听到护卫刀挥舞的风声。他想都没想就伸手搭住锅耳，手臂使力往身后甩出。随着热汤的泼溅和铁锅的破裂，护卫刀挥舞的声音顿时迟缓下来。

鲁一弃不知道身后是怎样的情形，他连回头看一眼的时间都没有。因为杀气再次逼近，后面那群刀手已经从火雨中冲了过来。

最前面的一个刀手的刀尖已经快抵到鲁一弃的后背心了，而鲁一弃距离他包裹了步枪的长布包还有几步距离，其实就算他已经将那长布包拿在手上也没用，这关头，做什么都来不及了。

刀尖进入到鲁一弃的体内应该是轻松的，因为刀手的速度快、力道大、刀锋利。但是那刀手却戛然止住身形，并快速地往后连退两步。只有身手极好的刀手才能做到这点，他们在快速攻击时是会存留一部分余力的，这样才可以保证身形的进退自如。

刀手停住、后退，是因为他的身前突然横出一根钢钎，一丈多长，烧得通红。还未与钢钎触碰到，他就已经闻到自己衣服棉布发出的焦臭味。

后面的刀手也发现了钢钎，于是腾身而起，这是要从烧红的钢钎上越过去。于是钢钎挥起了一个扇形，就像打开了一面通红的折扇一般。腾起的刀手知道自己钻不过这个折扇中的间隙，于是将手中刀在这扇形上一撞，硬生生将身形落了下来。刀与烧红钢钎撞击出的火星洒在了刀手的头上身上。

通红的钢钎再次挥舞而起，这次是一个巨大的半圆，因为那些刀手迅速改变了扑击的途径，他们放弃从正面攻击，迂回到两侧同时袭杀。但钢钎挥舞成的半圆基本可以将鲁一弃保护在中间，刀手们的这次扑击又告无功。

火红的半圆是单臂持钢钎抡出来的，这样覆盖的范围大一些，对鲁一弃的保护也多一些。但单臂可以抡起钢钎却无法持住钢钎，因为钢钎太长太重。一个半圆结束，钢钎头也就跌挂到地面了。第二个半圆必须重新运力将钢钎甩起才行。

两个刀手找到了这个破绽，当第二个半圆未完，钢钎才往下垂，他们马上腾身跃起，一个扑向鲁一弃，一个扑向挥舞钢钎的人。

扑向鲁一弃的人马上后悔了，他面对了一件从未见过的武器。那是一个长形的布包，像是根差不多扯完了的布匹卷。有江湖经验的刀手不怕面对刀枪斧钺，就害怕面对未知的武器，因为他们不知道该用什么招法应付。

刀手还没来得及决定退还是进，就已经一个倒栽摔落在地。鲁一弃没有留情，一枪命中刀手的眉心。

枪用布包裹着，所以拉不开枪栓，拉不开枪栓，鲁一弃便无法继续他的第二次射击。他只能拿起另一支用布包裹的枪，瞄准又一个从侧面冲刺而来的刀手。

依旧是一枪正中眉心，刀手倒下死去的动作很是好看，一个侧身的小翻，就如同戏台上老生摔跤的姿势。

烧红的钢钎已经没有刚才那么红亮了，但温度并没有低多少。此时拿钢钎的人已经被七八个刀手围在中央。

刀手们靠近不了那个暗红色钢钎舞成的圈，却可以靠近鲁一弃。又有两个刀手绕过钢钎，向鲁一弃逼迫过来。

鲁一弃提着枪往东面快速移动，因为背后有木排房挡着，西面是铁匠横倒着的火炉子和满地的火炭、火苗。

本来鲁一弃是打算跑到东面的原木堆那里，然后利用堆得像小山似的原木堆再和刀手们拖延些时间。但他还是慢了，东面包抄的刀手与鲁一弃正好打个照面。这种情形下，鲁一弃能做的只是将步枪对着刀手砸扔过去。刀手对这轻飘飘扔过来的长布包依旧是非常小心的，他没有接，也没有用刀磕挡，只是一个矮身让了过去。让过的刀手没有停住身形的前移，就连速度都没有减缓一点，手中的刀一挺，对着鲁一弃的前胸就斜刺了过来。

鲁一弃没有能力将脚步一下停止或将身形突然变换过来，只能眼睁睁地往刀手的刀尖撞上去。

这样一个情形凭鲁一弃的身手已无法躲避，但是他有超人的感觉，可以看清极其快速移动的物体，包括此时刺来的刀尖。于是他提前伸出了左手，在预算出自己撞上刀尖的前一刹那，从两侧捏住刀尖。

刀手的刀没有刺中鲁一弃，因为鲁一弃左手借助刀上的力量，停住了身形，并且快速往后退步，保持着身体和刀尖的距离。刀手是有无数次实战经验的，所以他在继续前刺的同时，迅速翻转刀身，然后再闪电般恢复原状，接着再翻转，再恢复，如此重复。鲁一弃捏住刀尖的手指只跟着翻转了一个来回就再也跟不上了，只能将手撤回。

刀手的刀继续翻转着，就如同一支旋转的钻子，往鲁一弃腹部钻刺进去。

众援手

刀尖刺入鲁一弃的棉衣，却刺得不是太深，因为被一件硬物挡住。那硬物是鲁一弃藏在腰前，并用长布条腰带连同棉衣一同扎好的驳壳枪。

刀尖不能继续深刺还有一个重要原因，是因为刀手的上半身被拉住了，刹那之间竟然无法再前进分毫。但他的脚步仍在疾进，所以下身往前甩空，身体仰躺着摔倒。

刀手是被一把大木工锯的边把套住了脖子。握住锯子另一端边把的大手是有力的，从套中脖子的那一刻起，这手就没再前移，刀手前冲的身躯都没能将这手往前带动分毫。

在大锯拉住刀手的同时，东面传来了一阵隆隆的轰响。这个热闹的大集上刚才下了一场火雨，现在又迎来洪流，是木头的洪流。小山似的原木堆塌了，一根根坛子粗细的原木轰然滚落，往饭棚子这边直冲而来。

原木的洪流中，两个毛茸茸的臃肿身影在轻盈地跳动，他们始终踩踏在洪流起伏的最高点上，就像波浪尖上起伏的两颗松毛果。跳跃的两个身影不仅准确地寻找到波顶点踩踏跳跃，避免被卷入洪流，同时还在往洪流的边缘靠近。很快他们就选择到一个绝好的时机从容地离开了原木的洪流，踏到实地并迅速往鲁一弃这边奔跑过来。

刀手们迅疾地跳跃奔逃，但仍有几个被卷入洪流。被原木撞压的刀手始终未发出惊呼和惨叫。因为袭杀过程中，这些声响会干扰到同伴，让同伴的袭杀变得迟缓甚至丧失信心。

差点得手的刀手在大锯锯把的勒拉之下，仰面腾空摔倒，他手中已经刺入鲁一弃棉衣的刀尖也顺势往下划去。刀尖划破了鲁一弃的棉衣，也划断了他缠裹在棉衣外面的长布腰带。鲁一弃藏在腰前的驳壳枪一下子解放了。

此时西面围过来的刀手到了，其中一个高纵而起，对着鲁一弃扑了下来，另外两个则纵身扑向拿大锯的人。

拿大锯的人左手一甩，一个圆盘状的物体朝扑向鲁一弃的刀手飞去。刀手已来不及阻挡或避让，圆盘直撞肋下，随着一声闷哼，刀手重重地摔在一根刚刚滚到他身后的原木上，一块圆盘形的红玉脂矮松木这才滴溜溜地滚动着停下来。

扑向拿大锯的人的两个刀手也跌落下来，那是因为有两把长柄的斧子将他们逼了下来。斧子是从那两个毛茸茸的身影中飞出的，这种斧子有别于木工做活计的斧子，它的柄更长，有三尺左右，斧子头却不大，而且形状很厚实方正，这一般是用于伐木、劈柴这些粗活的斧子。

从长柄斧子飞行的轨迹来看，不是技击高手的手法，但是从斧头飞行时挂带的风声判断，这两把斧头上蕴含的力道却是极大的。两个跃在空中的刀手落地了，跌在四散的原木中，他们没有被斧头砍到，而是被旋转飞行的斧柄砸中。

原木的洪流虽然凶猛，但持续的时间却极短。所以场面稍稍平静些，没受伤的刀手便立刻卷土重来，眨眼间排列成一个稍小的五重阵形，一个和刚开始围袭时同样严密的阵形。

刀手们还没有动，那两个毛茸茸的身影就又动了，他们已经没有了斧头作为武器，所以他们两个合力抱起一根坛子粗细的原木。两个人的动作极其一致，他们将脚尖、膝盖、胯、肋作为支点，两下就将原木架到了肩头。原木被横着扔了出去。

原木落地，木屑乱飞，刀手稍微散乱开来又各自回到位置。

那两个人又要抱原木，但刀手们不再给他们机会，那五重排列的杀人阵式中分出了一小部分往这二人这边围拢，几朵刀花一起朝两人兜头罩落。

此刻鲁一弃腰间驳壳枪已经掏出，保险已经扳开，于是子弹一颗颗准确无情地射出。首先被制止的就是追逼两个毛茸身影的那几个人，每一枪都击中眉心。

当鲁一弃射出第五颗子弹的时候，刀手们如惊逃入林的猴子，用近乎疯狂的速度移动着。

围住铁匠的几个刀手离这边最近，看到这情况，最先奔逃开去。

盲爷的盲杖刚刺透一个刀手的脖颈，就被这个临死的刀手紧紧抓住，一时半会儿没法子抽回。这是另一个刀手最好的攻击机会，但还未等那刀手的刀带起些风声，一颗子弹已经钻入他的眉心，将他狠狠地击倒在地。其他的刀手眼角一瞟便清楚局面状况，于是脚步倒纵，几个大跨步就都逃到一排木屋背后。

围住鬼眼三的刀手也都扭头就跑，快得就连鬼眼三旋飞出去的雨金刚也只能追到一点。伞骨的尖刺在其中一个刀手的肩头挑出一个血花便飘落在地。那刀手飘洒着鲜红血滴的身影像只惊飞的雀子，消失在一个巨大的木堆后面。

刚才还热闹非常的一个大集市现在变得一片死寂，破锅破罐还在那里摇摆晃荡着，发出一些单调的声响，破裂了的棚布被风刮出些许“哗啦啦”的声响。

拿钢钎的人从一个刀手的死尸边捡起一把刀，正反看了下说道：“明厂卫大解腕刀形，东吉百淬钢，刀把麋鹿皮丝，锻铸时间八十五年到九十年之间，是‘明子尖刀会[1]’用的兵刃，这个组织匿迹已经好几十年了，怎么又冒了出来。”

鲁一弃没说话，他的感觉在搜索，搜索刚才“五重灯元汇”中心的那件好东西。这东西还在附近，因为他隐约觉得这里还淡淡地飘忽着那种灵动气息。

其他人也在搜索，却不是像鲁一弃一样去感觉。比如那使钢钎的铁匠，就正在闻味道。他做手艺整天都要和火炉子打交道，所以鼻子对火

1　清顺治年间成立，和白莲教、天地会一样，是反清复明的组织。据说其中大部分都是明朝官宦的后裔。但此组织存在的时间很短，社会影响也不大。据说是因为其内部矛盾导致了它快速瓦解。

烧火烤的味道特别敏感。此时他就闻到了一种烧烤的味道，但也不是十分肯定，便开口问了一句："大伙儿瞅瞅，是不是什么明苗子燃了？"

这句话提醒了盲爷，他听到了一些刚才没有的声音，轻微的"毕剥"声。

盲爷在做贼王的时候没少听到这样的声音："我们赶快离开这里，木材被引燃了。"

对这句话反应最大的是拿大锯的人，他是靠这山林吃木材饭的，知道这样一个大料场燃起来会是什么后果。轻则小镇全完，重则整个山林都要被毁了。

于是大伙儿赶紧捡拾自己的东西往外逃，但顷刻间小镇已经笼罩在一片烟雾之中，连方向都辨认不清。

"快跟着我走！"拿大锯的人喊了一声，然后他用一件铁器敲打起锯条来，边敲边领头往一个方向跑去。是得快走，否则不被烧死也会被烟雾呛死。

烟雾弥漫看不到人，但是大家都听得见那敲击的声音，此刻那声音就如同引路的仙乐一般，带着这群人走出眼不能见的地狱。

当他们这一行人登上旁边的小山岭时，小镇已经烧成一个巨大的火场，冒出的黑烟掩盖了整片天空，让站在山岭上的这些人无法看清天空的颜色。幸亏这小镇子周围挖有防火沟，这大火才没有蔓延到山林子里来。

可奇怪的是，这场大火从燃起开始，镇子中竟没有一个人跑出，也没有呼叫的声音，刚才赶大集的那么多人似乎一下子都消失了。

事情诡异便预示着其中有危险，所以此地不宜久留，与危险拉开距离是最明智的选择。

连续不停地翻山越岭是很劳累的，这些在鲁一弃的身上表现得最明显。气喘吁吁的鲁一弃终于决定休息一下，倒不是自己的体力跟不上，而是他有更重要的事情要搞清楚。

首先他要了解拼着性命来帮助自己的是些什么人，又是为了什么而来的。

铁匠看上去五十岁左右，身材不太高，一副黑油油的脸膛，从他单薄的外衣可以看出他的强壮。“任火狂！”听到这名字的时候，盲爷明显地一愣，而鬼眼三更是“噢”了一声，从他们的反应鲁一弃知道这个铁匠在江湖中肯定很有名气。但另外三个人却没什么反应，他们早就认识这铁匠，就和认识其他靠山林讨生活的人一样。并不知道他的什么江湖名气，也没见过这铁匠有什么过人之处。

任火狂告诉鲁一弃，他和鲁家的鲁盛义是好友，曾经在山东沫台河建“木架铁顶镇魔幢[1]”时，一起出生入死。那次幸亏鲁盛义帮他挑了脑后筋中的“十足白刺蠕虫[2]”，这才免了他为人所控最终全身瘫痪之灾。他也见过鲁盛孝，所以认得班门“弄斧”。

拿大锯的那人是个“柴头”，也有叫“拆头”的，其实就是木材交易的中间人。他们将山里出来的原材稍加修整，然后分类别、分档次卖给别人，甚至像刚才集市上那样分成小块称着卖。

“柴头”叫傅利开，他是个精干的中年人，身材高大修长，可是一张脸却很是猥琐。五官明显是不对称的，一只眼睛正常，而另一只却眯成一条缝，但这一大一小两只眼中透出的光却是精明狡狯的。

他说他不认识鲁家任何人，也从没有见过真正的“弄斧”，但他认得“弄斧”。他师傅留给他一册《班经》和一张彩绘画页，画页上画的就是“弄斧”。师傅临终遗托，要他始终留在这个山林子里，等到拿着“弄斧”的人来，把彩绘交给来人，并帮着来人办成件事情。要是一辈子等不到来人，找一两个徒弟把这托付继续传下去。

鲁一弃听了这话有些见到亲人般的激动，这柴头是鲁家留在此地的传人，也是真正的班门弟子。

1　这是个极为巧妙的镇物。和一般的石头、砖头做的经幢不一样。它是铁制的幢顶，而且经文都打铸在幢顶上。幢身是木制结构，而且这结构别有一番讲究，它是既结实又脆弱。平常就是十几个人一起撞击，都无法撼动它分毫。但是阴性的邪风从中一过，木架立刻四处崩散。此时铸有经文的铁幢顶立刻落下，压镇住下面挟带阴风的妖魔鬼怪。

2　一种神奇的虫子，又叫“十爪百刺”。这虫子就是植入人体的过程比较困难，必须是是被植入者身体有破损和无意识状态下才行。但只要有一条植入，它的十个足爪便会直刺入脊骨髓脉之中，全身百刺也便会连接神经和血管，这样这个虫子通过脊髓、神经最终和大脑连接在一起。而且随着时间的推移，这种连接会越来越牢靠紧密。然后控制者可以通过声响来控制虫子的蠕动。虫子不同形式的蠕动，便会带动不同的神经和血脉。控制着便是以此来影响和控制植入者的行动和思想。

其他几个人包括任火狂也都“噢”了一声，他们也都比柴头自己更明白是怎么回事。

盲爷有些怪异地一笑：“原来也是班门弟子，怎么，你自己不知道？！”

“师傅从没说过。”傅利开说话的神情很是诚恳。

“那你师傅贵姓？他有没有告诉你他怎会候在这林子里的？”任火狂的问话也很诚恳。

“不知道，师傅将我从雪堆里掏出来时我还是个婴儿，他养活我长大，还教会我手艺，但只是让我叫他师傅，所以连我的姓都是取师傅的‘傅’字。没师傅就没我，所以他吩咐的事情，我会把命押上去做。”傅利开的话让盲爷很有感触，因为他也有着相似的经历和遭遇。

“那你收徒弟肯定也有非同寻常的故事了？”盲爷所指的徒弟是那两个毛茸茸的人。

“你说他们两个？他们不是我徒弟，只是伙计。只跟我吃饭，不学我本事。我还没到收徒弟往下传事情的年纪呢。”傅柴头回道。

两个毛茸茸的人其实是将毛绒兽皮里子的半长棉袄反系在身上，这样可以让他们的胳膊和腿脚动作更自如一些。两人是亲兄弟，穿杂色毛里子棉袄的是老大，叫丛得礼，穿纯褐色毛里子的是老二，叫丛得金。他们本来有亲兄弟四人，老三老四都在木场干活时被坍塌的原木堆给砸死了。这对于他们兄弟二人来说有断臂之痛，更是血的教训，于是刻意练就一把子好力气和在滚动原木上踩踏纵跳的绝技，所以当傅利开前去救援鲁一弃之时，他们两个便去砍了固定原木堆的粗麻索，落下木段子砸那帮龟孙。

任火狂知道“弄斧”为班门门长携带，但是班门的门长什么时候换成了这样一个其貌不扬的年轻人？他感到非常惊讶。这也难怪，一则这山林中消息闭塞，江湖上的消息不怎么传得进来；再则，鲁家、朱门都不是实际意义上的江湖门派。就说朱门吧，他们的行动外人一般不会知道，像北平城、姑苏城里发生的事情，他们都会掩盖得十分到位，不让江湖人和官家觉出什么蹊跷。鲁家就更不会让人家知道发生的那些事和自家有关，秘行其事本就是他们的办事原则。

当任火狂心荡神摇地听鲁一弃他们三个断续说完一个多月中的经历，顿时对鲁一弃生出一种敬意。这个年轻人是他好友的儿子，论起来算小辈，但他现在是一门之长，而且身具真才实能，所以他们之间的关系不能违背尊重别家门长的江湖规矩。要不然就算鲁一弃不见怪，免不得其他人会寻隙找麻烦。特别是当任火旺知道傅利开其实也算是班门弟子后，他就觉得这一点更为重要了。

倒是这傅利开没有把鲁一弃这门长当回事，因为他真的不知道这班门是怎么回事，更不知道门长是怎么回事。他只是清楚自己必须帮助这个年轻人去完成一件事情，这是师傅的遗愿。

任火狂很客气地问鲁一弃："鲁门长，你来我们这野猫都不拉屎的地界肯定有事情要办，我当年承你家长辈之恩，今儿个你要看得起，我愿意帮着承担些粗重脏累的活。"

还没等鲁一弃表示一下感谢，傅利开也开口了："对，你的事情我也给帮衬着，赶紧地做完了，过后我也要离开这老林子，到外面的花花世界舒坦舒坦去。"

听了这话，鲁一弃只得把满腔的感激之情化成一声苦笑："我是想赶紧把事情办了，可我到现在连办事的准地儿都没找着。"

这句话让铁匠和柴头有些沮丧，一直不爱说话的鬼眼三突然冒出一句："老傅师傅留的画，兴许是个引儿！"

几个人都眼睛一亮，对呀！于是傅利开从斜挎着的大褡裢里掏出个粗布包，里外包裹了有三层。揭开那些包布，露出一本书，一本发黄的手抄《班经》。傅利开修长有力的手指轻轻一捻，翻开了几页，那中间夹着一页彩绘，画得非常逼真，和弄斧的外观几乎没有一点差别。

鲁一弃将那彩绘托在手中感觉了下，纸张的分量挺重，韧性也很足，应该是加了细羊绒和油麻叶末的玉林密纸。而纸上散发的气息告诉鲁一弃，纸张的年份不长，不会超过一百年。

先有纸，后有画，所以画的年份更短。但是鲁一弃还是从这彩绘上感觉到一点久远的气息，这是因为彩绘使用的彩料是老料，应该是元代留下的"宫绘彩"。元代的"宫绘彩"上色时需要用冰晶油脂调和，要不然上色后会干裂脱落。如果用其他油脂调和，那么色彩又会黯淡，不够鲜艳。可是再鲜艳的宫绘彩在十几年以后就会开始慢慢发焦变淡，如果保存方法不当，那颜色褪得更快。这页彩绘的颜色显然是鲜艳了些，而且从傅利开粗简的保存方法来看，它的绘制的时间不会超过三十年。

除了这些，鲁一弃再也看不出其他什么了，他将这页画翻来倒去细细寻找，却没有找到一点线索和异样。

疑初起

一旁的任火狂没有看鲁一弃手中的画，因为这是人家门中的秘密。不过他倒是对傅利开手中的《班经》发生了兴趣。任火狂身上也有一本《班经》，那是鲁盛义送给他的，让他有时间研究研究，以后鲁家如需要会其中技艺的人帮忙，可以请他出马。

现在他发现傅利开手中的《班经》比他的要厚得多，探头瞄一眼，字迹也比自己书上的小，这是怎么回事？

有人看出他的疑惑，坐在旁边树桩上的鬼眼三开口了："任老，别瞅了，那是六工全本，我们的只有总则和一工。"鬼眼三这一个多月一直陪着鲁一弃，所以鲁一弃翻阅鲁盛孝留给下的《班经》时，他看到了，也知道了其中的区别。

"那他还说他不是班门弟子？"任火狂这些年一直都跟着那些闯林子的群落找活计做，早就认识傅利开。在这之前，他从没有把这个更像生意人的手艺人和班门弟子联系在一起，但是现在鬼眼三的一句话让他坚定无疑地觉得傅利开是真正的班门弟子。

傅利开精明的思维马上意识到两个人的对话是针对自己手中这部书的，他不大整齐的脸有点发红，神情也变得不自然了。当他看到鬼眼三和任火狂疑惑的眼神以及盲爷警觉抖动的面部肌肉时，他急忙开口了，因为再不说恐怕就要有误会了："师傅养大了我，就教给我些木工手艺，而且许多手艺平常还不准我使出来，他没教我认字，也没让我上学，这书里写的什么我都不懂。”

这样的解释合理，却也牵强，几个人都沉默着没有说话。

最终还是鲁一弃仿佛自语般地说了一句：“这画页我真看不出什么来，要是能到了那个母性之地，说不定可以找出点线索来。”

这句话才出口，任火狂和傅利开几乎是异口同声地说道：“金家寨！”

金家寨，女人寨，寨主其实也是老板，是个挺能挺美的女人，名叫水冰花，方圆几百里都知道这个女人寨的水老板水大娘。她跟男人成亲才三天，男人就跟着叔伯兄弟闯关外，两年多杳无音信。于是水大娘一个女人家独走关外寻夫，这才知道男人才到关外就被伐倒的树木砸死。于是女人没有再回关内，她领着几十个寡妇和寻不到男人又回不了家的准寡妇，在这里寻了个山坳围搭了个寨子。寨子是个歇脚点，也是个温柔窝，林子里那些饥渴的男人可以在这里满足各种需求。

傅利开马上想到金家寨，是因为那个母性之地让他想到了那满寨子白肉肉的女人们，想到了自己好久不见的几个老相好，他不自然的脸终于露出一点暧昧的笑容。

任火狂之所以想到金家寨，是因为那里除了可以得到女人，那里还能获取信息，林子里所有的消息、新闻、怪事、地界、途径都能在那里得到。在林子里闯进闯出的男人是不会吝啬对那些相好的女人透露自己经历见闻的。

去往金家寨的路途遥远，几个人在茫茫的林海雪岭中蹒跚而行。任火狂挑着他的铁匠担子在前面领路，丛得礼和丛得金在最后，这两个精力充沛的年轻人把长柄斧子插在腰后，掰了两根鳞针松的大树杈拿在手上，一边走一边把身后的脚印扫平。丛得礼不时还用树杈敲敲旁边的小树，树顶上的积雪均匀撒下来，就连树枝的扫痕都辨别不出。

天全黑了，他们还在山林深处，看不到一户人家。任火狂说照这样的脚程起码要到后半夜才能赶到金家寨，而且夜黑林密山陡路滑，不如找个地方休息一夜，明天起早趁着天亮赶路。

大家都同意了，于是丛得礼和丛得金找了一个丈把多高的刀削坡，二人斧子翻飞，不一会儿，坡前两棵大雪松被砍倒。雪松顺势搁在坡顶上，巨大的树冠就像座房子。丛家兄弟又钻到树冠底下，也就袋把烟工夫拉出了大捆的树枝，他们将树冠下方的枝条给清掉了。现在这两棵倒下的树真就像个房子了。

鬼眼三在树冠下将积雪拍实，傅利开则带着丛家兄弟在外围用砍下的树枝插成个围栏，说是用来防野兽的。要有什么大兽子来了的话，过围栏时就会发出动静。

鲁一弃也抱了一小捆树枝帮着递给他们三个，顺便瞅了一眼那围栏，没有任何规律和坎相，看来这傅利开真的像他自己说的，没有学过《班经》。

树冠下，任火狂将他的火炉子燃了起来，并从挑子另一边的藤筐里翻出一小袋红薯，在火上烤了起来。

北方山林的夜黑得快，不一会儿，林子中只剩下这两颗大树冠下隐约有跳动的光亮。北风呜呜地叫唤了起来，就像是鬼嚎，时不时还将一些积雪从树顶上扫落，发出瑟瑟的响动，就像是什么脚步在慢慢接近一样。

鲁一弃他们几个挤在树冠下，围在火炉子边，吃着烤红薯，倒也没感觉出林子中的夜有多少寒冷，更没有被外面的响动惊吓，这里都是些走江湖和闯林子的高手，他们能够分辨出响动由何而来。

鲁一弃一边慢慢咬着红薯，一边用眼角余光逐个打量其他人。可以看出，他们要么是不讲究的人，要么就是真饿了，都把个烤红薯吃得津津有味。

但鲁一弃还是看出些异样，一个就是盲爷，他吃着红薯，却明显没有尝到红薯的味道，样子像在思考些什么，又像在聆听着什么。

鲁一弃看出的第二个异样却是明显的，鬼眼三在咬嚼着红薯，大概是太烫了，他呲牙咧嘴哈气吐舌地。鲁一弃开始也没觉出些什么，但是当他眼光扫过的瞬间，他仿佛看到了两个字“可疑”。于是，他将视线又退了回来，这次他看清楚了，那是鬼眼三又在向他打口形，那几个字是：“当心，人可疑！”

鲁一弃没有回应，他可不会含着满口的红薯做怪样，他只是朝那只能看清黑暗的眼睛用力眨了下眼皮。

夜深了，周围一片黑暗，任火狂在大家睡觉前将火炉子用炭捂成小火，可现在，炉子里连点火星都看不见。

一声“毕剥”声传来，鲁一弃从警觉的睡眠状态中醒来。外面的风已经不刮了，周围一片死寂。

这隐约的一声，鲁一弃开始以为那是火炉子里火炭发出的跳跃。随即又有一声传来，很清晰，却没见炉中火星溅出，而且可以听出，声音的来源比那火炉子要远得多，好像是在外面树枝围栏那里。

这声清晰的“毕剥”让周围显得更加寂静。鲁一弃感到奇怪，怎么睡在身边的几个高手没有一点反应？他此刻才感受到，一个人独自面对危险才是最恐怖的。

鲁一弃慢慢回头，慢慢抽出压在身下的驳壳枪。

树冠外面有个摇晃的巨大黑影，就如同一个黑暗的恶魔在张牙舞爪。黑影没有发出任何声音，却摇晃着一点点往鲁一弃这里靠了过来。

鲁一弃躺着，不敢有大的动作，只是悄悄将手中的枪机保险掰开，悄悄地将枪口对准外面的黑影。因为不知道黑影是什么，要害在哪里，所以他又将枪机掰在连发的位置上。

旁边的高手仍然没有反应。于是鲁一弃左手轻轻地探向旁边，这个位置是盲爷靠着睡的地方，他摸空了，没有人！鲁一弃将蜷缩的左腿往外面探了探，那里本来有鬼眼三睡着，鬼眼三的习惯总是要将鲁一弃护在安全的里侧，可是现在他也不在。

黑影已经到了树冠的旁边，已经可以听见它扫拂树枝的沙沙声。鲁一弃后背紧贴着冰冷的岩石，右手中稳稳地端着驳壳枪。

突然，一声吼啸声传来，那吼啸很嘹亮、很尖利，就像一把刺破山林寂静的利剑。同时，吼啸声中还夹杂了一种“嘎嘎”的怪响，就如同恶兽磨牙，鬼嚼人骨一般。

吼啸声持续的时间很短，怪响却一直都在延续。但很快，吼啸声再次响起，刚刚的间断像是换了口气。

黑影愣了许久，终于忍不住了，发出一声低沉的咆哮，然后上身猛然一沉，趴在那两棵倒下的雪松上，并极力地试图从茂密的树枝和树干狭小的间隙中钻到树冠下面来，沉重的身体压得树干吱呀怪响。

就在此时，又有两声吼啸声加入进来，与前面的吼啸和怪响和在一处，再加上山林的回声，有先有后，层层叠叠，长久不息。

突然发生变化的吼啸好像是惊吓了黑影，它猛然往前一扑，“嘎巴”一声脆响，将一根雪松压断。但黑影扑断雪松之后马上回头，直往山坡下滚扑而去。庞大的身体极为迅捷，转眼间就消失在黑乎乎的林子深处。

有人在鲁一弃的头顶崖坡上出现，是丛氏兄弟。两兄弟直接纵身跳下，落在雪团之中。鲁一弃从树冠下钻出来时，丛得礼刚好燃起火把。借着火光，他们看到傅利开站在旁边的斜坡边，不自然的脸上布满了疑惑，嘴中还不住地在喃喃着：“怎么会？怎么会？不可能呀！”

不用说，吓走那大兽子的声音是这三个人发出的，也不知道柴头用什么划刮大锯的锯齿才发出那样“嘎嘎”的怪响。

鲁一弃没有问柴头因为什么而疑惑，因为他自己的许多疑惑还没有人给他解释。鬼眼三和盲爷哪里去了？任火狂又到哪里去了？

“谁？”丛得金突然一声断喝，随即矮身形，将长柄斧子横在胸前。丛得礼将右手中持着的火把头一下子插入雪堆，灭了光亮，左手随即也抽出斧子，如一只警觉的豹子一样戒备着。

傅利开的动作显然没有他的两个伙计迅速，戒备的状态也是漏洞百出。他站在那里像个大字，双手伸着，右手锯子横在鲁一弃面前，虽然这样可以帮离他三步远的鲁一弃拦挡着点，而他自己却成了门户尽开的目标。

南面的一棵大雪杉背后鬼魅般地闪出两个瘦长影子，一个是像盲杖一样枯瘦的盲爷，一个是像盲爷一样细长的盲杖。盲爷有些微喘，像他这样有极好轻身功夫的人，这样微喘应该是奔跑好长一段距离后才会出现的。

丛得礼重新在火炉子里将火把燃着，火炉子微弱的火星很快就在这木头枝干上燃得很旺，看来要不是这木头枝干上涂有什么特殊油脂，就是这木头的材质中有特别易燃的成分。

鲁一弃再次打量盲爷时，盲爷已经不喘了。他的一身黑衣依旧如同这深山老林的黑夜一样黑，没有一点雪痕。

一张油光发亮的脸从距离盲爷十几步的矮杂木后面冒出来，是任火狂，看得出，那满脸的油光是汗渍。终日在火炉子前干活的铁匠平常时耐热不易出汗，可他怎么会在这么个天寒地冻的黑夜里满脸是汗？

最后出现的是鬼眼三，他的身影是从南面的林子里缓缓走出来的，和盲爷是同一个方向，并且十分小心地跨雪窝、绕雪堆，就像是饭后散步一样。他的步态很奇怪，一直都低着头，也不出声，像个丢了魂的人，又像个没有面目的鬼。要不是他的手中还提着雨金刚，背上还背着一支步枪，鲁一弃肯定会将手中的枪口对准他。

鲁一弃的眉头皱紧了，他开始觉得自己的脑子不太够用了，一瞬间太多的疑问和不解如同蚕丝将他包绕起来，撕不开理不顺。

傅利开的大小眼随着火把火苗的扑烁而闪动，在几个人身上扫视一遍后，他极不自然地干笑了两声：“你们哪儿去了？都梦游呢。”

盲爷脸颊上的肌肉牵抖了一下，阴沉沉地回了一句：“我在那边拉了泡屎，你要？”

鬼眼三在盲爷身后停住脚步，抬起他垂着的头，毫无表情地说了句：“我也是。”

“哈哈！”任火狂笑了，似乎笑得还挺得意的。“我还以为只有我吃了红薯屎来得快，原来你们也和我一样。”

丛得金在一旁看着任火狂笑得得意，便冲了他一句：“这屎拉得你满脸汗，就没拉得你满屁股血？”

“嘿嘿！”任火狂没有和丛得金计较，只是将笑声变得很低声，变得隐晦而不知其意。

“我们得走，这里有危险！”盲爷突然有些激动也有些恐惧地说道。

“你怎么知道的？我们刚刚被个老大的熊瞎子扑了。”傅利开大小眼狡黠地眨了眨，死死地盯住盲爷的面部。

“老傅，你自己梦游了吧，这天气，冬眠的熊瞎子会出窝扑你？要么是个母熊闻到你的骚味儿了。”任火狂一下子提高了声音，傅利开的话他实在是没法相信。

“那你来瞧瞧，树都拍断了。要不是我们发声吓走它，这会儿说不定还窝在这儿呢。”

傅利开的话让鬼眼三和任火狂都向断树这里围拢过来。

盲爷没有和他们一起围住断树看，他径直走到树枝的围栏边，蹲下四处摸索了一番。

“不是熊，这脚印比熊掌要大得多。”盲爷用手小心抚过一只巨大的脚印说道。盲爷的话让在场所有人都是一惊。他们全都弯腰查看地上的脚印。可是这周围的脚印已经被大家踩踏乱了，看不真切，只有在树枝围栏的口子处有一路脚印十分清楚，他们便都围到盲爷的周围。

“所以我说是个很大的熊瞎子嘛。”傅利开因大家不信他显得有些焦躁。

“可这脚印连爪子点都没啊，倒像个人的靴子印，可这要是人的，那也忒大了吧。”任火狂说。

真是的，那脚印真的不像是熊掌，椭圆状，无棱无角，最重要没有爪子尖的落点。

“这要是熊掌印，那就是一只穿了鞋的熊。”鬼眼三说这话的时候是一本正经的。

“真的是熊，不信你们问丛大、丛二。”柴头真的有点急了。人都这样，当别人不相信自己亲眼见到的事实时，都会有这样的反应。

“我们也没看不清，只觉着是个大兽子。”

丛氏兄弟的回答让柴头很意外，他愣住了，不再说话，难道真的是自己惊慌中看错了？

“不管是什么东西，我们都必须立刻离开这里。”鲁一弃说出自己的看法。

“要么另找个地方休息，我知道附近有个背风的石头窟，能容下我们几个。”丛得礼说出这样一个建议，从他表情上看得出，他对在这黑夜的老林子中赶路有些憷。

“不行！我们现在不是怕什么大兽子，我们怕的是人，其实我们打天刚黑那会儿就不该停下歇息。”任火狂说完这话就挑着担子领头往前走去。丛氏兄弟只得举着火把并排跟在后面。

鲁一弃走在丛氏兄弟背后，看着前面这对兄弟的背影，他很有感触地对身边的鬼眼三轻声说道：“瞧，到底是亲兄弟，走路都那么对称整齐。”

往坡上走了十几步，鲁一弃又回过头来看看，很明显，事情有些怪异，人也可疑。但具体到哪个人哪个细节，他却摸不着点。夜间在积雪的山路上行走，无法仔细思考，鲁一弃只能将所有的细节都记在脑子里，就像记忆那些弄不懂的文字符号一样。他相信，这些细节也和那些文字符号一样，在必要的时候会自己从脑子里蹦出来，去阐明和验证一些事实。

看到初升的旭日，也就看到了木屋纵横的金家寨。那寨子是在一个山坳里。周围的山头起伏不大，高度也低。初升的太阳爬到平缓低矮的山坡上，给整个寨子撒上了一层暗金色。

第三章　金家寨：隔墙有耳的机关房子

鲁一弃从窗户和房门处对其他屋子进行了一番辨查，于是又发现一个精绝巧妙的现象，就是此处太阳运行的轨迹。这寨子在山坳之中，周围有山有树林。但太阳从地平线钻出开始就一直高过山峦和树林组合成的弧形，然后由低到高，再由高到低，始终将阳光的温暖布施到寨子里的每一间木屋，直至落山，而寨子中杂乱的屋子相互间也不会阻挡。

这里有高人，这里不是女人聚集地这么简单，房子有阳光照射是好事，房子相互隔音也是好事，但要能将许多好事都摊上，就必然需要一个建房高手的巧妙设计。

难寻规

金家寨比鲁一弃想象中更大、更周全。寨子的外围是两圈树木，这是很好的挡风墙。那些树十分高大，树龄都在五十年以上，应该是将这里原有的整片林子砍掉，有意留下两圈林木用来防风。

防风林木的里侧还有用粗大原木围成的高大栅栏，这是用来防野兽和其他比野兽更凶猛的动物闯入的。在这深山老林里，野兽是闯林子的男人们追逐捕捉的对象，而女人，却是男人和野兽都会追逐捕捉的对象。没有很好的攻击能力，就只好加强自保了。

寨子里全是小木屋，屋子搭建得很是杂乱。站在山坡上的鲁一弃仔细打量了一下屋子的排列，并且以拇指、食指和小指做成一个手势，用刚从《班经》中学来的寻局辨相技法，在那片杂乱的屋子上正反左右地度量一番，结果一点局相规则都没寻到。

不过此时鲁一弃可以肯定一点，就是这里不是他要找到"母性之地"。感觉告诉他，就算这里住着再多的女人，它都不会是建有宝构的地方。

鲁一弃在那里指指画画的，旁边几个人都没有出声打扰，也没有惊讶和诧异，但是眼中都隐隐透出一种崇敬之意。此刻的鲁一弃点画山河的动作，在初升旭日的映照下真的有种神人般的气势。

从鲁一弃失望的眼神中，任火狂看出他没有寻到什么特别的东西，这也在任火狂的意料之中："这里本来人迹就稀罕，再加上山林围绕树掩雪盖，根本没必要讲究方向位置，更谈不上风水局相。只要出路顺畅，没雪崩石塌的危险就是好地界。"

傅利开接着话头说道："这金家寨还算好了，昨天烧掉的那小镇，那里的木房子还要没规则，经常是在冬天来之前随便一建，到春夏季外头木材紧张时，他们就连屋子都拆了卖了，自己搭窝棚住，然后赶在冬临前再随便一建。所以他们每年都住新房子，地点方位也每年都变，今年你认了一家门儿，第二年你再来就不一定能找到了。就是我们老在这里混的，去那里找人也一样要打听。”

“哦！”这话让鲁一弃的脑筋一跳，有些记忆迅速被勾起，疑惑的阴云从他眼中飘过。如果是这样的话，在那浓烟笼罩后的小镇里，这傅利开又是如何能够辨别方向，将大家带出来的？

寨子大山坳小，下了坡，几乎就到寨门口。丛氏兄弟跑在了最前面，他们的脚步有些跌撞，就像是渴极了的旅人突然看到了水源一样。

跟在他们背后的是傅利开，他努力保持自己的矜持，但是从他脚步移动速度和手臂摆动频率可以看出，他走得倒不比跑得慢。

任火狂的脚步始终没有变，在靠近寨门的时候甚至放慢了。他将铁匠挑子横搁在肩上，这样就将鲁一弃他们三个都挡在背后。

寨子的门虽然开着，却很冷清。一是因为他们来得太早，温柔窝里一般都是有晚没早的；再就是这种季节钻林子的男人都出山回老家了，只有那么少数几个今年没什么收成的或者收成在几天里输得差不多的还留在这里。在这里猫冬过年不用在乎有没有钱，像过年这样的大节是这些苦命的女人最容易感到悲凄和孤独的时候，一个男人不回老家陪老婆孩子过年，却在这老林子里陪着相好，这相好的女人还能多要求什么？

丛氏兄弟跑进寨子一阵乱喊，喊出一大群头发蓬乱、睡眼惺忪的娘们，她们半披的棉袄、歪斜的肚兜掩不住跳动的肉。女人们一下子就将前面三个人围住，在说笑叫骂中拉扯着丛氏兄弟和傅利开。有几个女人身上的棉袄落到地上，于是刺眼的雪地里又出现了另一种刺眼的白。

任火狂没有马上进寨子，他在寨门口站住，横着的担子依旧将鲁一弃他们三个挡在身后。

丛氏兄弟和傅利开很快被女人拖扯着消失在屋群之中。剩下许多女人都站在那里，她们没有继续往大门口来，只是嘴里一边大声吵吵着，一边好奇地打量着大门口的这几个人，就像看着几个怪物。

一个年近五十的白胖娘们从一间木头大屋摔门跑出，嘴里还在嚷嚷着：“吵什么吵，这么一大早就不消停，开春让那帮臭男人压死你们。”

任火狂一看到这个白胖娘们儿，咧开嘴巴笑了，他的铁匠挑子由横变直，奔着那老娘们儿就颠呀颠地过去了。老娘们儿一见到任火狂，那张凶狠的脸也咧嘴笑了，肥硕的胸脯也颠呀颠地过来了。

鲁一弃看着白胖的老女人，心说："这就是水大娘吧，真枉为了她那水冰花的名字。"

老女人往任火狂那里一跑，身后那一大群女人就像是放食的鸡群，叽喳着往鲁一弃他们这里涌过来，将这几个男人团团围住。

一时间，鲁一弃被挤得晕头转向，都不知道怎么就进了一间暖和得发出汗味的木房子。跟着他一起进屋的两个女人脱去半披的棉袄，用只穿着肚兜的白身子把鲁一弃抱得浑身发烫，汗一下子就淌了下来。

鲁一弃好不容易才气喘吁吁地从两个女人怀抱里挣脱出来，用刚才混乱中鬼眼三塞给他的一把银元把这两个女人打发了。女人边披衣服往外走，边相互逗笑着，都说对方看着草儿嫩，舍不得下口。

女人们走了，屋子里就剩下鲁一弃，他的在火炉前的一个大木墩上坐下，浑身像虚脱了一般。女人们的这番折腾让他有种说不出来的感觉，滋味很怪，整个身体绷得紧紧的，心里却虚得发慌，说不出是舒服还是难受。这样的感觉他以前也偶尔有过，但绝对没有今天这样凶猛强烈。

思绪突然安静下来，鲁一弃顿时意识到自己这些人都被单独分开了，于是他赶紧跑到窗前，想看看鬼眼三他们是往哪间屋子去的，有什么事情的话也好迅速联络到。

木屋的窗户是一块用圆木皮拼成的掀板，鲁一弃从最下端将窗户推开，然后从旁边的缝隙往外看去。

推开窗户首先是一缕阳光射入屋中，当他在阳光中调整好瞳孔大小后，再往外看时，已经不见了鬼眼三和盲爷。不过他倒是看到任火狂半搂着白胖的老女人进了与自己这屋子邻接着的一座木屋。

邻接着的木屋，却不是隔壁，只是这屋子有个屋角支棱在那房子的一面木壁上。鲁一弃再往另一边看看，也没有看到其他同伴，倒是看到另一边相邻的房子和自己所在的房子是屋角与屋角相搭。从这连着的三座木屋就可以知道，这寨子里的布局真的是一团糟，既不整齐也不美观，布局似乎也不合理。就算找个人都不便当，要东绕西转的。

就在此时，鲁一弃感觉有股微弱的气息就在自己木屋的门口，心中不由咯噔一下。他握紧腰间的枪把，蹑手蹑脚地走到门前，猛地一把将木门拉开。

门口果真站着一个人，但那人并没有鲁一弃想象中的惊慌无措，她好像是刚刚好走到木屋门口，对鲁一弃这样突然开门她只是表现出一点诧异，诧异屋里这个男人是怎么知道自己来到他门前的。

门外是个清秀且颇有姿色的女人，打眼就可以看出她跟寨子里其他的女人不一样。她披着一件粗厚的夹麻布棉袄，棉袄的衣袖和领口露出些兽毛，里子肯定是兽皮的。下身穿一条娩裆棉裤，裤子面是用各色硝过的杂碎兽皮子拼成的，而脚下套的一双鹿皮毛靴用的倒是整片的鹿皮面和羊皮里子。她与其他女人唯一的一点相似之处就是她的肚兜下角没系到裤腰里，而是从棉袄里耷拉了出来。

鲁一弃谨慎地打量着门前这个女人，这要在其他地方是很忌讳的，但是门前这女人好像习惯了这样的打量，一点没有介意，反倒轻笑一声先开口问道：“我听说有人要买消息，是你吗？”

鲁一弃眉头皱了一下，这话是谁传出去的？自己到这寨子还不到一盏热茶的工夫，就有人找上了门。

女人看到鲁一弃的表情，就又说道：“也许是我弄错了，你歇着，要是有兴趣来找姐姐玩儿，我在最西北角的那间屋。”

“大姐你是……”

“都叫我水大娘，你叫我水姐姐好了。”说完这话，女人便扭动着她健美结实的屁股，很快消失在那些乱糟糟的木头房屋之间。

“啊，这才是水大娘。”鲁一弃心说，“原先还真以为是个老妇人，没想到也就二十七八岁的样子，但还是和她的名字不相符，她不像冰花，她更像这暖洋洋的阳光。”

此后，再没人来打搅鲁一弃了，不但没人打搅，那些个女人还有自己的同伴都像从这世界上消失了一样。寨子里空荡荡的，连条狗都没有。鲁一弃心里也空荡荡的，这感觉是从见到水大娘之后出现的。

鲁一弃将窗户板撑起一些，然后就坐在窗前，这样他可以看到任火狂进去的那个大木屋子，这是离着最近的一间木屋。坐在窗前的鲁一弃被温暖的阳光晒得有些犯困，可就在他眼目蒙胧的时候，任火狂的那间屋子里传来老女人的怪叫声，声音一直延续着，却没有一个人来理会。

鲁一弃开始是一惊，从木墩上猛然站起来，但随后他听出那声音里好像没有什么痛苦，倒是很有种愉悦的味道，他明白是怎么回事了，脸上不由一阵发烧。

于是鲁一弃有些不好意思地将窗户板放了下来，虽然这样拼接成的木板窗户不见得能挡住那些声音。出乎他意料的是，那木板才往下一放，竟然一点都听不到那怪叫声了。鲁一弃感到奇怪，是不是自己窗户板一放，他们就完事了？于是他又将木板推开。不，老女人的怪叫还在继续，而且更大声，更狂乱了。

这是怎么回事？相邻房子里如此高声的叫声，自己的屋里竟然稍有阻隔就声息全无。屋子，肯定是屋子的原因。这里的木屋不是杂乱无章排列的，它们有规律，有更为精妙高深的规律。

鲁一弃从窗户和房门处对其他屋子进行了一番辨查，于是又发现一个精绝巧妙的现象，就是此处太阳运行的轨迹。这寨子在山坳之中，周围有山有树林。但太阳从地平线钻出开始就一直高过山峦和树林组合成的弧形，然后由低到高，再由高到低，始终将阳光的温暖布施到寨子里的每一间木屋，直至落山，而寨子中杂乱的屋子相互间也不会阻挡。

这里有高人，这里不是女人聚集地这么简单，房子有阳光照射是好事，房子相互隔音也是好事，但要能将许多好事都摊上，就必然需要一个建房高手的巧妙设计。

特别是这房子间的相互隔音……不对，谁说这房子相互隔音了，现在是自己听不到其他屋子里的声音，别的屋子说不定能清楚地听到自己屋子里的声音，那搭连的屋角不就像个西医听筒吗？自己会不会才进到寨子里就已经是被别人时刻监视的木瓜了？

鲁一弃“咣”的一声放下窗户板，然后迅速检查自己携带的枪支，弹仓都是满满的。他将驳壳枪插到腰间，这是个可以快速拔出射击的位置，而手中则提着毛瑟步枪。

鲁一弃走到床前，这床上有浓郁的女人味道，特别是当他掀开床上的那两层被子时，味道就更浓了，夹带有男人的腥臊味道。他将床上被子提起重重拍打抖动了几下，然后坐在床沿上用力摇晃，木床发出一阵“吱呀”的响动，大声说了句：“睡会儿吧！”

鲁一弃没有睡，他悄悄站起身来，把棉被摊在木板地上，这样可以隐藏脚步声，悄无声息地走到门口。

站在屋子的门口，鲁一弃调节了一下自己紧张的气息，他的目标已经选好，是后一排斜向的一座木屋，这木屋和自己相邻的那间一样，也有一个墙面搭在旁边的屋角上。

鲁一弃似乎看到自己冲进屋子时里面人的慌乱，似乎已经通过屋子里的声响证实自己的推测。

他果断地拉开木门，一个纵身冲出了屋门。

到后一排的木屋大概十二步，但他只走了六步。因为在温暖的阳光中感觉到一股寒冷，如同来自鬼域的阴寒。

寨子的栅栏外站了一个美丽的白衣女子，是养鬼婢，面容稍显憔悴的养鬼婢。

仅仅六步，鲁一弃就站住了。他能感觉到这阴寒是从高大的木栅栏外面传来的，他没有回转身子，感觉告诉他，已经没有机会转身了。

是的，没有机会转身，更没有机会逃跑躲避，这一切倒不是因为背后有那阴寒气息的压迫和笼罩，而是因为在那阴寒气息的背后还有一股气息，那气息盘旋的范围并不大，就像一块斑，一个点，一个尖。但是这样形状的气息更具备了锐利的锋芒，这样小的面积聚集的杀气和力量更是无坚不摧。

鲁一弃背上的汗流下来了，很快背上流下的将是血。

从没说过一句话的养鬼婢，此时却突然意外地发出一声娇喝：“走！”同时从棉披风中撒出一股白色的怪风，直往鲁一弃扑卷过来。

这一刻鲁一弃如此真切地感觉到死亡的滋味，他仿佛已经感到死气将他团团围绕。于是他绝望地动了，几乎是养鬼婢撒出白色怪风的同时，他回头了，只是想在生命的最后时刻，看一眼杀死自己的到底是谁。

他这一回头，不仅绝望，而且还失望。他看到的只有养鬼婢秀丽的面容和急切的目光，但这刹那的工夫，他无法从中体会出任何东西。

一个缥缈的声音从远处飞来，就如同一声叹息，轻柔柔地从栅栏中飞过，将一根碗口粗细的栅栏木削去一块半月形，然后直冲入养鬼婢撒出的那股白色的风中，滞了滞便挣脱而出，继续奔鲁一弃轻吟而至。

就在鲁一弃闭上眼睛的一刹那，他被一股力量推开，摔在六步开外的屋檐下。

缥缈的声响听不见了，取代它的是一声垂死的、恐惧的惨呼。

鲁一弃睁开了眼睛，他看到一个糖葫芦，是的，一个，而不是一串，因为穿在签子上的只有一个人。穿透人体的是一根足有人高的铁杆。被穿透的人是丛得礼，他从旁边的一间木屋里冲出，推开了鲁一弃，自己却没有躲过那刺透生命的疼痛，铁杆刺穿他左胸的心脏部位。

鲁一弃一个纵身扑倒在丛得礼的身边，一把抓住扎在丛得礼身上的铁杆。

“不能拔！”随着这声喝叫，一个人影从木屋顶上跳下，来的是丛得金。

鲁一弃的手接触到那根铁杆的瞬间，敏锐的感觉已经告诉他，这是一支矛，一支浑然一体的钢矛，一支需要用器械才能够射出的钢矛——“晓霜侵鬓矛”。《百兵纪叙》中有：“晓霜轻吟鬓毛衰，未觉念启人已老。”说的就是这“晓霜侵鬓矛”。这是一种霸道暗器，需要用弹架或绷弩才能射出，而且准头很难控制，需要针对环境气候等等条件综合考虑调整。这种矛有一个很大的特点，就是矛杆上每一寸的直径周长都不相等，从而在飞射中起到导流的作用。

丛得金号声虽然大，却掩不住那缥缈的声音。又一个同样的声音飞来，目标依旧是鲁一弃。

多重射

一朵黑云落下来，挡在了那声哀叹必经的路径上。是把伞，精钢巧技制作而成的伞。

鬼眼三拿着雨金刚从屋顶跳下的时候，根本就没考虑自己是否有能力将这声轻柔的叹息声挡住，他只想着不能让鲁一弃受到任何伤害。

长矛撞在雨金刚的伞面上，将鬼眼三推出五六步。他的双脚在雪地上拉出两道深沟，双手的虎口都裂开了，鲜血顺着指尖滴落下来，手臂更是颤抖不停。

从得礼的手上也有血，这只手伸向鲁一弃："鲁爷，我帮不了、你了，你跟我兄弟、走，他、会带你、去个奇异、地界。"说完，那手直挂落在地，给地上的积雪抹上了一点鲜红。

看着为自己而死的从得礼，鲁一弃愤然站起身来，平端起手中的毛瑟步枪。一股夹带绚丽光芒的气势腾然而起，无所顾忌，嚣张跋扈。那气势让周围的山峦、树林显得那么渺小，如同要撑破山谷、顶裂云天一般。在这山谷之中，所有能看出这气相的高手，无不惊叹、惊愕乃至畏惧。

鲁一弃动了杀心，长这么大他第一次如此迫切地想要杀人。

枪口首先对准的是养鬼婢，然后稍稍歪过一点让过她。这是一种极为简便有效的寻找方式，先寻到一个中间点，然后从这个点开始寻找。

发现了，他终于发现了，感觉将他的发现瞬间拉近放大，眼中出现了一团白，一团如同雪堆一样的白。

白色的雪堆没有躲避的意思，反而迅疾地往前跳跃着，动作如同闪电。速度快，走过的距离却不长，在差不多与养鬼婢并排时停住。

鲁一弃的感觉透过步枪的T字准心在那个跳跃的雪堆上找寻，他要找到一个可以一枪致命的部位。

找到了脸，一张几乎被雪白头发须眉遮掩着的脸，脸上有双深潭般幽邃的眼睛。鲁一弃有种遇到怪物的感觉，因为那双眼睛不像一般高手那样带有刺人的锋芒，反倒像有种吸力，那力量可以让意志薄弱的人不由自主地往前靠拢，任凭他来宰割。

雪堆也看到了鲁一弃，从他的角度应该是先看到鲁一弃手中步枪的枪口。他没动，虽然已呈完全的攻击状态，虽然他掌中蓄势待发的“晓霜侵鬓矛”矛尖已经瞄准了鲁一弃，但他仍一动不动。

时间如同停止了，万物如同静止了。

周围的人都感到了无形的压力，让他们胸闷，恶心，透不出气来。他们都急切地期盼这样的局面快点结束。

相持局面是被养鬼婢打破的，她的白色披风猛然扬起，一股白色的古怪狂风卷起，将地上的积雪变作一堵白茫茫的雪墙一样。

枪声响了，飞矛也开始吟唱了。

鲁一弃的感觉如同调整焦距一样从雪堆脸上收回，当收到可见整个人体时，鲁一弃惊骇了，因为他看到了一张弓，一张雪白的大弓，就握在雪堆的手上。

这个人竟然是用弓射出的“晓霜侵鬓矛”？这还是人吗？

复杂的感觉让鲁一弃忘记了飞过来的矛，他站在原地没有一点躲避的意思。其实如此的速度和劲道，就算他想躲也躲不开。

幸亏是养鬼婢扬起的那道雪墙让飞矛缓了缓，也幸亏鬼眼三及时地将雨金刚挡在鲁一弃的前面。雨金刚的伞面在迅速地旋转，这样是要将飞矛的冲击力卸掉些。可这一击鬼眼三依然没撑得住，他撞在鲁一弃的身上，两个人一同跌倒。

鲁一弃没有躲避飞矛，这让他在跌出的一瞬间，用敏锐的感觉捕捉到一个信息，自己的子弹击中了雪堆，但不是要害。而且如果不是那雪堆极力要保证飞矛准确度的话，他完全可以轻松地躲开子弹。

雪堆的边缘飞溅出几点殷红，随即在积雪中一没不见了。

鬼眼三迅速爬起来，继续将雨金刚挡在鲁一弃的身前。

鲁一弃也站起身来，他再次将所有的精气神都凝聚起来，超常的感觉往白茫茫的雪墙外搜索而去。这次他没找到目标，栅栏外只有养鬼婢美丽又稍显憔悴的面庞，正平静地对着他。

鬼眼三张着伞，慢慢往后退步，他根本不管鲁一弃在做什么，只管半蹲马步推着鲁一弃一起往后退。

两人退到死去的丛得礼身边，蹲在一旁的丛得金突然坚决地站起身来，拉住鬼眼三和鲁一弃："不能让我哥白死，快躲好！"

这大力的拉扯让鲁一弃从凝神的状态中恢复过来，听了丛得金的喊叫，下意识地转身跟着奔跑起来。

丛得金拉着鲁一弃和鬼眼三转过连着的几座木屋，迎面遇到傅利开。傅利开刚从暖烘烘的被窝里钻出来，腰带还搭在脖子上，大锯子也拖挎在手肘弯里。即便如此，他手里依旧牢牢牵着一个女人，一个和他一样衣裳不整的单薄女人。

"怎么了？！怎么了？！"傅利开的表情慌乱，乱七八糟的木屋子让他有些晕头转向。

"快走！"丛得金脚步没停，往西面的一条屋子间的夹道中钻了过去。傅利开只能跟在后面，他没舍得丢掉那女人，把她紧紧地拥在身边。

跑过两个木屋的山墙，鲁一弃突然甩掉丛得金拉着的手，停住脚步："我得去趟西北角寻个人。"鲁一弃说完这话没等其他人有反应就往西北角跑去，他这是要去找水大娘，因为他有太多问题还没有答案。

丛得金愣住了。还是鬼眼三的反应快，他也甩开丛得金的手，几个纵步就赶在鲁一弃的身前。傅利开虽然拖着女人，行动倒也不缓，紧跟在鲁一弃的背后没落下两步。女人的脚步有些踉跄，嘴里不时还发出阵阵尖叫："天杀的！别拉！别拉！轻点！轻点！"

鲁一弃听着背后女人的叫声，眉头皱了一下，心想这傅利开也算是个班门弟子，怎么这样没出息的，拖了个女人不放，也不怕累赘。

几个人才往北奔出几间屋子的距离，突然一声刺耳呼啸声穿空而来，如鬼哭如兽嚎。声音是直奔跑在第一个的鬼眼三而来，鬼眼三听到响动没有避让，手中雨金刚旋转着直迎上去。

尖利的啸声是熟悉的，鬼眼三一下就听出来了，那是"无羽哨管箭"。曾经洞穿奔马留下拳头大的血洞的情景，至今还常在他噩梦中出现。但是鬼眼三知道自己不能躲也不能让，他必须全力迎上，要不然身后的鲁一弃就会直接面对大箭的袭杀。

大箭滑过雨金刚的伞面，往旁边飞去，钉在了木屋的木壁上颤动着，发出“嗡嗡”的尾音。鬼眼三虽然往后跌出，但是两步便稳住脚步，并没有跌倒。

鲁一弃当然也听到那尖啸声，他想都没想就朝着声音传来的地方开了一枪，然后和背后其他人紧贴木屋壁躲在屋檐下面。

又一支大箭飞过，鲁一弃在大箭飞过的瞬间往外探看了一下，聚气凝神中搜索到了大弩的发射点，但是当他想进行反击时，却发现那里的高手已经躲在树后不再出来了。

于是一行几人躲在屋檐下小心翼翼地前行，同时警惕着每个可能朝自己发起袭击的方位。

当转过一间木屋的屋角，打头的鬼眼三刚将身形暴露在两屋的间隙中时，一声呼啸响过，他手中的雨金刚就被一枝大箭射中边缘。大力的震颤差点让他丢掉手中的伞杆，双脚随着这力道不由自主地往旁边踉跄出去两步，将他从屋檐的掩蔽下推了出来。于是又一支箭迎面撞在伞面上，这次鬼眼三跌得很惨，屁股着地，在雪面上滑出一条宽道道。

“不止一个大弩！不止一个！”鬼眼三来不及喘出一口惊恐的气息就喊开了，边喊边翻转身体往屋檐下滚过去。

竟然是多个大弩围射，再加上一个更为厉害的能射出飞矛的大弓，看来对家是势在必杀了。鲁一弃倒吸一口凉气许久没有吐出，难道今天真的没机会了？

没有等到鲁一弃吐出那口凉气，对面木屋的墙壁上突然出现了一个圆洞，一声叹息从洞中哼吟而出，再从他们中间穿过，没入到身后的木屋中。

“晓霜侵鬓矛”，真是怕什么来什么。被傅利开拖扯的女人终于没了声音，傅利开也终于松开拖着女人的手。因为他需要腾出只手去擦抹满脸的鲜血和脑浆。

飞矛总共穿透三道小圆木拼搭的木壁和一颗头颅。这是一把巨弓射出的力道，一个须发皆白的老头凭双臂拉射出的力道。这样的弓必定是千石硬弓，可这人莫非是个山神？

“还是快跟我走，我知道一条小道。”从得金焦急地说道。

鲁一弃也觉得自己的一念执著有些欠考虑，平白让个无辜女人死了，便再没坚持，回头跟着从得金往另外一条木屋间的夹道跑去。

他们四个人跑出屋群，往西面的栅栏处靠近。按理说，现在他们的地势更加危险，因为没了木屋群做掩护，所有的射手轻易就可以瞄到他们，但是这段不算短的路径他们竟然没有遇到袭击。

西面的栅栏上没有鲁一弃想象中的门，但是他们依旧可以从这里逃出寨子。连接栅栏圆木的铁卡子上上下下断了有二三十个，原木倒下有十几根，豁开的缺口足有八铜钉[1]的大门那么宽敞。

缺口前鲁一弃和鬼眼三站住了，他们有些迟疑，在一个不应该出现出口的地方出现了出口，保不齐就是个坎子面的坎沿。虽然缺口里外有许多杂乱的脚印，但这些脚印有可能是请君入瓮的诱子，从得金却是毫不犹豫地冲出了缺口。

鲁一弃依旧没有出去。鬼眼三急急地瞄了一眼断了的铁卡子，断口精亮光滑，如同刀削。

“遗患！”鲁一弃的脑子中蹦出这样一个词。绝不能在自己的所有行动中留下遗患，所以他希望能在尽量短的时间找到合理的解释。

栅栏外山坡的林子里闪出几个人，神经一直紧张的鬼眼三下意识地将雨金刚挡在自己和鲁一弃面前。鲁一弃没有动，枪口依旧垂向地面，因为他知道那些是什么人。

林子里出来的是任火狂、盲爷还有那个白胖老女人，他刚才不顾危险想寻到的那个水大娘水冰花也在其中。

看到了任火狂，鲁一弃释然了。在这个铁工高手面前，连接栅栏铁卡子可以说如同腐木，弄开个几十个应该是轻而易举的。

远远的又是一支“无羽哨管箭”呼啸而来，尖利的呼啸让身后的傅利开突然慌乱地奔出两步，双手似乎要往头上抱去，手臂上挽着的大锯横着挥舞而起，在白色雪地的衬映下，划出一片乌光。乌光与刺耳的尖啸碰撞在一起，于是那片乌光闪烁了，跳跃了，尖啸声也颤抖了，呜咽

1　过去以门上铜钉多少定门大小，八铜钉大约宽度在三米左右。

了。那霸道嚣张的“无羽哨管箭”竟然温顺地落下地来，伏卧在雪地中一动不动，就像条冻死的蛇。

鲁一弃和鬼眼三奔出栅栏的缺口有十多步，傅利开才缓缓倒退着出了缺口，看不到他的表情，不知道他这样是在戒备，还是一时没从惊惧中恢复过来……

风水学中有“连坡多龙形，深谷藏灵穴”之说，也就是说多山之地有许多风水极佳的地方。大兴安岭的深处少有人烟，阴阳宅穴的辨定也不讲究，但是这并不代表白山黑水间就没有那极为灵验的好穴。就拿大清祖先的祖居地来说，要不是有些王者龙脉的局相，满人恐怕也得不到天下。

钻老林子的人都知道一个传说，这山林中有一处“满祖地”，可能是满人祖先聚居和祭祀的地方。那里参娃无数，金宝堆积，曾经有好多人冒险寻宝地，要么没有寻到，要么就没能回来，也有人偶尔迷路闯到过那地方，但出来时都已经是半死之人，而且都活不过几天，更想不起来到那里的路径。

水大娘也不知道沿自己知道的路线最终可以到什么样的一个地方，那个地方是不是也和“满祖地”一样遍地珍宝。不过那个爬到金家寨的参客临死时手里紧捏着一张羊皮，嘴里一直在念叨：“妈妈的，宝贝!妈妈的，宝贝!”

这趟生意水大娘的要价很特别，就是要带上她一块儿到那个地界。其实这样的条件对鲁一弃来说应该挺实惠，要是水大娘提出其他要价，他身上也掏不出什么。但鲁一弃在犹豫，因为他不知道面前这女人的底细。其实其他人的底细他也都不是太清楚，但是那些人多少有些可以让别人相信的凭据。

“我们随时都会没命，到那个地方可能什么都得不到。”鲁一弃像是在自言自语。

“你们得不到并不代表我得不到。”水大娘说话时下颌微微扬起。

“你为什么要和我做这交易？”

“我得到这个秘密路径后，你们是第一拨来寻宝地的人。”水大娘的语气显得很坦诚，理由却好像有些牵强。

“还有就是那铁匠说你信得过。”水大娘朝任火狂那里看了一眼。

任火狂和其他人都远远地待在一棵大树下，等待鲁一弃和水大娘的交涉。

路径疑

鲁一弃始终没答应水大娘的条件，不是他不想知道去那个神奇地界的路径，只是要和其他人商量一下。这一路都是其他的人在护着他帮着他，现在还要平白加上两个女人，负担重了危险也就多了。还有就是丛得礼临死时提到一个神秘地界，丛得金可以带他去。“不要相信任何人，除非那人为你而死。”这是大伯临死留下的忠告，一个为自己而死的人是不会骗自己的，他没有理由不跟着丛得金去寻藏宝之地。可是他也不希望丢下水大娘，不知道为何，从第一眼见到这个女人，他就觉得自己有许多事要和她联系在一起。

任火狂肯定是一口答应的，看得出，就算没有交易，他也打算带上那个胖女人。

正用积雪仔细擦洗脸上血渍的傅利开，头还没抬就忙不迭地答应，从他猥琐暧昧的眼光中可以知道，有女人同行的路途他更感兴趣。

丛得金得知有女人同行，一连说出十几个“不行”，特别是水大娘所说的那个连她自己都说不清道不明的地界，他觉得很不靠谱。而他所知道的地界，却是丛家祖辈多少代传下来的秘密。

盲爷一直沉默着，仿佛在聆听北风刮过林子的“呜呜”声。

鬼眼三探身轻轻推了一下盲爷，盲爷没怎么动，脸上倒是老皮老肉一阵乱抖，随即坚定地摇了摇头。

于是几个人的眼光都汇集在鬼眼三脸上。是的，两人同意两人反对，就剩鬼眼三没有表达意见。

鬼眼三是个刨坟挖墓不惧鬼神的汉子，可这一刻却变得有些犹豫不定了。他看了看鲁一弃，鲁一弃的脸上没有一丝表情。他又看了看水大娘，那个女人漂亮的脸蛋上竟然也没有一丝表情。这让他的心里有些担心，女人是个厉害角色，带上她说不定是个很大的麻烦。

“带上她，有用！”这是鬼眼三最后脱口而出的简短话语。他之所以这样说，是因为水大娘一个小动作让他作出了决定。女人只侧转了一下腰，但鬼眼三却看到了半边屁股。

女人穿的棉裤面子是碎皮拼接而成的，在左半边屁股的地方有一块碎皮子，那形状花纹有点像铜钱，不同的是铜钱是圆形加正方孔心，而它是椭圆加长方孔心。据鬼眼三所知，这是盗墓这行中“只手派”独有的标志。“只手派”认穴技艺独树一帜，能在地面上就定出主墓室甚至主棺椁的所在，所以他们只需要用特别工具打一个小洞直取主室，然后只手拈宝。这派技艺是盗墓行中最轻松也最保险的，铜钱样的标志其实是一种叫“瞬变镜”的镜面模样，那长筒形的镜子也是他们派中独有的，可以在观测风水定穴位时进行远近局相的比较。

事情就此定下，所有人赶紧收拾收拾上路，在一个地方滞留得越久，危险便会逼得更近。

才踏上一条继续朝北的路径，鲁一弃突然回首。一种似曾相识的气相隐约就在不远的山林之间出现，但鲁一弃回首之后什么都没有发现，只有一种莫名的不安。

远处的坡顶，一个青衣人站在林木之间，他无法捉摸的目光透过树木的间隙盯着鲁一弃。他没有表情，只是周身的气息微微波动了一下。

一个外形怪异的红眼人穿过林木来到青衣人的身边，身形微微一躬说道：“一切都在按计划而行。”

青衣人没有任何反应，只是将自己的气息收敛得很平、很稳。

一行人在山林间逶迤而行，速度极慢，因为越往山林的深处积雪越厚，迈步越艰难，特别是鲁一弃和那两个女人。

任火狂已经将担子两边的担绳束到最短，但是火炉和箩筐还是不断点拖在雪地上。

鬼眼三一路都在注意水大娘，他没告诉任何人他的发现，因为这皮子和女人之间的关系不是一眼可以看出的，他必须通过观察女人的每一个动作细节，来判断女人到底是怎样一个厉害角色。

从得金砍了一棵大枝杈，走在最后，将他们一行走过的脚印给扫掉。

一直到第二天下午，他们都没有遇到什么麻烦，只是觉得道路越发艰难些。但是快到晚上的时候，水大娘和从得金在路线上有了分歧，所以这一晚他们找了个浅浅的山洞休息。这些人从金家寨出来时什么都没来得及带，只有水大娘有准备，带了一些东西，可以让大家稍稍果腹。从得金出去踅摸了一圈，竟然也找到许多干果子。

鲁一弃没怎么吃，他一直在看《班经》，那《机巧集》他已经看完了，说实话，能懂的东西不是太多，他只是将内容尽量都背下来，以便什么时候用得着。自家的《班经》倒是通俗易懂，而且从中可以找到许多验证《机巧集》中理论的工法。

鲁家六工“布吉，定基，辟尘，立柱，固梁，铺石”，他已经知道鬼眼三学的是总则加铺石，也就是砌墙列瓦平地面的功夫，盲爷学的是总则加辟尘。但他们学得并不好，大都是用自己已经会的功夫来替代六工之力。

此刻鲁一弃拿着《班经》，眼睛却盯着洞外，嘴里喃喃地嘀咕着：“对巧，对巧。”

“对巧”是“铺石”一工中砖缝、墙缝以及地砖缝的对接关系，既要保证结构的牢固可靠又要美观，在大户人家还要达到风水学中“线汇成流，聚福纳财”的要求。

任火狂也没有吃什么东西，他在给那个胖女人剥干果，似乎也若有所思。

傅利开和鬼眼三都盯着水大娘，所不同的是傅利开的眼光在水大娘全身扫视，而鬼眼三一直都盯视着她的屁股。

水大娘和从得金的争执没有持续多少时间，是因为水大娘自己放弃了。也难怪，她的把握并不大，那个垂死的参客很有可能是拿没用的东西骗取生命最后的温暖和美食。再说她的目的已经达到了，现在不管按谁的路线走，都必须带上她。她没有必要和那个愣头青费口舌力气，那个年轻却异常冷静内蕴的班门门长会作出决定的。

从得金明显对自己祖上留下的秘密很自信，而且从这小伙子争执的怒容中可以看出，他很在乎自己的路线是否被采纳。

后半夜的老林子里竟然没有白天那么寂静了，时不时出现一些奇怪的声音。几个人先后醒来，却都躺着没动弹，只是将手中的武器攥得更紧了些。

如果任火狂不是伸手到箩筐中拿打铁的大锤，老女人也不会被惊醒。醒来的老女人嘟囔着走出山洞，和其他老女人一样，半夜起身都尿急，她要找个地方解手。

老女人走出山洞没多远就解开裤带蹲下了，那距离足够鬼眼三的夜眼看清她那白花花的大屁股。

因为离得近，所以谁都能听见老女人含含糊糊地说了一句："是你吗？才来？"

谁？这漆黑的老林子里除了他们谁还会来？女人的梦还没做醒吧？

可紧接着，女人猛然站起来，裤子都没提就发出一声尖叫："什么人？！你是什么人？！"

第一个窜出山洞的是盲爷，到底是贼王，身形动作就是不一样。紧跟其后的是丛得金，年轻人的腿脚也是十分麻利，何况他又在山林中练了一把纵跃蹦跳的好功夫。

盲爷能清晰听见雪地中的脚步声，那脚步很快，不但有练家子的功底，而且蹦跃奔跑的方法非常适合在雪地里行动，但是即便是这样，盲爷仍然肯定自己可以追上。

"不要追，当心有伏！"跟在背后的丛得金大叫一声。

盲爷没有追，不是丛得金的话起了什么作用，而是他听到了其他的脚步声，不止一个人。

任火狂提着一把大铁锤，几步赶到胖女人旁边。

"不是！"惊慌的女人对铁匠说这话的时候没有忘记将声音压得很低很低。这样低的声音也只有盲爷那样的耳力可以听见。

"什么不是?"盲爷半边脸颊皮肉一阵狂跳，牵拉开嘴角露出两颗森森的白牙。

“不是人！是鬼，是个鬼！”女人回答得很快，几乎是脱口而出。

大家都沉默了，而山林中时不时出现的怪声也突然在这一刻全都消失了，只有偶尔从树枝上落下的积雪发出“簌簌”的声响。

鲁一弃这一刻的感觉很难受，黑暗中好像有一个钢套将他整个罩住，并且在慢慢收紧。他觉得气闷恶心，腹间阵阵翻腾。鲁一弃听西医说过，这是种症状是心理问题，叫“黑暗恐惧症”，也叫“未知恐惧症”。但鲁一弃很快就从那种感觉中恢复过来，他的表情还是那样镇定，语气也依旧平静：“走，现在就走。”

黑夜中的老林子不好走，连方向都很难辨清。有人已经感觉到这年轻的鲁家门长还是缺乏经验。

“这黑乎乎的，谁认得清路呀？”傅利开嘟囔了一句，他袖拢着手一直紧挨着水大娘。

“我认得！跟我走。”从得金话不多，但说出来的话都很肯定。

没谁说话，就连水大娘都没有提出什么异议。没办法，自己只是有张图，知道一条路，可是自己没走过这样的路，也不懂怎么钻林子，她没有任何可以与从得金争执的倚仗。本来需要鲁一弃费些脑子解决的分歧变得顺理成章。

于是他们继续摸黑前行。从得金走在第一个，看来这里的路径他真的挺熟的，摸黑走得也不比白天慢多少。

跟在他背后的是任火狂和白胖老女人，他们不用看路，只要盯住从得金黑乎乎的背影走就行。

走了一段之后，出现一小片空地，这里没有树冠的掩盖，多少可以透进点天光。漆黑一片的环境在这里终于变成了深灰。

一走进这片空地，那老女人突然“咦”了一声。

任火狂和盲爷都听见了，但是他们都没有问有什么事。任火狂知道这女人，她要有把握的事情一早就嚷嚷开了，只这样“咦”一下，说明她自己也不清楚怎么回事，问也白问。盲爷没问，是因为他觉得那老女人不会对他说实话，自己只有打足精神，以便随时偷听老女人和任火狂的对话。

“站住！别出声!”盲爷这样一声低喝差点没吓破大家的胆子，一个个都定在那里大气都不敢出。

于是大家都听到了，那些怪声再次出现，时有时无，离着他们不远，左右方向都有，似乎和他们并列而行。

“快走！”从得金说完便加快了脚步。他这一走，后面的人便必须跟上，要不然一走散就很难寻到。其他的人还好，那老女人和水大娘此时明显有些跟不上了，发出阵阵粗重的喘息。

天已经有些发白，他们终于走出林子，到了一个光秃的小山坡边。从得金停下脚步道：“休息一下吧，这里好像还安全。”

这句话让大家迫不及待地停住脚步，老女人和水大娘更一下子跌倒在地。

喘了一会儿，老女人站起来就往旁边的林子走去。

“去哪里？”任火狂问了一声。

老女人没有答话，摇摇摆摆地走着，用手拍了拍自己的屁股。

“这老娘们儿，咋那么多屎尿事，总有天让屎尿要了你的命。”任火狂嘟囔着。

老女人回来得很快，快得就像连裤带都没来得及解。她还是那么摇摇晃晃地走着，脸上的表情没有一点排泄放松后的舒服。

离着大家还有几步，她突然站住，抬起手臂指向大家，眼睛定定的，好像中了邪一样。一道血线从她左胸下亮丽闪出，紧接着渲染成片，棉衣的兽皮毛边子上，鲜红的血珠如同草屋檐下滴挂的雨点，让她脚下的雪地瞬间艳红如春。

老女人直直倒下，手臂依旧挺直着。她到死没说出一句话，如果让她再多说一句，不知道她会不会说：“再有屎尿我憋着。”

盲爷、任火狂、从得金三个几乎一同蹦起，往前奔去。他们经过老女人身边时，老女人还没有倒下。但他们谁都没有伸手去扶一把，而是直往林子里扑去。

盲爷是故意放慢身形等着另两个人，这些天的经历让他不敢托大，江湖越老胆越小，这话一点不错。三个人一同走进林子，可是刚迈入两步，他们又不约而同地停住脚步。看来就算三个人一起，也都提着心呢。

“没有脚印！”从得金说这话的时候语气里稍带些颤动。没有脚印并不是什么脚印都没有，雪地上只有女人的脚印。可是女人不会自己杀死自己，难道杀她的人能踏雪无痕？

盲爷皱了下眉头用盲杖敲敲树干，任火狂立刻明白什么意思，回头在树干上踅摸起来。

“丈三有处擦痕，丈一有点踏痕。”这是任火狂查看后得出的结果。

盲爷翻了一下白眼花，肯定地说道：“悬索凌空，飞身取命。再往前走，可以从前面的树上看出更多痕迹。”

“不要了吧，还是回去，大家在一块儿比较安全。”丛得金好像很害怕，不过他的话还是很有道理的。

三个人回来后，盲爷准确地走到老女人的尸身旁边，蹲下身来，伸手解开老女人的棉袄，然后小拇指、无名指两指挑开女人肥硕的乳房，食指、中指则往伤口处探去。

“刀口从左下方切入，斜向稍往上，破心脏和胸骨。是左手刀，由下往上的反切刀式。”盲爷一摸之下就得出这样的结论。

“你是说切入，而不是刺入？而且胸骨也切开？”任火狂问道。

“是的，老贼瞎这点把握还有。”看来盲爷这些年在千尸坟里没有白住。

任火狂也低下头看了一下伤口，叹息一声说道：“刃如纸、背如册、尖如针，长不过两尺，宽过三寸。而且切骨成缝，切皮肉闭合，几十步以后才血脉贲张，冲破伤口而亡。”

“这样的刀能光滑地切开金家寨栅栏的铁卡子吗？”鲁一弃随口问了一句。

“行，肯定行！”任火狂的回答，让鲁一弃一下子想到了许多细节，于是有种吃了蛆虫般的恶心。自己万分小心还是中了诱子，可是这诱子是谁给自己下的，为什么？

现在再细想想金家寨里的情形，那些飞矛和箭，力量和准头也不大对，目标也不明确，似乎总是和鬼眼三的雨金刚过不去，另外就是对着些无辜的人，像丛得礼，还有被傅利开拖着的那个女人。特别是傅利开最后拦下的那支无羽哨尾箭，如果不是箭的力道弱，那就是这傅利开有非常过人之处，可是瞧傅柴头那样子也不像啊。还有就是自己往西北角去，攻击就变得凶猛，箭矛齐射，似乎是故意将自己往那个缺口逼赶。为什么一定是这个方位？莫非就是要自己遇到水冰花这几个人？

鲁一弃审视一下所有的人。鬼眼三，和自己一起搏命逃出，为自己可以牺牲，应该没问题。盲爷，虽然和鬼眼三有些过节，行动有些怪异，可也应该能相信，毕竟他曾经可以为自家几个人甘愿踏太湖石而死。

然后就是两天前遇到的这几个人。

任火狂，据他自己说和爹是朋友，也曾受鲁家托付大事，但他这两天的行动还是有说不清道不明的怪异。

傅利开，一个不知道自己是班门弟子的班门弟子，他倒是有些难以捉摸，很难讲是个什么样的人。他身上具有市井无赖的胆小好色和小商人的贪婪狡狯。

从得金，如果排除他是傅利开的伙计这一点，那他似乎没什么问题。其实就算他是个可疑人的伙计也说明不了问题，用一些厚道憨愚的人作为掩护，是江湖上常用的伎俩。

水冰花水大娘，本来听了她的事，就觉得她是个奇女子。可是她这趟交易一定要跟着自己同行到底是为了什么？她会是哪路人？

“水老板，你的人已经死了，你吩咐下，我们帮手把这尸身给入土了。”鲁一弃知道就算水大娘不说，任火狂也会把这老女人的尸身给处理好，他只是想看看这女人的反应。

“她不是我的人，我管不着。”水大娘的话让鲁一弃一下子就愣住了。“她住得离金家寨不远，经常来寨子里卖些脂粉针线的，那天后半夜才来寨子里租了间屋子住。”

“她是我的人，是我让她去金家寨的。”说话的是任火狂，说这话的时候他的眼中有一丝悲痛闪过，“金家寨是我们必经的一个落脚点，不管是准备吃的还是找消息，都必须到那里。我怕对家早有埋伏，就让我的老拼铺（姘头的意思）先去寨子里探听一下，因为这个季节只有女人在寨子里不会让人起疑。”

霍然觉

鬼眼三很快就在土石混杂的地面上刨弄出一个浅浅的凹坑，这种地方石块、树根太多，能挖出这样一个坑已经很不容易了。

埋好老女人，天已经大亮了。任火狂最后又给捧了把土，狠声说道："你也算好，我们这几个要死了，还不知道有没有个坑埋身子。不过我给你留句话，要让我寻到杀你的人，他肯定没有埋身的地方。"

在场的人都听见任火狂说最后那句话时，牙关间发出"嘎嘣嘎嘣"的声响。

直到晌午时，他们也没有走出多远的路，又往北走了一段，其实这里已经不是大兴安岭的深处，而是东北端的边缘了。丛得金告诉大家，距离他知道的宝地已经不远。其实就算他不说，鲁一弃也意识到了，山谷小道的两边已经先后出现过两根黑黝黝的木柱，木柱的年代很久远，上面还有些模糊的刻绘纹路，像是古老氏族祭祀的图腾。另外他也感觉到前方的气息复杂万变，有吉瑞的，也有凶险的，更有无法觉察的。

的确离得不远了，不管前方是不是藏金宝的暗构，至少可以肯定那里是个充满神奇的地方。于是鲁一弃再次果断地提出休息，顺便填一下肚子。

干粮不多，每人只能分到一小块面饼。幸好丛得金又找来些干果。

傅利开自言自语地在骂娘："妈妈的，要早知道这样，我赶一群羊上山。嘴里淡得都想咬自己肉。"

听着柴头嘴里骂骂咧咧，水大娘不由扑哧一笑："你们这些男人，怎么一天到晚都骂娘。那个给我留下路径图的参客也是，临死还'妈妈的，宝贝！妈妈的，宝贝！'，也不知道是要宝贝还是恨宝贝。"

"妈妈的，宝贝！妈妈的，宝贝？"鲁一弃在重复着。

突然他蹦了起来，扔掉手中干果，一把拽捏住女人的手臂：“水老板，带我们回到你知道的路径上去!”

鲁一弃让水大娘感到害怕，因为他攥住自己手臂的手很用力，紧得有些颤抖。于是女人声音也有些颤抖：“我不知道……从这里……怎么过去，只知道……去那里，要先到……红杉古道，然后再找暗口。”

女人没有说谎，她不是钻林子的行家，又在黑夜的林子里走了好久，到了这地方她连方向都搞不清楚了。

“不远，从这里过半坡，抄近道从黑瞎子沟穿过去，再翻过红杉岭就是红杉古道的头子了。”傅利开说话的神情显得有些兴奋，不知道是不是帮着女人出主意也可以给他带来快感。

“那我们上路，现在就走，去红杉古道！”鲁一弃停了一下，“前面丛兄弟说的方位肯定也是个存宝藏金的好地方，但应该不是我们要找的准点。等这边大事办成后还是可以去探探的。”

鲁一弃说话的气度很有大家风范，让人无法表现出一点不情愿。同时，他也没有忘了安抚一下愕愣在那里的丛得金。

傅柴头自此突然变得很积极，他背着大锯，抢在最前面领路。

丛得金虽然有些沮丧，但是他没有表现出太大的不情愿。他由领头变作了断后，仍然没有忘记砍根大树杈扫平大家的脚印。

任火狂突然蹲下身来，脱下棉鞋倒了倒落进去的杂物。丛得金拿着树枝站在他身旁，一直等任火狂起身往前走了，他才仔细地扫平所有痕迹，继续往前行进。任火狂回头看了看丛得金手中的树杈，微微皱了下眉头。

鲁一弃的心中有些乱，他莫名地再次想到“铺石”一工中“对巧”之技：“先寻缺，再定矩，然后方可对巧。”眼下的事情自己连个缺都没寻到。

只走了一会儿，鬼眼三赶上鲁一弃，并且扶着鲁一弃的胳膊往前走。其实这个动作是让鲁一弃一边的肩膀头子耸起来，从而稍微遮掩一下鲁一弃的耳朵和自己说话的嘴：“炉挑子漏灰，但让小丛扫了。”

话说得简单，其实要发现这些炉灰很不容易，因为铁匠的挑子底基本都拖挂在积雪面上，很难注意到移动的担子下悄然落下些比雪还轻的灰白色炉灰。

鲁一弃脑子里“轰”的一下。他在洋学堂的物理课上学过，炉灰就算完全冷却了，它的吸热能力以及与冰雪的温度差异还是会很快在平整的雪面和冰面上留下痕迹。他还记得，明代秘本《辨迹觅踪百策汇本》中对此也有记载，那是本公门中人研习办案技巧的不传秘本，其中就有一个“扮厨雪地寻匪”的故事，那公门高手就是在雪地中撒炉灰指引捕快追杀恶匪的。

鲁一弃突然意识到自己疏忽了一件事情，任火狂是个有名头的江湖人，可是知道他名头的鬼眼三、盲爷之前都没有见过他，而傅利开和丛氏兄弟虽然认识他，却不知道他的名头。也就是说和他们同行的这个铁匠是不是江湖上那个真正的关外奇工，这里没人知道，也没有任何证据可以证明。

“再瞅准点，看他是不是有意撒炉灰。”鲁一弃小声对鬼眼三说。他这是谨慎的，漏炉灰也可能是偶然的现象。于是渐渐地，鬼眼三又坠到了铁匠的后面。

黑瞎子沟两边树木交接覆盖，所以在沟里不见天日，一片黑暗。其中地形错综复杂，十分险恶，就像个天然的巨大坎面。这里应该是个绝佳的偷袭场所，甚至都不用人坎偷袭，只需布上几道死、活扣子，就足以让黑沟子里摸索的人全军覆没、无路可走。

鲁一弃已经开始后悔了，越走心越虚。特别是鬼眼三发现任火狂在落炉灰下路引以后，他觉得自己同意闯这沟子是有些欠考虑了。

但提心吊胆的时间并不太长，黑暗之中他们走了大概一个时辰左右。当傅利开在一个三岔口处再次辨认并确定好方向后，他很欣然地回头喊了一句：“快出去了！”

黑瞎子沟出来的口子很窄，在两座岩壁之间。岩壁不算很陡，没有什么树木，光秃的岩壁上积满厚厚冰雪。

鲁一弃从黑暗的沟子里钻出来，突然见到阳光让他的眼睛一时难以适应。虽然此时的太阳已经西挂，光线并不强烈，但他依旧稍微闭眼调整了一下，这才看清眼前的情形。

担心的事情还是发生了，山沟的出口已经被封。

落日将鲜艳的红色撒在那堆碗口粗的圆木上。圆木和原木不同，原木就是砍伐后去掉树根枝杈的树干。圆木却是将原木经过加工修整，去掉树皮，表面较光滑，规格也比较一致的木材。

封堵沟口的圆木不算太多，也就二十几根。堆积的样子很是杂乱，有撑在地上的，有架在上面的，也有横插、斜插在木堆中的，而且那些圆木在岩壁上没固定撑点，只是凭着相互间的支撑力颤巍巍晃悠悠地堆立在那里。圆木之间以及与岩壁之间的空隙都很大，像瞎子那样消瘦的身材，硬挤挤也许就可以过去。

如果只是这样一堆圆木，那是很难将鲁一弃他们堵在沟子里的，所以在颤巍巍的圆木堆顶上，还堆积着许多的大石块，总有几千斤。

很壮观也很奇妙，一堆杂乱的圆木能那样堆垒起来不倒，已经让人感到惊讶了，可是它竟然还能承载许多的大石，真的有些不可思议。

这是一道坎面，鲁一弃的脑子在飞速地搜寻。《机巧集》里好像有些和这坎面相似的道理，但太深奥，自己无法洞悉。《班经》中也记录有类似手法，却都是用在筑桥建楼上的技法，根本没有拆解的路数。

鲁一弃于是又想到，先秦时流传有一部《兵具百计》[1]，其中记录有一种古老的守城武器“落石角架”。“落石角架”中只有一木可动，此木一旦动了，角架各处关节全松，这和现代机械中的四连杆脱扣机构[2]原理一样。那种角架可以将石块、热油等物架出城墙外面一段距离，然后动一木将关节全松，架上堆积放置的物件便全都砸下城去，大面积杀伤攻城的兵卒，这比直接从城墙顶边砸下石块和泼下热油攻击效果要好得多。

其实面前的坎面叫“垒木叠石”，也有叫“架井落石”的，但它的原理比“落石角架”要妙得多，说“落石角架”借鉴它的倒有可能。

鲁一弃走近木堆，仔细查看了一下那些圆木的支撑形势，特别是撑地的几根。结果让他很沮丧也很茫然。

1　此书没有实际的依据证实其存在，只是清代江南讲武堂编撰的教学书籍中提到过两次，说其中收录的都是一些古老的兵家攻伐守防的器械。落石角架这种守城装置其实不是收录在此书中的，而是西方国家的一种古老守城器械。作者是洋为中用，刻意表现中华祖先的智慧。

2　最简单的支撑与脱扣装置，是现在机械机构中运用最为广泛也最为实用的一种结构形态。但这也是一种极为专业的机械装置，原理的具体解释比较复杂，现代机械类教学书籍针对它都有专门的讲解章节。

所有的木头都能动又都不能动。是的，那些木头随便哪一根你都可以不费力地移动，但是不管你移动了哪一根，木架都会瞬间坍塌，石块就会尽砸下来。圆木间的那些间隙虽然挺大，但布置得却异常狡猾，每个间隙过去后都必须转换方向，这样才能继续往前钻。不要说盲爷，就是一个瘦小的孩子，在这样的间隙中转换方向都会对某一侧的圆木用力。当然，哪怕你用的是极小的力，结果都是架塌石砸。

水大娘从鲁一弃的神情中看出面临的困难很大，于是安慰道："不打紧，我们还可以费些力从旁边的岩壁上翻过去。"

在场没有人愿意接她的话头，因为水大娘言语中透露的无知让大家都觉得没有必要和她费口舌。

只有鲁一弃苦笑了一下："坎面布下，无路就是死路。这堆木石，肯定有解法，只是我们不知道。解不了可以退走，这是全身之法。或者凭运气和经验强破一番，这是生死各半的。但是另寻不是路的路闯过去，遇到的会是不死不休的坎扣。"

"什么呀，那是局相摆开，坎面连环才会有的后果。要利用天然的环境做到无路就是死路不是想象中那么容易，要么是地形巧合，要么就需经多少年的人工修整。"水大娘轻笑一声。这番话让在场所有人心中一惊，都以为她是个懵懂的女人，没想到她对坎面布局的道理如此熟悉，而且见解很是独到。

一直缩在一边好像害怕别人注意他的傅利开说话了："其他地方也许不行，这里却很容易。你们看到这两边崖壁上的积雪了吗？只需要在两边岩壁下的陡坡上挖个踏活坑[1]，或者在上面藏些踩雷、绊弦火炮什么的，从上面走，只要有个扣一动，就是个雪崩岩塌的结果，没人能逃得过。"

大家都无语，他们都知道雪崩岩塌的巨大威力。沉默持续了许久，直到那落日的红色变成了蓝白色。

忽然，几声短暂雄浑的咆哮声从黑瞎子沟的深处远远传来，并且在沟子里久久回荡着，让岩壁嗡嗡震颤。咆哮声还未曾消失，尖利的鹰啸声又从头顶飘过。

---

1 一踏之下，积雪土石都将活动坍塌。

“那是什么声音，有些像熊吼。”任火狂的表情很是复杂，“可现在这种天气不可能有熊出来转悠，要真是的话，那么前天夜里老柴傅就没看错。”

“是不是熊不知道，这鹰啸可以听出是长白花喙鹰。”盲爷脸色惨淡淡地说道。他知道，有这鹰就有无羽哨尾箭，对家又逼近了，现在自己这些人变成了进不能进，退也不能退。

鬼眼三同样知道长白花喙鹰意味着什么，但他也真的没办法。本来他想从木堆下面或者旁边挖一条通道。可是他出手查探了一下，那底下都是完整山石，很难破开，而且自己也没有合适工具，鹤嘴镐和梨形铲都丢失在北平院中院了。

鲁一弃的脸色很是凝重，目前的形势非常不利，前有坎面挡路，后有对家追杀。解了坎面固然不易，要回头重新闯过那黑沟子恐怕更加困难。

“既然对家坎面可以依形而置，那我们是不是也可以变形而破呢？”女人说的话像划破黑云的闪电，将鲁一弃封固的思维掀开个口子。

“让我想想，让我再想想。”鲁一弃自语着，随即靠近哪堆圆木石块盘腿坐下，眯缝着眼睛凝视着圆木杂乱的结构。

天快黑透了，圆木都已经看不太真切，而此时鲁一弃却索性闭上眼，没有人知道他在干什么，也没有人敢去打搅他。不知道为什么，他的状态越是放松，越让人感觉到压迫。

鲁一弃将《机巧集》和《班经》中自己所知的道道儿都搬了出来，将那些理论与眼前圆木的摆置一一对应。他脑子里此刻就像在进行着一场棋局，只是棋子是那二十几根支撑大石块的圆木。圆木的堆积方式在他脑子中快速调整着，变化着，他尽可能多地试想各种可能性。更多的后招才是制胜的保证，然后最终选中唯一可行的方案，这个方案必须是对手都没有想到的。

“我们就从这里出去。”说这话的鲁一弃猛然睁开了眼睛，那双眼睛中闪烁着绚丽的精光，让所有注视着他的人心中不由一荡。

“我需要三个人做这件事。没有十分把握，很危险，说不定就会被这些木头和石块压死。”鲁一弃的表情很凝重。

难识卿

需要三个人，女人肯定被排除在外，剩下六个人中，鲁一弃又给排除了一个："夏叔肯定不行，说了您别生气，您老瞄不到窍口。"鲁一弃说这话时带着愧意，捅别人短处对于别人和自己都不是太舒服的事情。

盲爷倒没在意："正好，我还怕这太紧要的事儿难为了自己呢。"

其他几个人交换了一下眼神。鬼眼三第一个说道："我来！"

傅利开不自然的脸色变换了一下，也不知道这是表示轻松的强笑还是最终作出决定时的艰难："也算我一个。"

"我也行！"从得金抢上一步说道。

鲁一弃笑了笑："他们两个再加上我就行了，你的力气太大，万一力道不协调，抖了撑儿反倒前功尽弃。"

"那么还是我来吧，我们三个做也许更稳当些，而且你在一旁能看清楚，要有什么变化也好及时提醒我们。"任火狂边说边丢下担子走上前来。

什么有变化可以及时提醒，鲁一弃知道，要是自己的方法不成功，或者过程中有什么差池变故，根本不会有提醒的时间，下面这三个人肯定不死即伤。

身后的熊咆鹰啸再次响起，从声音上可以知道对家逼得更近了。

"鲁门长，趁早干，说吧，咋弄？"说这话时，任火狂很有些视死如归的豪迈。

鲁一弃指着圆木堆中一根横插着的圆木对任火狂说："这根任老你握住，等我喊一时，你将它拔出拿在手中。"

然后指着一根斜插着的圆木对傅利开说："傅大哥，任老那一根拔出，我便喊二，你就把这根推进一尺二。"

“三哥，你拿好这根，傅大哥一到位，我就喊三，你再将这根拔出。”鬼眼三很认真地听着鲁一弃的吩咐，双手紧握住那根木料。

“三哥这根拔出后，这里会有个斜下的窍口。我喊四，任老你将你手中的木料从这窍口中插入。任老插入后，我喊五，柴头将手中圆木抽出二尺三。这样，左侧吃力处会出现一个窍口，我喊六，三哥将圆木从这间隙由下往上斜插进去，一直要将圆木完全插入，这样才可以将上方直插的圆木推开一尺六。”

“这是‘偷梁换柱法’？”鲁一弃才说完，傅利开立刻问了一句。

“我也不清楚，我只知道这法子的道理是从‘天数换形[1]’中来的，也许和你说的‘偷梁换柱’是相同之术。”鲁一弃随口答复着柴头的问话，突然他觉出些不对，将一双眼睛往柴头那里盯视过去。是呀，“偷梁换柱法”是《班经》中记录的方法，傅利开不是说他不认识字，没看过《班经》，那他是怎么知道这法子名称的？

傅利开已经避开了鲁一弃的眼光，只是认真地看着手中的圆木，猥琐的表情此刻变得有些凝固，两只眼睛大小的差距变得更加离谱。他也真的需要这样认真的态度，这三人中他的责任是最大的，不仅需要将圆木变动位置，而且还有尺寸的要求。

鲁一弃决定让傅利开担当最重要的位置，是因为在他意识的深处不知何时出现个定论：“这个柴头绝不简单。”傅柴头一直在故意隐藏些什么，而他隐藏的那些东西在改变路线后，就有些掩盖不住了。这条鲁一弃选择的路径将他推到了无法逃避的境地，推上了一个必须施展才华的位置。

“天数换形”的过程必须极其紧凑，慢一点就会木倒石塌。鲁一弃口中六个数字一气而出，三个技艺高手随着鲁一弃的报数，很好地控制住自己的力道和圆木的位置。特别是傅柴头，那一尺二和二尺三的距离把握得分毫不差，也不知道他是怎么做到的。

石块还在木堆的上方，木堆依旧堆垒着。但是木堆的中间却出现了

1　这种说法最早是在唐朝初期出现的，其实就是一种结构转换的技法。据说这种技法和袁天罡的星理术数有关，其中结构变化都需经过周密计算。是《机巧集》中的天授之工。

一个缺口，一个足以让人轻松钻过的大缺口。

木瓜看热闹，行家看门道，这是坎子行中的俗语。所以面对“天数换形”后的变化，一个人讶叹地张大了嘴，也歪曲了脸，谁？傅利开。他前几步，后几步，蹲下，站起，把这木堆看了好几遍。鲁一弃用的方法比他说的“偷梁换柱法”高明得太多。这坎面如果用“偷梁换柱法”来解，不但需要利用周围地形，而且还需要其他材料，最困难的是添入的材料和让出的缺口不能冲突，所以这法子成功的概率很小，要不然他早就动手了。

可是现在鲁一弃非但没有使用其他材料，也没有利用周围地形改变撑点，更妙的是木堆整体结构还变得比原来更稳固了。鲁一弃确实如水大娘所说的那样依形而破，但他不是依借周围的环境地形，而是依借坎面本身的形态结构。

没人理会柴头在做什么，只顾依次从缺口中钻出，直到最后钻出去的任火狂叫了他一声，他才省悟过来，急急地钻出，跟上队伍。

出了沟子口，天全黑了。这次他们没有停下休息，因为坠着的对家随时都可能赶上来。

“老傅，往哪边？”走在第一个的鬼眼三突然停下脚步，向低着头不知道在想什么的柴头问道，因为前面又是白茫茫一片的雪坡，不知道应该往哪里走了。

傅利开连头都没抬，只是高声答道：“往左，上坡，过顶。”

于是鬼眼三带着大家往左边山坡顶上登去，凭着他的夜眼，一路上尽量避开陡岩和雪窝。

鲁一弃本来是紧跟在鬼眼三身后的，但他这次停下脚步后就没有继续跟上，直到傅利开上来，才和他一起继续往山坡上前行。

傅柴头给鬼眼三指引方向的时候头都没有抬，其他人没有注意，鲁一弃却没有放过这个细节，他觉得诧异，他想知道柴头为什么不查辨地形环境就可以知道方向，就算是个常走这条道的老客，也应该四周看看才会作出决断。鲁一弃的心中已经存不下更多疑惑了，那许多的疑问已经在他心里交织成一个巨型的坎面，一个比“垒木叠石”更错综复杂的坎面。

鲁一弃看着柴头，虽然天色已经黑了，柴头还是看出他表情中的意味，心中有些发毛。每当面对鲁一弃时，他都有一种想将心中秘密倾倒而出的冲动，那年轻人的眼神常常会流露出奇异的吸引力和震慑力。

“你想知道什么？”没等鲁一弃说话，柴头就开口了。

“路没错吧？”鲁一弃的语调更像是随口聊天。

傅柴头没想到鲁一弃只是问了这样一句话。

“嘿嘿！”柴头的笑容让他的脸扭曲的厉害。“你放心，这我有把握。”傅柴头停住了话头，看得出，他这是想要吊一吊鲁一弃的胃口，然后好卖弄一番。

鲁一弃没有说话，依旧看着他，一双眼睛如同逐渐融开的冰面，波动着难以揣测的光芒。

“我是根据气味辨别的。”鲁一弃的目光让傅利开有些惴惴的，他失去了卖弄的心情，不由自主地如实道来。“木材都有各自独特的味道，特别是成片成林的树木，那味道就更加浓郁。像那黑松，就有青涩味，榉木有种大麦香，大叶橡味道有点像白水煮牛肉。我就是闻到了红杉林的味道知道方向的，你闻闻，有没有一种米酒发酸后的味道。这里离着红杉古道已经不远了，翻过这个山坡差不多就到了。”

鲁一弃下意识地提了提鼻翼，可什么都没闻到。他自嘲地笑笑，心说，这哪是一两天能练成的功夫本事。

“如果不是成片的林子，只是一棵树或树枝，甚至只是些落在雪中的枝叶，那你能闻到吗？”问这问题的是走在柴头前面的铁匠任火狂，他听到柴头刚才的那些话了。

“你这老铁匠是把我当畜生呢？那种情形只有兽子才能闻出来。”

“谁知道你是不是兽子转世，那天在小镇，火燃烟起之后，我瞧八成你也是一路闻着把我们带出来的。”铁匠这样说不是开玩笑，因为他自己就对烟火的味道就特别敏感。

“任师傅，还真让你老蒙中了，镇里的房子年头年尾都在变，所以路径也年年不同，今年那镇里怎么走我还没来得及摸清楚。那天要不是有我转手的几堆小叶儿榛，我们恐怕就要都毁在那里了。”柴头说这话的时候变得有些洋洋得意，唾沫星子从他歪咧的嘴巴里直往外喷。

“小叶儿榛平常的味儿不大，几个小堆混杂在其他各种木材中，一般是闻不出来的。但是这小叶儿榛要被燃着了，有种烘牛粪的味道，而且这木头还经不起日头晒，所以一般人家不用这种木头做家什，更不会当作过冬取暖的烧料。那种木头也就我敢接手，来年找几个南方来的‘杀猪菜’（菜鸟、挨宰的意思），可以冒作峦纹榛木卖个好价钱。几堆小叶儿榛是我指定堆放的，从镇口到市场好几个点儿，我最后就是闻着这几个点走出来了。”

真是业精行为魁，不管哪一行，只要不吝啬脑力和体力，勤学苦练，肯定能成为高手。这关外老林中多少奇特少见的木料，它们的特征、质地、味道恐怕都在傅利开的脑子中存着呢。

“傅大哥，你的把式棒，见识更不得了。柴头一行，你肯定是头一份儿。”鲁一弃夸傅利开的话是由衷的，但是他同时也希望柴头能顺着他的话头，继续掏掏他的底细。

傅利开尴尬地笑了笑，脸色扭曲得有些怪异。精明的他当然知道鲁一弃是什么意思，可是……

傅利开有些夸张地将鲁一弃拉到一边，趴在鲁一弃的耳边悄声说道：“我知道你想问什么，但现在不能说，现在说了，我很快就和那胖老娘们儿一样了。”

傅利开将鲁一弃拉到一边的时候，所有的人都停住了脚步，他们都在盯视这两个鬼祟的人。鲁一弃从大家的动作就知道，刚才大家都在注意他们的对话，而且柴头这样夸张地将自己拉到一边，也是别有用意的。他们两个耳语时，鲁一弃可以感觉到柴头那对大小眼瞄出狡狯、锐利的精光，瞬间便将其他人的表情动作尽数收入眼中。

鲁一弃本来要走到最前面去的，可是在经过盲爷身边的时候被盲爷一把拉住。盲爷先没作声，等听到前后的脚步都和自己距离在十步以上了，这才贴近鲁一弃小声说道：“大少，瞄准那女人，她步子里有硬声，路数有点像江湖上的‘铁底留痕’。就是用鞋底暗藏的硬器直接在地面土石上留下特有痕迹，就算雪被扫平，坠尾子的人只要扒开雪面，照样能寻着痕迹。”

见鲁一弃许久没有答话，盲爷又说道：“那姓傅的人很奇怪，他应该是把子好手，却好像在藏掖着些什么。”

“是呀。”鲁一弃从思考中回转过来，既然说到了柴头，他正好想找人帮他揣摩一下这是个怎样的人，于是压低声音说道：“这傅利开，我真有些弄不懂，他有时候像个高手，细心而缜密，有时候又像个小丑，贪婪又好色。本事明明是鲁家招法，却又不承认是班门弟子。”

“不，大少，要我说他是个高手那是明面儿，贪婪像装的，好色我却没见到。也许是我眼瞎看不到，可大少，你瞧见了吗？”盲爷低声而又急促地说道。

“我？”鲁一弃仔细回想了一下，真就没什么事实说明柴头是贪婪的，都是从他自己的言语中得出这样的结论，“夏叔，那天在金家寨逃出时，这柴头竟然拉住个女人一起跑，怎么都舍不得丢掉。”鲁一弃每想到这，就觉得柴头这人又好气又好笑。

“那这女人呢？”盲爷问。

“死了，被射死了。”

“哼哼，‘活盾奔’，最早是关外‘搏兽派’的招法，后来被关外土匪们常常采用的逃跑术。‘搏兽派’围捕野兽时，都随身带一小活物。如果遇到大兽得不了手又脱不了身时，就放出活物把大兽引走。后来发展为逃避敌人时都拉带一个人质，以便在逃跑过程中扰乱对手追逼的招法，而且人质还可以用来阻挡攻击。”

听完盲爷的话，鲁一弃首先发出的感慨是自己见识太少了，这江湖上的种种技能，不是书本可以囊括的。

“夏叔，但他好像挺关心我的，那夜你们都不见了，后又突然出现，他的第一反应就是用大锯护住我，自己倒是不管不顾。”鲁一弃心里总认为柴头是班门弟子，说话也多少向着些他。

“下三滥的招儿，他这样做不是要护着你，如果真是有危险出现，他这样做其实是在告诉杀手，你才是真正重要的人物，袭击的目标应该是你。”盲爷说这话时，嘴角恨恨地喷出些白沫。

鲁一弃懵了。

“你们嘀咕啥呢？快点，要到顶了！”前面传来水大娘的叫声，这叫声中竟然带有小姑娘才有的欢快。

“啊！没有绕坡走？”盲爷明显一愣，怎么刚才没发现这个错误？不知道是因为脚下的厚厚积雪让他觉察不到坡度，还是自己光顾着注意女人的脚步和帮鲁一弃分析柴头了。

接近山顶的地方，没有树木，坡度也很缓，是个呈馒头形的空地，而且明显可以感觉出积雪下是枯草。听到女人的叫声，后面的人都逐渐加快速度跟了上来。

鬼眼三是最早越过山顶的，于是他看到一瓣月牙子，在大片墨绿的林子上方悬挂着，显得分外洁净清亮。

后面的人也都越过了山顶。刚过山顶，傅利开就指着不远处的林子，得意地说道：“看！红杉林！”

山顶的风大得多，这样的夜晚，没谁愿意站在光秃的山顶吹冷风，这里连能够稍微挡挡风的矮树丛都没有。于是大家都有些迫不及待地缩着脖子拢着袖子往坡下走。

他们往下走的步伐都不大平稳，也许是下坡路比上坡路难走，也可能是他们都各自有着什么心事。特别是盲爷，他的脚步不再轻盈，眼白子连续地在翻，脸颊上的肉也不住地抖，嘴里一直嘟囔着：“怎么没绕坡？怎么没绕坡？”

绕坡是很难与对家打照面的，就算明碰了，上下都可以避。可是他们今天直翻过山，山后又是一块空地，如果这里突然出现对家的埋伏，他们就全敞在坎面中。

下坡的空地才走了一半，盲爷担心的事果然来了。一声尖利的鹰啸从背后的山顶越过，并且随着山体的坡度一个斜线滑下。这声鹰啸余音未了，又两声同样的鹰啸响起，由左右的坡上斜插而出，从鲁一弃他们的头顶交叉而过，就像是在空中打了个叉叉。

空地下方不远处的树林边有三堆火焰腾然而起。

“快退回去！”任火狂对火光是极度敏感的，火堆的焰苗才刚刚蹿起，他就低沉着嗓子喝喊一声，然后迅疾地回身往山顶奔去。

还没等其他人都转过身来，奔逃的任火狂已然停住脚步，因为他发现山顶上也有一些他熟悉的东西，但不是火焰。

关外奇工最熟悉的不外乎这几样：火焰，不同的器物材料需要不同温度的火焰；钢料，根据不同的钢料制作不同的器物；还有一样就是在适当温度火焰中用上好钢料精心制作而成的绝好成品。

山顶上就有这样的一些绝好成品，那都是钢好、刃薄、形利的好东西。这些东西都肆无忌惮地暴露在雪地中，仿佛是嗜血的魔牙一般，反倒是握住这些东西的人看不太真切。

第四章　妖弓射月：无坚不摧的三截箭

弓弩射出的力道是个从弱到强再从强到弱的过程。第一种形态下，钢叉弯曲蓄积能量，第二种形态开始时，弯曲的钢叉绷直，积聚的能量会突然释放。这个释放的瞬间，钢叉正好追上铁箭，挟带强劲绷弹能量的叉头弹在铁箭尾端，铁箭在这力道作用下，相当于第二次发射，极速地追上铁菱，撞击铁菱尾部的圆洞形凹槽。于是大部分的力道便集中施加给铁菱。铁菱变得更加无坚不摧，攻破防御和阻挡。而铁箭、钢叉也是余势不了，继续攻杀。

《杀器别册》中的“妖弓射月”！

杀阵对

一直到围势已成，鲁一弃才有了点感觉，不管是树林那边看不到的，还是山顶那边隐隐反射着月光的，都是锋芒毕露、剔毫切骨的锐利之气。从这些刃气的起伏和耀动来看，掌握这些兵刃的人力量雄浑巨大，心性却平稳内敛。

鲁一弃没看出那三堆火是什么坎面，但既然能摆开这样一个阵势，这武器应该是箭弩一类，再加上天上飞过的长白花喙鹰，八成是“无羽哨尾箭”。

鲁一弃没回头细看山顶上的情况，但是从感觉到的刃气排列方式上看，那是三二八的排列。这样的人坎，鲁一弃一下就想到是根据《武穆兵法》[1]上的“攻袭围”变化而来。三人为首攻，后二人隙中袭，八人翅形包抄合围。鲁一弃知道这样坎面的破法，也正是因为知道破法，他才清楚现在破不了。除非先将前面三堆火的人坎扯了，才可以回头合力应付这“攻袭围”。

鬼眼三没有转身，他首先是撑开了手中的雨金刚，护住自己大半个身体，然后从伞沿的上方往那三堆火焰背后仔细望去，却也什么都看不见，他的夜眼可以看出黑暗中隐藏的东西，却无法看到火焰的背后。

鲁一弃也没有转身，他一只手握着驳壳枪，另一只手摘下了肩上的毛瑟步枪。等毛瑟步枪横拿在手中时，他将驳壳枪递给了身后的水大娘。枪在女人的手中显得有些大，但是女人却聪明地用两只手捧住，并“嗒”的一声掰开了枪机保险。

1　民间传说，这是岳飞所著的兵法，但没有任何真实依据。另一种说法是后人对岳飞用兵方法的总结。但此书版本很多，每种版本的内容基本上都不相同，也不知哪种才是正宗。

枪机保险掰开的声音让鲁一弃一震，这让他意识到女人不简单，她知道这枪的用法。女人和傅利开一样，是深藏不露的人。

但眼下不是考虑这些问题的时候，鲁一弃拉开步枪枪栓，站在鬼眼三左侧靠后一点，让雨金刚也能遮掩住自己的一部分身体。

柴头有些夸张地喘了口粗气，却不知道是叹息还是运气。紧接着他非常果断地迈出几步，越过盲爷，站在了鬼眼三的右侧，大锯竖在身体前面，右手则抽出把内刃弯刀，全神贯注地看着前方。

盲爷却和柴头相反，他没有往前走，而是表情痛苦地转身往后去了。站在了队伍的最后，虚提着盲杖，像在聆听什么，又像在等待什么。他的身旁站着丛得金，这年轻人双手紧握斧柄，姿势凶悍且极有力度。只可惜不是标准会家子的招式，像是进攻又像是要避让。

所有人中只有任火狂是忙碌的，他放下了担子，将外面套的皮袄子褪下一个肩膀，用铁钎子插入火炉把炭火拨燃，箩筐里的各种完工和未完工的器物都被放进了火炉里。

火炉子燃了起来，这样一个小炉子的火苗竟然不比那三堆火的势头弱。铁匠一只手拿着火钳子，另一只手提着铁锤，有一下没一下地在炉子旁边的砧铁上敲击着。

寂静的山林因为时有时无的清亮敲击声而显得更加寂静，就连划过树梢的风声都被这清亮的敲击声压制住。火堆中的炭料偶尔爆出的一个火栗都让所有的人心中猛地一提。

小炉子竟然越来越旺，敲击声也始终未停，所有这一切似乎是在传递着什么讯号。

谁都没有动，谁都不敢动。不止是被围的人，坎面的活扣子们也都不敢动。

任火狂这个火炉子燃得好，对家和他们一样，看不清火焰背后的人在干什么。“攻袭围”的坎面只看得见盲爷和丛得金，所以他们不敢动。三处火堆的坎面只看得见鲁一弃他们几个人，看不到火苗背后的两个人，而且雨金刚背后遮掩了什么，他们也看不到，所以更不敢动。炉子的火苗烧得旺还有其他的好处，火光可以让空中的鹰不敢扑下偷袭，同时驱除一点寒意，让马上要搏杀的人身手活泛些。

风水学派中有个二十四山头派的，这派风水道理是以山为根，然后从山形、坡形、一直到一石一草详加分析。从这派的理论来说，鲁一弃现在所处是两难之地，流风跑水，不聚财，基难稳。也有管这地形叫“苦败基”的。

从兵法上讲，这地形又是上冲如洪，下攻如垒的两败之地。往上一步只迈三分，往下落步无退无根。这样的地形遇敌而战最好是静待敌动，就是让对方来攻袭自己，等对方进入自己有效攻击范围内，再寻找破绽全力一击。

鲁一弃是明智的，他与对家相持着不动，希望对家能主动现身攻袭，其实这也是没有办法的办法。

对手同样很聪明，两个坎面也一动不动。僵持了近半个时辰，双方谁都不曾有一点躁动的迹象。

鲁一弃双脚冷得有些发麻了，是呀，火炉暖不了踩在雪中的双脚。但是鲁一弃知道自己必须坚持，没有其他的办法解决这样的活坎，只有和坎面中的扣子比耐性，看看到底谁耐不住，先露出破绽。对家现在的情形不一定比自己好受，再说了，水大娘一个女人家都没有吭声，自己说什么都得撑住。

半个时辰，一个时辰，两个时辰。难道这一夜就要在这样的站立中度过。

“不能拖，必须要想办法走。”水大娘突然说话了，说出了一个客观的事实。“对家可能会有后援，而我们没有。”

这话让几个人都觉得一股寒气从尾椎骨处直冲后脑。女人说的绝对有道理，相持对自己不利，必须找其他办法脱身。

这一刻，鲁一弃的内心在极力地挣扎着，感觉！需要找到感觉！两坎前后合围让他紧张得全身肌肉绷紧，始终回复不到那种自然忘我的状态，所以他始终只感觉到刃气而无法感知到其他气息。

女人把肩膀轻轻靠在了鲁一弃的后背上，一股母性的温柔从他的脊梁处直贯而入，就像是梦中妈妈的臂弯，安全、温暖。紧绷的肌肉一下子松弛下来。放松，再放松，集聚精神，让自己的一切都融入自然。鲁一弃终于进入了状态，他觉得自己仿佛飘散开来，铺撒开来，并融入到雪地、树林乃至一草一石之中。是的，既然融入了山林的每个细微之处，当然也就可以获知火堆后隐伏的到底是什么了。

那里有三张大弩，是用撑木支在地上的大弩。但持弩人的气息有些散乱，他们似乎因为什么而踌躇不定。

背后山顶“攻袭围”的活扣子们倒没有什么变化，他们隐伏在雪地中，等待时机随时扑出，但鲁一弃还是感觉出他们手中的刀刃有一丝晃动，这让整个坎面的坎势显得不那么稳固。

鲁一弃的感觉缓缓收回，在这过程中他已经有了一个改变现有局面的方法：一起往前缓慢行进，逼迫三个大弩，让他们要么抢先动手，要么退走，因为他们的气息状态不稳定，这里有他们顾忌的东西。

可是就在他的感觉还没有完全收回的时候，山坡左侧突然出现的又一股气息触动了他的神经。那也是一股杀气，这杀气虽然不是十分凌厉，但却显得凝重而沉稳，就如同这大山，如同那林海。

鲁一弃的感觉竟然不敢往那边靠拢，那杀气让他有所畏惧。此时此刻，他觉得自己如同是被人捏在手心中一样。

对家援手到了！

一声狼嚎打破了山林的寂静，接着是第二声，第三声……左侧的山坡上出现了十几对绿幽幽的光点。

“狼！”从得金首先喊了一声，声音中的惊惧谁都听得出。

“是狼，狼群！”水大娘也叫出了声，但她的声音里的恐惧好像比从得金这个大男人要少得多。

任火狂停止了敲击，他从怀里掏出了一个鹿皮包囊，松开囊口，倒出一颗形状不规则的东西，并将这东西扔进了火炉子。火苗一下子升腾起一丈多高，直直地竖在那里，而且纹丝不动，就像一根蓝黄的光柱。猛烈的炉火已经将他刚才扔进去的各种铁器重新烧熔成了红料。他用火钳子从炉子里夹出红料，放在砧铁上，挥着铁锤节奏分明高低有致地敲打着。

打铁的手法很多，通常有砸、敲、点、拍、刮、弹、拖，不同的手法发出的声音也不同。只见任铁匠手中铁锤翻飞，把那打铁声化作首乐曲一般。红料在这首乐曲中快速成型，成形后便又被放进了炉子。

鲁一弃没有动，他还是那样轻松自然地站立在那里，但他的感觉却移动了，移到火炉那里。和其他人不同，鲁一弃从纹丝不动的火柱中看到了起伏和跳动气势，看到了不同于炉火的乌金色光芒。火炉中那个东西不断喷溅着一些细小的金花，金花洒落在那些红料上，把红料镀染上一层金灿灿的光泽。

这是“金罡天石”。鲁一弃很快就从脑海里找到与之对应的名称。

《异物志》上有记载：“天降奇石，断山沸河。其硬无物可抵，入火火旺，喷金不息，同锻者亦坚非凡品。”

鲁一弃断定，这奇石和他在洋学堂里了解到的陨石是一回事，只是这种陨石的材质成分更为奇特。

任火狂停止了敲击，因为炉中所有的红料都已经成型。铁匠的面色很是庄重，他将“金罡天石”夹出，然后一口咬破右手中指，看着一颗鲜艳圆滚的血珠从指尖上凸出后，手指一弹，血珠拉成一个血串落在炉里。

炉中的火焰因为没了“金罡天石”而迅速缩小，而落入的血珠让缩小了的火苗瞬间由蓝色变作通红。火光映照在几个人的脸上身上，就像是泼上了鲜血。

“呀喝！”任火狂发出一声狂吼，响彻了整个山林。

“呜喔……”那狼群也一起发出嚎叫，与任火狂的声音混杂在一起，久久不散。

这样的声响彻底打破了山林的寂静，就连那天上悬挂的月牙子都仿佛被震得跳动起来。

人却是真的动起来，疾如闪电。

盲爷是第一个动的，他往“攻袭围”这坎面的一侧扑去，目标是坎面中八“围”一边的端头。这个位置是恰到好处的，如果坎面的“攻”和“袭”要抢上来接住他，那么“围”扣的另一端就要直接面对丛得金。这样，整个坎面就会拉长，坎相就也变得散乱，特别是“攻袭”的威力得不到彻底发挥。

其实盲爷并不知道“攻袭围”应该怎样破解。但他当年是马贼头子，马队攻击时，最忌讳从对方的马队中间杀入，一般情况下，都会斜向攻击马队的一端。这样的角度可以进退自如，能战即战，战不过也可以在被围住前逃走。

坎面没有马上动作，他们没有将已行动的盲爷放在眼里，更没有把不知该如何行动的丛得金放在眼里。他们惧怕的是火光背后的人，不只是因为那奇异的火焰，也不只是因为那声狂吼，而是因为气势，那里腾跃而起的一股气势让他们觉得自己很卑微，很弱小。

山顶处的那些活扣子都是身经百战的高手，但最近他们的思维都有些混乱了。北平院中院被破，他们接指令追杀闯入的鲁家人，夺回被抢走的宝物，但才一天多时间，他们的任务变成盯住鲁家人。到了这老林子后，不但要继续盯住，而且要设法惊吓骚扰他们，赶着他们往前走。结果在昨天下半晌，他们得到的最新指令是要将这些人活擒了。指令的不断变化让他们有些无所适从，可就在他们茫然不知所措时。三大弩又带来个更新的指令：如果生擒不下就设法阻住，时间越长越好，给赶到前面去的同门争取些时间布设坎面，也让本门那些顶尖高手们先去探探。这意图很明显，先看自家人能不能寻到暗构，启出宝物。要实在不行，就放鲁家人过去，让他们启了宝，再夺。

所以他们刚开始只是围住，没想过动手。比较而言，阻住比生擒要简单得多，但是现在情况变得太复杂了，突然出现了狼群，对手又主动攻杀过来，所以他们也只有顺势攻下，执行生擒的指令。

任火狂突然将火炉往山顶方向摔出，满炉子的火炭和红料洒落了很大一片区域。这个范围选择得很好，正好是“攻袭围”坎面从山顶直线扑杀下来的必经之地。高温的火炭和红料落在雪地里，腾起了一阵水汽和烟雾。火炭和红料虽然经过积雪降温，可依然不是穿鞋的脚可以直接踩踏的。所以坎面要进行围攻只有绕过来，这样坎形就散了。

山顶的坎面一动，靠近树林的三大弩也动了。飞箭带起的气流，让三堆火的火苗猛然倒向一侧。

两边的行动鲁一弃都感觉到了，不，还有第三处，狼群位置的杀气也动了，由凝重瞬间变为灵动，直冲而来。

没有鬼眼三和鲁一弃意料中“无羽哨尾箭”的嗡鸣声，取而代之的是一声清脆的枪响，尾音是极其高亢刺耳的碰撞刮削声，像是击中了什么。

不是鲁一弃开的枪，他还是那样放松着身体，极其自然地端枪站立着，所以他能感觉到，这一枪是从狼群旁的树丛中射出的，这杀气凌厉的一枪没射向他们，也没射向火堆，只射中了一个在空中飞行的东西。

第二声枪响紧接着传来，但那刺耳的尾音却是在距离鬼眼三不远的地方。

第三声枪响离得更近，因为这是鲁一弃射出的一枪，这一枪是迎着那空中飞来的东西射出的。与此同时，鬼眼三手中的雨金刚发出一声“当啷”的巨响，如同是敲响了一面大锣，几乎把周围人的耳朵都震聋了。

大响之后，又有两声弱些的声响落在雨金刚上。连续三下攻击，鬼眼三竟然都接住了。这连续三下力道真的不大，与带动火苗的气流根本不成正比。

落在雨金刚前面的有三样东西，一个锐角形的铁菱，两边是尖长刃口，就像是燕尾，后部很厚，尾部中央有一个圆形槽。这铁菱上有两个撞击点：一处刃口破缺了，另外在燕尾尖上有个凹坑。鲁一弃打眼一看就知道这两处是枪击的痕迹。

鲁一弃明白了，对家援手没到，自己反莫名其妙地来了援手。狼群那边的凝重杀气是来帮自己的，难怪三个大弩高手气息会混乱。可那狼群后面到底是什么人？为什么要帮自己？

还有一样东西是支铁箭，箭头、箭杆、箭羽都是用精铁制成。最后一件更怪异，是根有些弯度的钢杆，头子上是个锐利的分叉，就像简陋的猎叉，尾部倒中规中矩地安了一根上好的羽翎。

这是？

没等鲁一弃全看仔细，那三堆火已经开始了又一轮攻击。这次的攻击是奔山坡侧面的那个树丛去的。三个大弩攻击速度极快，前后两次攻击的间隔极短，只够鲁一弃瞄一眼地上掉落的武器同时拉枪栓上子弹。

踏成道

枪声又响了，两处的枪声几乎是同时响起。鲁一弃也同样出枪帮助狼群的枪手。打出一枪后，鲁一弃又听到一声枪响，还是从山坡侧面传来的。这样快就射出了第二枪，是连发的枪吗？不对，从枪声上判断应该也是一种步枪，不可能连发。那么……难道是两个人？

与后面那声枪响一同响起的还有几声狼嚎，刹那间，在鲁一弃感觉中出现了一个血肉迸溅的场面。

三个大弩的攻击全部都命中。只是血肉洒落山坡的不是开枪的枪手。

就在那大弩射出的杀器就要直撞入树丛时，旁边突然跃起了几条嚎叫的恶狼。锐角形的铁菱让首当其冲的一条褐鬃狼整个碎了，变成了一滩碎肉和污血。紧跟其后的铁箭，射穿了一条白颈狼的身体后余势未了，继续划开另一条狼的脊背。最后的弯杆钢叉在刺穿了一条灰尾狼头颅的同时，也将另一条狼的臀部抽出一道皮肉翻卷的血槽。

从这次攻击鲁一弃知道那三个大弩是如何配合的了。

锐角铁菱最早射出，但它重量大，形状又不适合空中飞行，所以速度是最慢的；第二支铁箭虽然射出慢了一分，但速度却比铁菱快得多；最后射出的弯形钢叉分量最轻，速度最快；而且由于射出力量的巨大，在飞行中出现了弯折。

弓弩射出的力道是个从弱到强再从强到弱的过程。第一种形态下，钢叉弯曲蓄积能量，第二种形态开始时，弯曲的钢叉绷直，积聚的能量会突然释放。这个释放的瞬间，钢叉正好追上铁箭，挟带强劲绷弹能量的叉头弹在铁箭尾端，铁箭在这力道作用下，相当于第二次发射，极速地追上铁菱，撞击铁菱尾部的圆洞形凹槽。于是大部分的力道便集中施加给铁菱。铁菱变得更加无坚不摧，攻破防御和阻挡。而铁箭、钢叉也是余势不了，继续攻杀。

《杀器别册》中的“妖弓射月”！鲁一弃脑中闪过这个名词后便迅速吐出胸中浊气，凝神屏气，平端着步枪，将所有感觉顺着枪口往火堆后搜寻过去。他心中很清楚，刚才这一轮攻击说明自己顺着铁菱轨迹射出的那一枪没有任何效果。现在必须抢在坎面再次动作之前毁掉坎面中的某个活扣，这样才可以减弱三大弩组合后的攻击力。

火堆后面不见了弩手，因为他们在快速移动。三个弩手的实战经验很丰富，他们之间的配合也已经到了心意相通的地步。第二轮攻击一出，他们就知道不管此击是否成功，都必须立刻移动位置。因为另一个方向的一支枪肯定会迅速地锁定他们，射出比箭矢更难防御的子弹。

狼群那里的枪声又响了，还是连续两声。这个枪手始终在那个点上射击，没有变换位置。对于一个暗藏的枪手来说，第一个射击点一般是最佳地点，而且随着几次射击以后，枪手对所在位置射出的弹道特点更为了解熟悉，可以越打越准。而且那边是连续射出两颗子弹的，这样就算大弩人扣可以像北平院中院里巨人高手一样快速躲闪，那也保不齐会撞上其中一颗。当然，始终在一个点射击，首先要能保证到自己不会被对手击中。

于是鲁一弃加入进来，他瞄准的是铁箭弩手，他希望另一侧的枪手和他的想法一样，这样三枪集中攻击一个人扣，击中概率成倍增长，而且毁掉铁箭，钢叉和铁菱就缺少了传递力道的桥梁，“妖弓射月”的威力就会大大削弱。

鲁一弃没有瞄准那个人扣身体，而是对准那人扣身体半步以外的位置，最终是那人扣自己扑在射出的子弹上。人扣不是傻子，但他也没有办法，要躲过连续的两颗子弹，就只能撞上另一个方向射出的一颗子弹。

子弹射穿人坎的左肋，鲁一弃甚至可以感觉到子弹从人身体里带出血花的刹那绚丽。

另一边的射击没有停止，那里的枪手又快速射出两枪。每次的连续两枪就像个组合式射击。

铁箭人扣又被击中一枪，这一枪击中了肩胛处，稍往上一点就会射中他的脖子。看来那边的枪手是要不死不休。

另外两个人扣突然扑将出来，他们的步法极其轻盈快速。射铁蒺的人扣直奔山坡的侧面，射钢叉的人扣直奔鲁一弃而来。

整个坎面散形，扣子出坎扑杀目标，这是所有人坎的最后一个变化。也就是说坎面已经守不住了，与其逐个被对手灭了，不如索性单个扑出。这样既有和对手拼个同归于尽的机会，同时还可以掩护坎面中其他人扣全身而退。

冲上来的弩手挟带着凌厉的杀气，这杀气是刚才他们三个组合在一起都未能显现出的。他们似乎已经将对手骨骼血脉全部看透，甚至已经设想好自己手中武器穿透、撕裂对手要害的情形。

狼群那边的杀气也猛地一盛，此时的情形已经不可能采用其他格挡、避让的招式，只能正面迎击，以强克强。两股杀气碰撞在一起，凌厉之势让狼群再次发出一阵哀嚎。

鲁一弃还是那样站立着，轻松而自然，这样的状态其实让他能更加清晰地看到对手每个动作的细节。

对手直奔而来，是用一种近乎疯狂的状态，仿佛他生命的所有意义就是要一击成功。如此凶猛的杀气汹涌而至，鬼眼三慌了，傅利开、水大娘也都慌了。

鬼眼三奔出去几步，他不是要逃避那杀气，而是迎着杀气冲了上去，他知道，自己离得弩手越近，手中雨金刚阻挡大弩攻击的角度就越大，对鲁一弃的保护范围也越大。

傅利开和水大娘也动了，两人一起转身往后走。他们也不是要逃避弩手，而是因为背后盲爷那头的喊杀声和兵刃撞击声已经离得很近很近了，这会对聚神凝气应付弩手拼死一击的鲁一弃产生影响，所以他们要阻止背后“攻袭围”的坎面继续逼近。

狼群的哀嚎戛然而止。山坡的一侧传来了枪响，也传来了月牙般铁蒺的寒光。一瞬间，两股无形的杀气如翻转的云块撞在了一起，而周围的空气却如同凝固了一般。

这样杀气汹涌的对决让任火狂他们几个以及“攻袭围”的人扣子们禁不住身上一寒，身形动作不由自主地缓了下来。

只有三个人没有受到影响。鬼眼三快速地旋转着手中的雨金刚，他是想扰乱弩手的眼神和心神，也是害怕那大弩射出的力道自己阻挡不住，以旋转来卸掉些力道。

弩手要一击成功也很困难，因为雨金刚离他太近了，他只瞄得到鲁一弃的小腿和小半个头顶。要想击中只有移动步子让开挡在中间的雨金刚。

弩手刚移动，鬼眼三马上明白了他的意图，也跟着移动起来。虽然鬼眼三的速度没有弩手快，但是鬼眼三移动的半径短，所以弧线距离也短。那弩手急切间竟不能摆脱雨金刚的阻挡。

鲁一弃从容地转动着身体，他不需要移动步子，因为他是中心点。

对手是危险的，杀戮是迫不及待的。可是面对这样的对手，鲁一弃的嘴角竟然挂出了一点笑意："心性随自然，山崩若无形，万仞高崖覆，一线存我息。"

枪响了，快速移动着的大弩高手真的没搞清楚子弹是如何钻进他的眉心的，鬼眼三也诧异了，他的雨金刚挡住了大弩的攻击途径，同样也挡住了鲁一弃的视线，但那伞面上有个在北平"阳鱼眼"被"溶金魔菊"烧出的圆洞。鲁一弃超常的感觉让子弹在一个恰好的位置、恰好的时机穿过这个圆洞，毫不留情地钻进弩手面门上致命的一个点。

"攻袭围"的坎面杀势异常凶猛，即使任火狂在他们攻击的必经之路撒上了烧红的炉炭和红料，他们从两侧绕过来的攻击还是高低有致，层叠有序。而且，这坎面还有一个制胜的法宝，就是他们手中的刀都有削铁断金的好刃口。

盲爷才一接上手，就马上被攻了个手忙脚乱。其中最主要的原因还是他听出了刀刃挂带出的风声非同寻常，当年在咸阳地宫中眼睛刚瞎时，就是这样的刃挂金风，轻巧地将他的马刀断成三截。

丛得金更惨，上去第一下就被削掉一个斧子角。大概由于斧子厚重，对手又爱惜自己的刀，所以只是在几招之后瞅准一个机会削断了丛得金的斧柄。丛得金手中只剩了一根硬木，旋即，那三尺左右的硬木柄也只剩巴掌长了。

"攻袭围"坎面是在执行生擒的指令，所以他们的坎面虽然展开却始终没有下杀手。要不然，这丛得金早就手断脚折了。

任火狂突然迈步奔出，他没往两侧去，而是直奔那遍布炉炭和红料的范围。于是一根暗金色中流溢着一线鲜红的钎子，如同怪蛇般从积雪中跃出，往坎面中的人扣直刺过去。

他竟然不怕那些滚烫的炉炭和红料！赤裸裸的双手从雪地中抓起那根长铁钎，这是谁都没有想到的。

钢钎刺出的目标是盲爷面前的人扣，刺击的方位是人背部。人扣是久经江湖的好手，虽然攻击突然，但他没有慌乱，反倒往后侧步，迎着钎子而去。同时右手一挥，手中的刀划出一道水纹，往那钎子上砍切过去。

鲜活的肉体破绽开来……

破开的肉体迅速愈合……

刚愈合的肉体又再次破裂……

自信挥刀的好手从活扣子变成死扣子，自始至终都没有流出太多的血。那锋利异常的好刀没有能像人扣想象中那样砍断只有拇指粗的钎子，疼痛和灼烫一起贯穿了他的身体，惨叫和皮肉被烧灼的嗞嗞声一同响起。

高温的钢钎让刺穿的血洞迅速焦黑封口，但钎子随即被抽出，又让封了口的血洞再次绽开。血没有多少，因为伤口已经被高温完全烧焦炭化，皮肉的臭气弥漫了大半个山坡。

被刺穿的人扣还没倒下，他的背后便又扑来两个刀手补上了位置。任火狂没有理会他们，而是转身朝另一边合围过来的人扣刺杀过去。

皮肉的焦臭已经提醒了坎面中所有的刀手，这些经验丰富的杀手不会再给铁匠轻易得手的机会了。两把好刀子虽然杀不进烟气蒸腾的圈子，也砍不断暗金色中流溢着鲜红的钢钎，但是要封住一个铁匠的攻击途径还是绰绰有余的。

只刺出两招，任火狂就清楚自己在技击这方面远不如拦住他的两个刀手，这样的战斗他没有一丝机会。

从得金已经朝扑过来的刀手们扔出手中那巴掌长的硬木柄，想用这样一招暂时阻住对手的攻击，以便能有机会往后多避逃出几步。但对实战经验丰富的刀手们来说这招毫无作用。匆促退步的从得金仰面摔倒在地，他就势往后翻滚，就像个雪球一般滚出了七八步远，躲过搂头盖顶而来的数道刀风。

从得金让开了位置，那些刀手距离鲁一弃就没几步了。

傅利开和水大娘转过身来。

傅利开想都没想就甩出了手中的内刃弯刀，这弯刀是柴头剥树皮看材色用的，但用作武器却竟然能像三角镖那样飞出收回再飞出。呼啸而出的弯刀让刀手们止住了脚步，低身躲避。弯刀落空了，在空中划了个弧线重新回到了柴头的手中。

水大娘也毫不犹豫地开枪了。但是击中的人并不多。除了第一枪让一个刀手捂住腹部翻身跌倒外，接下来的几枪都打在了雪地和空中。这枪的后坐力太大，女人不懂控制。

柴头再次甩出了弯刀，这次他将弯刀的飞行轨迹放低。他希望就算要不了刀手的命，至少也要伤他几个。

坎面中刀手的攻击和防守都是缜密的，柴头这样的飞刀攻击，他们知道很难躲避，于是一个刀手从坎面中抢身而出，手中的利刃对着弯刀直劈过去。

刀手的刀劈断了飞行中的弯刀，断作两截的弯刀飞行的方向变得更加怪异。因此，断了的弯刀头从刀手的颈部一侧横插进去也就变得不奇怪了。血没有马上流出来，刀手抓住颈部还露着的一段刀刃，瞪着眼睛倒下后，血才喷涌而出，把积雪中的一个脚印沃得足足的。

水大娘一直没停止射击，她在不断的射击中调整对枪的控制。终于，射出的第十五颗子弹将又一个刀手的手臂击穿。

像个雪团一样的从得金突然大叫一声，空着双手再次往刀手那边冲过去。所以说，人在绝境中，往往会失去理智，更何况像从得金这样一个脑子本来就不是很灵活的人。他这样空手冲上去，不但自己危险，而且还将女人的射击途径给阻挡了。刚刚才找到一点射击感觉的女人赶紧停住扣动扳机的手指。

“接住，抓柄！”任火狂见从得金重新冲上来，便喝喊一声，然后钢钎在雪地中一挑，一个和钢钎散发同样光泽的物件往从得金那里飞去。

从得金对这种形状的东西非常熟悉，于是他稳稳地抓住了那东西的长柄。

器更利

那是一把斧子，一把任火狂刚刚打制出来的红料。这把铁斧和丛得金原来用的那把尺寸差不多，所不同的是这斧子的柄也是铁的。斧柄不烫，拿在手中温温的，而斧子头和任火狂手中钢钎一样，暗金色中流溢着一抹血红，散发出灼热的温度。

一个刀手扑出，本来是试图将空中飞过来的斧子拦下的，但是慢了。于是顺手就将伸到空中拦截的刀子往丛得金头顶砍去，丛得金只能手忙脚乱地将手中斧子往上一撩。刀与斧子的撞击声很响亮，落下地的刀手差点没站住，手中的刀子也差点脱手。斧子丝毫未损，这样硬碰硬的交手，丛得金巨大的力量优势就显现出来了。

往上撩起的斧子没有停顿，在丛得金头顶上方绕了小圈便往刀手身上砍去。刀手好不容易站稳脚步，这斧子便到了，再要退步往后已经来不及了，何况这坡面地形，往上退步是很难的。刀手只能下意识地抬左臂一挡，一条小臂就落在雪地上。断臂没流多少血，伤口被斧子头的高温烧灼固化了。斧子头沾上的鲜血也被高温瞬间蒸发了，冒起一阵白烟，弥漫起冲鼻的血腥气味。

断臂的切口让刀手们都惊骇了，他们心中清楚，那斧子刃口的锋利程度超过了他们手中的刀。如果这是其他什么兵刃，他们还不觉得奇怪，但现在这还是一把只经过打制，在雪地中淬火，未曾开刃的斧头！

“攻袭围”的坎面退了，退走时依旧没有乱了招法，他们边退边将脚下积雪踢起，扬起一道雪墙，遮掩他们白色的身形。临走时也没忘了朝那个腹部中弹，倒在坡上未曾断气的同伴甩出一枚“梅瓣碟形镖”。

山坡一侧的狼群和枪手不知什么时候也悄然撤走了，除了地上好几只体型高大的死狼外，没有留下任何可以辨别身份的线索。但从隐伏的痕迹看，这里的枪手肯定只有一个人。这就让鲁一弃在感激之情中又多了些佩服，因枪手的两枪连发，说明他的速度已经到了匪夷所思的地步。另外一点根本就更难解释了，就是枪手是如何填装子弹的。因为整个过程中，枪手射出了十发子弹，其中没有一点时间空隙可以填装子弹。要么就是备了两支枪，要么就是枪上有什么特殊装置。

弩手倒在地上，大弩的一侧弓臂已经断裂，钢制的弓弦深深嵌进死者的脖子里。

任火狂从死去的刀手身边捡起了一把刀，递给盲爷。盲爷知道什么意思，手指在刀身上轻轻一拂便肯定地说道："不是这刀！这刀的刀形尖窄了些，刺你老姘头的刀比这要宽出两指，而且要更短些。"

"这种是泼风刀[1]，比这宽两指再短些的话，一般只有无护环的击歌刀[2]和狼牙刀两种。刀不对，说明还有尾儿没有露面呢。"任火狂得出的结论让大家都有点紧张。对家的坎面才开始，正尾儿还没出现，他们就已经搏得如此心惊肉跳了。

傅利开有些惋惜地从雪地中找到自己被削断的弯刀，仔细查看了一下断裂处的切口，然后自言自语说道："这些杀胚的泼风刀真是好，金家寨栅栏的铁卡是不是他们切的？"

鲁一弃听到这话没感到意外，那栅栏口子正如自己所料是对家豁开的，豁那么个大口子就是要把自己这些人往他们希望的路子上引！

任火狂从雪地里捡出他刚才打制的几个红料，给了傅利开一把内刃弯刀，也给了鬼眼三一把梨形铲。这两样东西和丛得金手中的斧子一样，通体铁制，散发着暗金色泽，中间还夹带些血红色彩。

"刚才照你们手中的家伙打的。想着这倪家子弟怎么能少了铲子，顺手也给打了一把。我这可是用'天石'熔形渗料，成料是无法开磨刃口的，所以我将火温控在三层蓝，直接打出刃口，然后又利用积雪低温

1　刀形后宽前尖，有一定弯度，能砍能刺，出刀迅疾。特别是突然出刀时，其器形让人不宜觉察，就像是泼出的一股风，故名泼风刀。

2　匈奴刀的一种，刀柄刀身为一体，造型比较简单粗糙。也正因为造型简单，所以其敲击的声音很清朗悦耳，匈奴人常以此刀敲击声和歌而唱，故名击歌刀。

慢淬火，这样打出的东西不但坚硬锋利，而且还极具韧性。挑子我也不想再背了，所以这个给你，兴许什么时候能派到用场。”任火狂表情平静地将那块“金罡天石”递给了鲁一弃，这让鲁一弃有些受宠若惊。宝贝托在手中，鲁一弃能够感觉出它腾跃出的层层乌金色的气相，围着手心转绕成漩涡一般。

鲁一弃也不客套推却，用铁匠一同递来的鹿皮囊将它装好，收到自己的怀里：“谢谢！任老，我先收着，你哪会儿要用，我再给你送过来。”

任火狂笑了笑，轻轻地摇了下头便回身收拾他的家什。他没再将铁匠挑子拾掇起来，只是将铁锤、火钳还有对家留下的泼风刀放在筐子里，用钢钎单挑个筐子往坡下走去。

长时间的对峙和拼杀，大家身心俱疲，但是没有人提出休息，他们都清楚这地界的凶险程度了。

走到红杉林子的旁边，那三堆火已经差不多都灭了。那儿应该还有个被击伤的弩手的，但这种高手，只要没死，就不可能还在原处等着被锁。

“这些人能前后堵截我们，说明对家已经赶到前面了。”水大娘说的这理儿大家都能想到。

“要能寻着跑掉那主儿的痕迹，我们跟在他后面，倒是可以一下子找到正地，少了不少麻烦。”傅利开说这话的时候，那双大小眼一直向周围打量着。

鬼眼三拿起梨形铲，蹲在地上小心翼翼地铲削积雪，一层一层薄薄地铲，他想在积雪下面找到什么线索。

任火狂的视线在往更远的林子那里找寻，只一会儿，他就肯定地说：“跟着我走吧，那受伤的主儿摆定是打这儿溜的。”

这次丛得金提着斧子走在第二个，紧跟着铁匠。现在对家已经现形，也就没必要再将身后雪地里的脚印扫除了。

鬼眼三这次坠在最后面，他前面是鲁一弃和盲爷，这两个人边走边嘀咕着。

“夏叔，这任老真是非比寻常。”鲁一弃说。

“那当然，想当年他一夜之间打三根麻钢百环链，封古马港刺身四鳍怪兽；熔道家秘藏红铜汁，破玲珑封魂锁；巧做金叶倒钩锥启直柱骨架经幢……硬是凭着一把好手艺在江湖上博得个‘铁手奇工’的名号。”盲爷的语气中充满了佩服。

“瞧着他普普通通一个铁匠样，没想到原来这么厉害啊。”鲁一弃暗自思量着。

“这铁匠原是关内人，江湖传闻他生下来就是个怪胎，手心脚心长了层角质，自小就能手拈火炭脚踩红料。就因为这特长后来被个高人带着学做铁匠活，成为个铁工奇匠。可是后来不知道为了什么，忽然跑到关东地界，混迹在山林之中，将那江湖上的大好名头也给糟蹋没了。”

“啊，手心脚心生有角质，我怎么没瞧着！”鲁一弃心中一颤。

“没了，据说铁工活做久了以后都磨掉了，但是他的手心脚心还是不怕烫。也不知道是练出来了还是娘胎里带来的根底儿还在。”

“红铁都不怕，那他不是跟个神掌差不多了。”鲁一弃越听越觉得好奇。

“没那么奇，江湖上的传闻都带些吹嘘。他和你爹是朋友，有趟我托你家请他打制一件异形兵刃，你大伯倒是告诉我些实话，他不怕烫是真的，但也有温度的限制，只是比正常人强出数倍而已。但是他的铁工技艺奇高，能在一件红料不同的部位同时烧出不同的温度，他拿捏的部位，温度都控制在他能承受的范围里。”

“夏叔你以前也见过他吗？”鲁一弃突然问。

“怎么说呢，见到他那会儿我已经瞎了，而且当时只是我将打制要求说了一遍，他一声没吭，拿了料就走了，所以我这见与没见都一样。”

“那他至少应该认识你，夏叔，你们这趟见面后，他有没有和你招呼。”

“没有，也许以前找他打制东西的人太多，他忘记我了。可也真怪了啊，我找他做的那活儿天底下恐怕没第二份，应该记得的呀。”盲爷也觉得有些奇怪，但盲爷的话让鲁一弃更加感到奇怪，且不说盲爷打制的东西如何奇特，就盲爷这样的形貌特征再加上个西北贼王的名头，就算过去个几十年都不应该忘记呀。这其中恐怕有名堂。

“大少，你是怀疑这铁匠不是正份儿？他可连天石都送你了。”盲爷的表情看得出，他是极不愿意相信这事。

跟在背后的鬼眼三插了话："是可疑！连'天石'都给，关外奇工把这也不值当？悬！想想，这样做的好处，是消除别人对他的怀疑。"

是悬，鬼眼三的话让鲁一弃和盲爷都觉出是这么个理儿。

又走了有一个时辰，天色有些放白了，天边的月牙却也依旧淡淡地挂在西天。

傅利开一直都紧跟在女人的背后，此时他的走姿变得和他的脸一样不自然，老是弯着身子往前面女人软腰凸臀那里凑，时不时还用手扶一下女人的腰胯，那样子好像是在关心女人，怕他摔倒，其实背后的人都知道他是在吃豆腐。女人却似乎已经习惯被男人这样摸来碰去，对这样的动作没什么反应。

但有人觉得傅利开是别有用意的，因为他的动作可以将女人的屁股和他的脸之间距离拉得很近。女人的屁股，那里有一块皮子，一块鬼眼三早就注意到的皮子，所以鬼眼三理所当然地想到，柴头也是对那块皮子产生了兴趣。

"红杉古道！"任火狂冷不丁叫了一声。的确，当再次翻越过一道小岭子后，一条铺满厚厚积雪的林中小道出现在大家的眼前。小道很窄，只有一人一马宽。这是拉货去北面和老毛子交易的马帮踏出的捷径小路。

"那损了壳的人扣是往这边来的，看来对家的确走到我们前头了。"任火狂的话语中不无担心。

"任铁匠，你又是怎么知道的？"丛得金个愣头青全不知什么江湖顾忌，直接就问出口。

铁匠没有答理丛得金，就像没听见一样自顾自得领头往那道上走去，他的态度让其他人心中都存上了一份疑惑。

红杉古道不是笔直的一条道，它顺着山坡林子有许多的起伏和转折。在又走过一道急弯之后，视野一下子变得非常广阔。因为前面是一大片低矮的地势，从这里可以看到远处连绵不断的山岭和茂密的树林。

眼前的景象让鲁一弃猛然止住脚步，眼神朦胧松散地看着红杉古道蜿蜒伸向远方，嘴里还在喃喃地念叨着什么。

傅利开是看到前面水大娘的惊异眼神，才回身注意到鲁一弃的样子。于是往回走了两步，凑到鲁一弃的身边。他没有马上说话，而是仔细在听鲁一弃说的什么。

“妈妈地，妈妈地。”傅利开没有想到鲁一弃嘴里竟然是说的这样一个不雅的口头语。

突然间，鲁一弃眼神一凝，精芒四射，这让傅利开很是吓了一跳。

“是这里了，我感觉差不多就要到准地儿了！”鲁一弃不止眼神是兴奋的，他的语气也是少有的兴奋。他的感觉告诉他，玉牌符号解释出的“母性”就在不远处的山峦起伏间。

推断是正确的，作出的抉择也是明智的。当从水大娘口中得知，那个有地图的参客临死时嘴里一直都嘟囔着“妈妈的”，他就觉出其中另有蹊跷。所谓人之将死，其言也善，这参客决不会在临死之前还在骂娘，他只会是在念叨让他最难忘和最不忍舍弃的东西。“妈妈的”会不会是“妈妈地”？“妈妈地”不也就是“母性之地”吗？！

“再往前应该有和母亲有关的地名。”鲁一弃这话是对任火狂说的，既然铁匠在前面带路，当然应该对这里非常熟悉。

铁匠是一脸的茫然。鬼眼三看出来了，铁匠不是对这里熟悉才在前面带路的，他是在沿着什么标志在走，或许是前面有人在指引着他。

“这里有个传说，说是一个美丽女子到江中洗浴，却不曾想莫名其妙地怀孕了，等到十月期满后，生出了一条黑龙。女子生时难产，生出龙子后便死去，化作了一段连绵的山岭。而黑龙生出后无母管教，便兴风作浪逞凶作恶。直到有一天，已化作山岭的母亲复活了，这才让那龙子驯服，隐伏在江中数千年。”水大娘在金家寨搜罗了许多传说、故事，所以对兴安岭的了解极丰富也很偏门。鲁一弃才提个话头，她便能侃侃道来。“据我所知，传说中母亲化作的山岭就在附近，但具体什么地方我却不知道。”

傅利开的表情突然被笑容扭曲得有些淫荡，口角处泛着些白沫说：“这附近有座山岭叫双膝山，这双膝山其实是两座山，分左膝山和右膝山。从双膝山再往前，还能见到座双乳山，这是一山双岭，真跟女人的奶子一模一样。打远处看，这几座山就像是个光身子女人曲双膝躺在那里，像是在生孩子，也像是在等着做那事。”话没说完，柴头自己便嘿嘿地笑起来。

不但有“母性”，而且还有“黑龙”，鲁一弃兴奋了，他用迫切的眼光看着水大娘。的确，现在是按着水大娘提供的路径在走，女人该指引正确的方向了。

第五章　龙盘鳌鼎：得此局象者得天下

“咦！这里好像是‘神鳌负鼎’嘛！”铁匠说出了自己的判断。

“不是，应该是‘龙盘鳌鼎’，任老大概只看到下方峡谷中，地势平整，中凸外落，形如甲背；四面坡壁，四角山岭，整个成鳌鼎格。其实你们再注意峡谷周围的山势，起伏连绵，高低错致，从这峡口起，又回到峡口处，犹如一条巨龙盘卧在此，明显是个盘龙格。这两个放在一块应该是‘龙盘鳌鼎’的局相。”傅利开指点风水，口沫喷飞，一副意气风发的模样。

手无措

女人的脸上露出些为难的神情："红杉古道连绵数百里，但准点的入口应该就在开始这段的数十里路上。只是入口隐没在红杉林子中，没有记号，很难发现。"

"先慢慢往前走着，大家留神两边的情形，看有没有什么特别的地方。"任火狂此时说话颇有些前辈的风范，"对家那溜走的破扣也是往前走的。"

鬼眼三此时觉得必须将有关皮子的事情告诉给鲁一弃，也许他能从那块皮子上感觉出些什么。就算感觉不出什么，也至少让鲁一弃知道女人并不简单。

"这些人，用得着的继续同行，用不着的可以甩了。"盲爷抢在了鬼眼三的前面，他紧贴在鲁一弃背后，嘴巴凑到他的颈边说道。

没等鲁一弃细细体会一下盲爷话的意思，就又被鬼眼三拉到了队伍的最后边。他们两个放慢脚步，和前面那些人尽量拉开些距离，然后，鬼眼三把对水大娘的发现详尽地说了一遍。

听完鬼眼三的话，鲁一弃的脸上没有丝毫表情。原先他就觉出任火狂和水大娘两个最为可疑，现在一步步地走下来，众多现象也在证明这样的推断是正确的。但是，任火狂牺牲了自己的女人，并把珍贵的"天石"送给鲁一弃，他的疑点只剩暗留炉灰和不肯告诉大家是如何跟踪对家人扣这两点。而女人呢？她的疑点太多了，首先交易时她很肯定自己知道路径，现在却又说不知道了，她身上只手派的记号又是怎么回事？另外一个花寨里领头的女子，却知道"依形而置"的坎家道理，还有她靴子里暗藏的硬点……

女人可能因为找不到入口而感到羞愧，一直没有说话，只是低着头在走。当鲁一弃再次经过她身边时，她主动往鲁一弃的身边贴过去，并突然牢牢抓住了鲁一弃的手。

鲁一弃的表情依旧镇定，但心已经狂跳起来。女人的手温软如棉，稍有点湿湿润润的沾黏，这给鲁一弃带来一种酥麻的感觉，从手心一直传到心口，把心尖拨弄得痒痒的，却又抓不了挠不着。

最后面的鬼眼三也想赶到鲁一弃的身边，他已然适应了这样的位置，以便随时可以保护住鲁一弃。

傅利开没心没肺地走着，肩膀上挂着的大锯一晃一荡地，刚好挡住了鬼眼三的去路。

女人和鲁一弃贴得更近了。女人把鲁一弃的手紧紧压在自己的身上。鲁一弃手背能感觉到女人身体上的肉鼓鼓的，结实又有弹性，并随着走动在有力地滑动。于是身体里一阵阵的激荡四处乱窜，冲向头顶和下身，让他呼吸都变得急促起来。

鲁一弃试着把女人的手甩开，但是却觉得手上没有一点力，无法脱出女人的掌握。他的心中开始有些明白，不是甩不开，而是自己的手不愿离开。他害羞这样的小动作会被其他人看到，于是回头看去。在他们的背后有柴头、鬼眼三和盲爷。盲爷肯定看不见，鬼眼三被柴头开挡着也看不见，而傅柴头却没有看，他的一对大小眼始终盯在鲁一弃的脸上，脸上是一副从未有过的郑重表情。这表情让鲁一弃猛然一怔，赶忙低头往自己被女人握住的手看去。

女人将鲁一弃的手压在自己的屁股上，难怪给鲁一弃鼓鼓的、结实又有弹性的感觉。而手背触碰到的位置正好是鬼眼三说的那块皮子，他突然明白了。立刻聚气凝神，抛开了所有的慌乱和激荡，思想中只有手背，只有手背上敏锐的感觉，只有感觉中每一个细微的纹路和起伏。于是他看懂了文字，看懂了线条，于是他更看见了道路，看见了山峦。

“这里！”“往这边！”鲁一弃和任火狂几乎是一同叫出声的。

大家都惊异地停住脚步，往小道一边的茫茫林木看去。

树是同样的茂密，间距也几乎是同样的大小，林子深处是同样的幽暗深邃。

女人已经松开了鲁一弃的手，因为这只手现在正坚定地指向小道的一侧。任火狂已经坚定地迈进了林子，身形被幽暗的树影覆盖。

“慢些！任老大，我陪你头里走。”背后的盲爷喊了一声。被树影覆盖的黯淡身影停住了，一直等到盲爷于其并肩，才重新谨慎缓慢地继续往林子深处走去。

往前走过几排林木后出现了一条小路，一条比红杉古道还窄的小路。林子中如此狭窄的小路，加上两边高高的大树，让人感觉很压抑。老林子异常安静，只有大家踏入积雪中的咯吱声和呼呼的喘气声响，林子中偶尔传来一声不知什么鸟的叫声，显得分外诡异。

鲁一弃不知道老林子中白天这样静谧是否正常，但是他有种奇怪的感觉，一种希望和危险纠缠在一处的感觉，而且越来越真切，越来越靠近。然而，突然之间，那危险从纠缠中脱出，就像把利刃直刺而出。他猛然一怔，停住了脚步。

水大娘回转过身来小声问了句：“怎么了？”

鲁一弃笑笑，微摇了下头，然后仰起脸，对着头顶狭长的蓝色天空重重吐出一口浊气。

“杀气！危险！”随着鲁一弃大声喊出这话，林子中一声刺耳唿哨响起。然后正如鲁一弃的感觉那样，雪亮的利刃纷纷刺出。

杀手是从上面扑落下来的，他们都藏身在高大的树冠中。鲁一弃仰面吐出胸中那口浊气的那一瞬间，感觉到了上面的杀气。

鲁一弃突然停住的脚步已经让鬼眼三和傅利开处于高度的戒备状态，所以杀手一下来，这两个人首先迎了上去。这也就给鲁一弃腾出工夫拿枪。

枪响了，却不是鲁一弃的步枪，而是水大娘手中的驳壳枪。山坡上一战之后，鲁一弃竟然忘了向水大娘要回驳壳枪。

女人出枪很快，枪法却无法恭维，只打得上面的枝叶纷纷落下。但这轮枪击却让好多想扑下攻击的杀手重新缩回到树干背后。

杀手再次扑出，是在女人的子弹打光后。女人想都没想，就将手中的枪向一个杀手扔过去。杀手刀式一展，破碎的驳壳枪掉落下来，各种零部件撒了一地。

鲁一弃的枪也响了，于是有人也像那破碎的驳壳枪一样掉落在地。

毛瑟步枪只能填入五颗子弹，所以当掉下地的人达到五个时，鲁一弃手中的枪和个烧火棍也没什么两样了。

鲁一弃来不及填子弹，所以再有杀手向他砍杀过来时，他只能举起手中的枪杆格挡砍过来的刀。

砍断步枪的刀却没砍到鲁一弃，因为杀手的刀忽然间没了，手也没了。就在枪杆断裂的刹那，一道暗金色的光华闪过，于是手和刀都掉在了雪地中，而暗金色的光华飞过一个圆弧，回到傅利开的手中。

从得金知道自己斧子的厉害，所以他专找着刀刃往上碰，等对手刀断了，他就让开给铁匠收拾，自己再找另外一把刀去碰。

杀手们肯定没有想到这样的情况，武器的优劣让他们极短时间内就失去杀人的信心。又是一声刺耳嗯哨响起，杀手们不顾一切地迅速后撤，瞬间隐没在红杉林中。

红杉古道上重新恢复了宁静，盲爷他们几个人一边高度戒备着，一边往一起靠拢。铁匠移动中顺便踢翻开一具死尸，又用脚尖拨弄了一下杀手们用的刀，然后肯定地说道："这是在小镇上围杀我们的'明子尖刀会'。"

鲁一弃没有往大伙儿这边聚，自己一个人蹲在那里，看着手中的断枪，再回头看看散碎一地的驳壳枪零件，不知道在想些什么。可以肯定的是，鲁一弃绝对不是在心疼那枪。

"走吧，这趟袭击说明我们离着正地儿很近了，也说明对家有信心将东西启出。大家都快点，宝贝要落他们手里再想抢回来就难了。"鲁一弃说这话的语气和神情是异常平静的，但是他的心里却折腾得很难受，脑门处的血筋蹦跳不停。他从刚才那碎裂的枪支上知道自己一早就犯了个大错误，自己的思维一直都停留在金家寨，其实对家在小镇时就已经开始给自己下套。

小镇之上的围杀，对家根本没准备要自己的命，而是另有所图。那次袭杀中，刀手砍到自己的步枪，也刺中自己棉衣里的驳壳枪，当时自己就觉得什么地方不对，特别是抚摸到驳壳枪光滑的枪面时。但是从刚才的打斗来看，这长、短枪根本无法挡住锋利的刀刃。那自己怎么会没事？那大镜面的驳壳枪更是连一点刀尖刺击的痕迹都没有？只有一个解释，对家袭杀自己是在演戏，他们的目的是要让某个或某几个人自然合理地跟在自己身边。

行进的速度加快了，林子也越走越密，越走越暗，没多久这小路也到头了，只能在林木的间隙中穿行。这样穿行也没能走太远，那些大树与大树间的间隙中开始夹杂着其他小杂木，杂木也越来越多，挡住可行的间隙，到最后，连迈步的踏点都没有了。

幸亏有丛得金和他手中的斧子，一个是他力大，再则斧子锋利，很轻松地就将杂木砍开。

铁匠的眉头紧皱着，他好像对自己指出的这条道很是怀疑。如果不是鲁一弃也断定是这个方向，他都想放弃了，但是鲁一弃又是如何知道这个方向的呢？铁匠回头看一眼紧跟鲁一弃的水大娘，心说：肯定是这娘们儿当大家的面假说不知道门径，背后却偷偷告诉给鲁一弃了。

砍开的小道走了足有一里多，穿出林子后他们的眼前豁然开朗。一条宽大的斜坡显现在他们面前，斜坡两边延伸开的全是一人多高的密密杂木，那杂木林密得可能连个兔子都钻不进来。与杂木林相反，斜坡上只零星长了几棵大杉树，显得很突兀。但这几棵树却是异常高大，树龄少说都有几百年。

打这儿往远处看，可以看到连绵起伏的山峦之间有几座山特别引人注目，因为这几座山不像其他的山岭那样长满树木，而是光溜溜的，只有皑皑的积雪，乍一看真像个裸体女人屈膝躺在那里。

“就是那里，真他妈的像！”柴头有些激动地喊了一句，却不知道他到底是因为找到宝地激动还是因为山形像裸体女人而激动。

鲁一弃也很激动，在那几座山之间，他感觉到了萦绕的气息，那层层叠叠旋绕不断的气息中漫溢着各种色彩的金芒，有乌金色、白金色、黄金色、红金色、紫金色……就如同翻涌出的喷泉一般。在这气息和金芒中，鲁一弃感觉有似曾相识的东西在等待着他。

斜坡很宽很长，而且是坡连着坡，但最终是直往双膝山中间而去的，他们只需顺着走就能到达那里。

不知道是什么刺激了傅利开，这会儿他的话特别多：“我们沿坡往前走，你们瞧准了嘿，这是要往女人的眼儿里去！呵呵！”边说边斜眼往水大娘身上瞄，于是那张脸歪得更加怪异。

“你是要往屁眼儿里去吧，要去就先把你那屁眼似的嘴巴给闭上！”铁匠瞪眼骂了他一句。

傅利开被骂得有些挂不住，也狠狠地反骂过去：“我不去行了吧，那里是你的家，那里有你的食，你也不用护着，这里也就你爱钻那眼儿嘬着嘴儿嚼。”

铁匠没再理会傅利开，他知道自己骂不过他，这林子里就数这些吆喝买卖木头的柴头最会骂，他们接触过来自各地的木材商人，哪里的骂人话都会几句。

柴头回骂了一句后，也没再继续，不是因为铁匠没接茬理他，而是因为铁匠的奇怪动作勾起了他的好奇心。任火狂正往身后的林子里仔细地查看着什么，一会儿蹲下，一会站起，还用手势比划着。

鲁一弃也被吸引住，因为铁匠查看的手法好像是“班门”六工中定基的技法。

“已经有人抢在我们之前到这儿了。他们和我们走的路径不同，方法也不同，但是他们的确先到了。”铁匠说。

“你老又不是神仙，比划几下就知道过去发生的事？”从得金当然不会相信，他觉得除了像自己这样砍开杂木外，没有其他法子进到这里面来。

“你懂个啥！红杉树籽落下，它们下面最多的应该是红杉矮木，可你们看那些红杉树之间的杂木中有几根是红杉种？这些杂木肯定是人为故意种下的。但这只是障碍，而不是坎面。因为种的人知道，这障碍只要一破，以后恐怕就再也用不着了。”

铁匠的话让大家频频点头，的确，不管是自己这些人进来了，还是对家什么人进来了，不拿到宝是不会罢休的，以后这些杂木倒真是用不着了。

“但是红杉之间种杂木只能挡住一般的山客、马帮，却拦不住高人。也就是说挡得住下面的路，却挡不住上面的路。你们看，这树顶上的小枝断挂着两根，旁边的树干中段树皮掉一块，说明有人从这里进来过。”

“又是悬索凌空。”盲爷马上就作出了判断。

“还有，你们从下面看那些杂木的根部排列，标准的‘斜插竹篱格’，虽说能挡住人，却挡不住小兽子。所以不排除小兽子和像小兽子一样瘦小的人钻进来。”

鲁一弃立刻意识到铁匠用了一个极为专业的词——“斜插竹篱格”。这是鲁家技艺中一种有关间距排列的概念，它综合利用了前后左右的相互关系，让篱形视觉上严密无隙或者间隙极小，实际上却存在一定间距。

奇怪的是没有一个人对这样一个概念提出疑问，而是都下意识地去看那些杂木的根部。也就是说在场这些人都懂这个概念的意思。懂这样意思的人只能有两种，“班门”弟子，还有就是为了战胜“班门”而不断研究“班门”技艺的朱家门人。

鲁一弃脑子中的乱麻此刻在迅速理清，怀疑的范围在迅速地缩，现在就算还不能把刺儿准确拔出，至少也知道下面的事情该怎么去做。他转脸看向铁匠，却发现铁匠也正看向他，于是两人相对一笑。

路得继续往前走，可是刚走下斜坡才几步，水大娘突然脸色大变，带些惊恐地叫了一声：“停住！这斜坡有坎儿！”

几个人一下子都定在了那里，一动都不敢动。

鬼眼三慢慢蹲下来，拔出背后的铲子，一层一层将身前的积雪铲掉。没有看到什么，积雪下还是积雪，一直铲到草皮石头为止，都没发现什么异常。

“没啥呀，你被兽夹子咬了？”鬼眼三回头问女人。

女人也蹲下，伸手往自己脚边探下去。她一边在脚边的积雪下摸索，一边回答着鬼眼三的问题：“不是东西，你再细瞧瞧，这积雪层是不是下面的小一半特别硬实。”

鬼眼三再次查看起来，鲁一弃和其他的人也都蹲下来细细查看。果然，下层的积雪硬实，而且不是融雪后的水分被再次冻结的冰层，倒像是松散的积雪被刻意拍硬拍实的。

“这是……”鲁一弃离着水大娘很近，他慢悠悠地说出这两个字是要女人接下去把发现到的情况说出来。

“依形而置！”女人还没说话，背后的柴头冒出来这样一句。

“对，斜坡无阶，一步磕，二步扭，三步滑，四步滚，最后的滚冲之力让你在斜坡上翻滚一周后再站立起来，继续下一轮的磕、扭、滑、滚，这样就会越摔越快，越摔越重，一路翻着下到坡底，让你到死都不知道怎么回事。”女人还是没来得及说话，这趟是铁匠在侃侃而谈，说话中，鲁一弃从他眼里看到兴奋的光芒在闪烁着。

“颠扑道？！”盲爷和鬼眼三几乎异口同声地脱口而出。

奔洪道

“不是，没有‘颠扑道’精妙，这叫‘奔洪道’。‘颠扑道’什么地方都能摆，这‘奔洪道’却必须依靠斜坡地势才能起作用，但这里设的坎面不止依形，而且还依物，他们利用拍实的积雪做四步扣，又利用浮雪掩盖四步扣的存在，就算是坎子家都不能一眼看出。”水大娘终于说到了话。

“啊！‘燕归廊’也是这个理儿！”盲爷像是幡然醒悟了。“这‘奔洪道’肯定是对家刚摆的，不是宝构的护坎。”盲爷这是废话，坎面是用雪做扣，怎么可能是鲁家护宝千年的坎面？

“你是用靴底硬点探到的。”鲁一弃这话的语气很奇怪，听不出是在提问还是在判断。

女人先一愣，然后双颊稍稍泛红地低声说道：“啊，你早知道了！”

“不，我不知道，不知道你到底是哪路的神仙。”鲁一弃这句平静的话语让水冰花的脸更红了，红得她都忘记了往下接话茬子。

说完这句话后，鲁一弃也觉得自己刻薄了些。但女人的确是个谜，女人对坎面布置的熟悉，女人屁股那里的皮子，以及女人靴子中暗藏的硬点，都需要解释却没有解释。刚才铁匠以“斜插竹篱格”为诱的结果中并没有排除掉女人，而且回头再想想，女人目前为止真正给予自己的只有一个帮助，就是那张皮子，可对家没皮子不也早就进到这里了吗？她这是在用过期的信息来获取自己的信任吗？

“这坎好解，把雪融了，或者索性把上层浮雪也给拍实了。”女人没接鲁一弃话茬子，只管自己侃侃道出这坎面的解法。

要把这满坡的雪融了不大可能，但要把浮雪拍实却不是什么难事，因为他们中有个移山断岭的高手。鬼眼三走在最前面，一把铲子左右翻飞，便边走边拍，速度倒也不慢。

光滑坡道往下不远，就已经接近那几棵巨大树木中的第一棵。突然，盲爷一把按住鬼眼三的肩膀，让他停下手来。盲爷提鼻子闻了闻，沉着声说道：“有血腥气！”

是有血腥气，随后鬼眼三、铁匠他们都闻到了，等他们小心翼翼地走到第一棵大树那里，一幅血腥的情景展现在大伙眼前中。

一个人被钉在大树上，脚离地有两尺多高，脚下是一串鲜血凝结成的冰凌。死人眼睛睁得很大，那是不明白不瞑目的表情。这人是“妖弓射月”的弩手，钉死此人的武器是“晓霜侵鬓矛”！

一个使用大弩的高手，竟然没有一点抗拒就被一支飞射而来的长矛高高地钉死在棵巨树上，杀死他的人是何等能耐可想而知。

为什么要杀了这使弩的高手？只有一个原因，就是这高手做错了事，犯了个极其严重的错误。他的逃遁将一些秘密的路径暴露了，过早地带进来一些不该来的人。

杀死大弩高手的飞矛不但将个大活人射得飞离地面，而且矛尖几乎穿透了水缸粗细的大树。这强劲的力道让鲁一弃的脑筋再次活跃起来，他这一路走来疏忽的东西太多，被假象迷惑了的东西也太多。就说这“晓霜侵鬓矛”，从现在这力道看，它绝不是鬼眼三的雨金刚可以挡住的。

想到这儿，鲁一弃心中念头猛闪：养鬼婢出手不是助力“晓霜侵鬓矛”，而是在阻拦飞矛。虽然未能阻住，至少那飞矛的力道被减弱了许多。要不然自己和鬼眼三可能也会像面前的死人一样惨。金家寨那次，养鬼婢依旧是在帮助自己。她当时眼神之中都是担忧和焦虑，她在飞矛射出前低喊了声“走”，这一切表达出的都是维护和关切。

鲁一弃直到现在才终于读懂了养鬼婢的几天前要表达的意思。虽然晚了些，但仍旧让鲁一弃浑身都充斥着一种喜悦，有些酸甜爽心的味道直往心里钻，而另一种温暖惬意的感觉却从心里往外涌。

面对面前长长的坡道，鲁一弃眯着眼用鼻劲深深吸了一口气，这口气憋得很久很久，他需要这口气把脑子里的杂乱和浑浊带走。

“继续走，眼下还没危险！”能这样脱口说出话来，说明鲁一弃憋住的那口气已经吐掉了，只是吐的过程极缓极平，别人看不出来。这种吐纳法是道教中的“龟散息”。

没有人会怀疑鲁一弃的判断，所以他们继续走了下去。方向没变，还是朝北。其实从红杉古道转小路再从林中穿行，他们的方向始终是朝北的。

走到第二棵大树时，地面的积雪变浅，对家再设坎面是不可能的了。

走到了坡底时大家都感觉到脚步有些沉，再往前走就是个连绵的上坡道。积雪更薄了，大家的行动变得轻松快捷起来。

“前面好像挺暖和，雪积不起来。”就算傅利开不说大家也都能感觉出。特别是远远看着那山峡口子，竟然有些缥缈的烟雾在萦绕着。刚开始鲁一弃以为那只是自己感觉中的气相，可是后来发现不对，那里的确有些雾气。在这冬日的北方老林中，出现雾气并且始终袅袅，只能说明那里真的是一处温度较高的奇异地界。

没等他们到达双膝山的峡口，就已经看到了许多的奇怪情形。首先是两边密密的杂木林有各种宽窄深浅不同的缺口，有的缺口往杂木林深处延伸出很远一段距离，有的还拐了弯，不知道是否已经通到杂木林外面去了。看得出，这样的缺口有的是被砍出来的，有的是被什么东西拱出来的，还有些是被烧出来的。缺口应该是不久以前才出现的，要不然，凭着杂木的生长速度，应该很快就会重新长满。

接着他们在杂木林边上和坡道上看到些尸骨，有人的，也有动物的，从颜色上看，这些尸骨应该时间比较久远了。

再往前去，他们看到了几个简陋的坟茔，也在杂木林里，大概是先将杂木砍掉或烧掉，再挖开埋入尸体。所以那坟茔已经被重新生长而出的杂木层层包裹，不仔细看都看不出是个坟茔，会以为是个长满杂木的土包。

这都是些什么人？大家心里都有这样一个疑问。

“这些大概就是那些寻宝未能生还的山客吧。”水大娘轻声说了一句，大家都听见了。

“这里有尸骨，怎么我们进来的林子那边没有？”丛得金问。

“如果是你，你情愿砍红杉林逃生，还是愿意砍杂木林逃生？再说，又有谁能证明红杉林那边没有尸骨，刚才道边的那些尸骨你瞧了没有，好像被人堆整过，对家要在那里布‘奔洪道’的坎面，肯定将那里的尸骨都处理掉了。”傅利开说这话的时候，那对大小眼中闪烁的是睿智的光芒，“而且我估摸着，死在这里的这些人恐怕连逃到红杉林那里的力气都没有了，只远远看到茂密的红杉林子，便觉得过不去，还不如就近伐开杂木林逃生。可他们又怎么能想到，在坎局中，无路便是死路。”

鲁一弃又斜眼看了看那杂木林，的确，现在这季节就如此匝密，这要是在春夏，新枝绿叶再一长，那还不跟堵墙一般，而且是堵不知道到底有多厚的墙。

“这两边的杂木大都是蕴纹木[1]和条隙木[2]，特别能积储水分，材质又极具韧性。所以砍伐特别费力，又很难燃烧，就算引燃了也烧不开。这些杂木林虽然没有排列成‘斜插竹篱格’，但肯定也是特意种植的，要不然品种不会这样单一。”柴头对林木的了解真的是非同寻常。

这段上坡路不是太陡，一行人走得很轻松，他们边走边说，脚下也越走越快，眼见着离前面的那个坡顶不远了，过了这个坡顶就可以看见双膝山的峡口了。

鲁一弃脑中灵光闪过，他突然想到了什么，脱口说道：“坎局中无路就是死路，傅大哥，你刚才说那些尸骨是走了死路，可这里没有坎局啊！还是我们身在坎中却不知道？”

这句话让大家猛出一身冷汗，走在最前面的鬼眼三不由脚下一个趔

1　小杂木的一种，木质较松，树纹呈松散曲折状，吸水量大，不易燃烧。
2　小杂木的一种，木质纤维呈竖条状，纤维之间有间隙。

趄差点摔倒，幸亏是用手中的梨形铲撑住身体。

鬼眼三还是倒下了，不止是他，水大娘傅利开也都摔倒了。因为这两人在他背后，他步法突然一变，那两人一时收不住，压到他身上，跌了下来。

再后面是盲爷，他一步站住，再后面的三个人也是不由自主地往前一撞，被他的细胳膊一横，都给拦住了。

“怎么吓成这样了？大少和你们几个在这儿都没瞧出坎面来，那就不会有什么坎儿。”盲爷的话明显有嗔怪的意思。

这话让几个人的脸不由地一红，的确，怎么着都不该吓得跌跟头呀。

“还是小心些好，大家再仔细瞄瞄，别漏掉什么。”任火狂的话里充满担忧，他不是怕漏掉什么，而是怕看不出什么。

几个人都往四周仔细看去，鲁一弃也用手势点量比划了一番，鬼眼三还用铲子在薄薄的积雪下四处敲击，可一点异样都没找出来。

“没什么呀，还是继续往前走吧。”原本对点暗构启奇宝最没兴趣的傅利开傅柴头，此刻却显得异常兴奋和急切，大概是那裸女模样的山形吸引了他。

“不，等等。”鲁一弃说完这话后看着铁匠的脸。刚才从红杉古道一直到坡路的入口，这铁匠一直领着路，很明显，他知道这路径，那么现在他是否能告诉自己一些其他的信息呢？

铁匠明白鲁一弃的意思，他苦笑着摇了一下头，转身继续查看地形地势。虽然没有得到正面的回答，但鲁一弃觉得铁匠前后表现的迥异，肯定自有他的道理。

水大娘悄悄地走到鲁一弃的身边，悄悄地握住鲁一弃的手。鲁一弃虽然知道，女人这样做是想让他再感觉一下那块皮子，看能不能找出些线索，但女人温软的手指紧缠住自己手掌时，自己的心中还是不由地一荡。但他的手并没随着女人的牵拉往下走，只是羞涩地笑笑并摇了下头。那皮子他一触之下就已经完全拢入心中，那上面没有记录任何坎面布置。

“要不我们索性歇会儿，反正离着不远了，过了坡顶就能看见峡口。”从得金看起来像个愣头青，关键时候倒是挺理智的。

没有人答话，只有鲁一弃意味深长地微笑着，看看丛得金，又看看水大娘。

“还是走吧，对家明显已经赶在我们前面了，要不撵上去，人家得手了我们捡屁吃。”柴头的话也很是在理。

但柴头的话音还没落，盲爷突然鬼魅般闪向丛得金，伸手往丛得金手臂上抓去。丛得金一个侧跨，竟然让开了盲爷这如同鬼魅的一抓。盲爷循声再抓，丛得金又后退让开。盲爷的手随即像条黑色闪电一样顺着丛得金身体往前探，往上伸。丛得金再没法子躲了，于是盲爷的手按住了他的肩膀。

“你！你要干什么？”丛得金很是害怕。

“你刚才说过了坡顶，是什么意思？”盲爷的语气阴恻恻的。

“啊！什么什么意思？！”丛得金当然不明白，不止是他不明白，其他的人也都没明白。

“你是说我们在往坡顶走吗？”盲爷这话大家都听懂了。

丛得金舒了口气：“是呀，是往坡顶，这还用得着问。”

“啊！不对！不对呀！”盲爷的语气很着急也很惶恐。“我的步点怎么觉着是在下坡？！”

大家都愣住了。

最先反应过来的是柴头，他从褡裢中摸出一个木球，脚下前后扫踏了几下，平出了一块坡地。他把木球放在了坡地的中间。

“循坡球！原来不是灌水银的瓷球吗？”铁匠一眼看出那球的来历用处。

“瓷球易碎，我师傅教我用木球，球中球，这是空心的，其中还有个实心的小球，作用一样。”

柴头的话戛然而止，因为一个眼前出现了一个奇怪的现象。那木球晃悠悠地转了个小圈，然后慢慢地往坡顶滚去。

大家有些不相信自己的眼睛，这圆球竟然是往上方坡顶滚动的。鬼眼三看那球已经快滚到积雪处了，他迅速地用梨形铲将坡道上的积雪铲掉。的确，一条坡道上，短距离的地面倾斜并不能说明整个坡道的倾斜方向，所以鬼眼三要将“循坡球”的滚动路径延长。

“怎么样？”盲爷不是要问结果，他能听出木球的滚动方向，他是要问这里到底是个怎样的坎面。

没有人回答，现在大家都已经知道自己身在坎中，却没有一个人知道这是什么坎。风水学中点穴辨形，鲁家工法中的“定形就吉位”，水大娘所说的依形而建、依形而置，这些理论都和这坎面迥然而异。这坎面已经无法用正常的视觉来辨别地形的高低真伪了。

鲁一弃的脑子在一瞬间有些混乱，他几乎都怀疑这是一条魔鬼之路，但混乱只是一闪而过，思维的重点迅速收缩到了《机巧集》上。

鬼眼三首先想到的是自己刚才为什么会莫名其妙摔倒，肯定是坎面起了作用。可这样巧妙绝伦布局巨大的坎面如果只是用来让人摔一跤，也真是太浪费太不值得了。

大家都觉得这坎面布得奇妙，用得也蹊跷。

“还是到坡顶看看再说。”柴头给出的建议很实际，好多弄不懂的东西，说不定答案就在前面，多走几步什么都明白了。

“好，你们别动，我看看。”鬼眼三的言语始终是简单的，除非是到了危急的时刻。

“还是我去吧，三爷，你最好能给我弄个回头绳。”柴头说。

鬼眼三没坚持，他心里也不想离开鲁一弃太远。于是从腰间解下一把细细的掺筋棉麻绳，这是鬼眼三从龙门涧分水梁逃出后购置的，那根“天湖鲛链”给了鲁一弃。

绳子系在梨形铲上，任火狂打制的梨形铲果然非同寻常，几下就深深地插入到山坡的土石地中。绳子的另一头以排缠扣[1]系在柴头的左手腕上，这种系法不容易将手腕拉伤，而且是标准的急退招式，遇危险可以右手臂翻上用力，快速将自己拉回。

他们离坡顶没几步，这坡顶也不陡，柴头很快就到了顶上，可是他刚到坡顶，一闪就不见了。

鬼眼三反应很快，一把抓住梨形铲的铲把，脚掌侧面踩住梨形铲铲头插入的地面，身体往后稍微倾斜。就在他刚好摆成用力的状态，那

1　绳索多道缠绕，每绕一圈便做个挽扣，这样所有挽扣连成一条线，受力方向变成竖直方向。多道缠绕、竖直受力，可以让被拖拉的物件和人减少捆绑部位的伤害。

回头绳就一下子绷紧了。绳子发出一声清亮的绷弹声，尾音“嗡嗡”不绝。从声音上可以知道，绳子的拉力很大，从鬼眼三前倾的身形也可以知道，柴头好像是直接掉下去了一样。

铁匠一把抱住鬼眼三的肩膀，稳住他前倾的身形。盲爷一甩手，推了丛得金一把：“快去帮忙！”

绷紧的绳子一抖一抖的，幸亏丛得金正好抓住了绳子，他过人的臂力起了很大的作用。绳子在三个人合力下定得死死的，那冲力没能将定点的铲子拉动分毫。

柴头双手交叉上拉，将自己硬生生重新拉上了坡顶，扭曲着那张不自然的脸叫道：“别过来！都别过来！坎面的扣子在这儿！”

鲁一弃看着柴头小心翼翼地在地上爬行，心中不住地惊异：“是什么吓得柴头都不敢站起来走路了？”

傅柴头一直爬到鲁一弃的脚边，这才在鲁一弃的搀扶下站了起来，用稍带颤抖的声音说道：“死人！都是死人！”

“什么死人？你倒是把话说清楚，没头没尾的，难道是死人把你拉过去了？”水大娘不是要加重紧张气氛，而是这柴头的表现已经让她没办法不紧张。

鲁一弃也轻拍了一下柴头的肩膀：“慢慢说，说清楚。”

柴头又猛喘了几口气，这才平静下来说道：“坡顶过去，就是一个直落的陡坡，而且坡上无积雪，只有光滑的冰面。坡下都是死人，都是跌死的人啊！”

“我明白了！这是个坡形颠倒坎面，它是要踩坎的人在不知不觉中积聚冲跌的力量，然后在到达坡底时一下就摔下陡坡。”女人听了柴头的话，果断说道。

“对了对了，我刚才就觉得这坎面不是什么障眼法，而是‘依形缓变，蓄势于无形’。以前我师傅把这理儿在我耳边刮过，我没太在意听。”柴头在女人的提示下，也是恍然大悟。

其实真正大悟的人不是他，而是鲁一弃，女人与柴头的一来一去的对话中，他听得最清楚的是一个“变”字。《机巧集》中的一段段文字映入他的脑海……

“形非所视，形非所感，视与感均从心，心善变，变则形之非形……”

“非形亦无形，不知力往何去，势从何来……”

“变规矩，变起伏，变远近。巧用一木、一石、山貌、林色，错眼见、颠感知……”

高低错

《机巧集》中的道理逐一与眼前的情形对应起来。

突然间，鲁一弃眼神一展，像从梦中醒来一般，然后用平静的口吻说道：“这趟真的是到正地儿了，这坎面是老祖们留下的护宝坎面。”

“这坎面也忒大了吧，这得花费多少时间和精力呀？！”任火狂远近看看，不由地发出这样一声感慨。

“‘依形缓变，蓄势于无形。’傅大哥说得没错，这坎面是利用原有地形，再加以辅助遮掩的土石树木，让人在目视上都产生错觉。柴头，你将你师傅留下的弄斧图再给我看看，说不定他老人家在那里边真给你留了线索。”鲁一弃想起了柴头那张描绘方法比较奇特的弄斧图。

柴头想都没想就掏出了那图递给鲁一弃，鲁一弃用左手五指指尖从下面轻托着，然后用手背在弄斧图上轻轻摩擦了一下，手背敏感的触觉告诉他，那图案的描绘不是平整的。于是他转身面对太阳，依旧五指托图，将眼睛与图放在一个平面上，然后不断变化瞄看的方法，查看图中是否另有玄机。

当鲁一弃的一双眼睛眯成一大一小时，柴头惊异得合不上嘴，这让他的脸形变得更为扭曲。

是的，鲁一弃看到了，他从这幅图中看到了另一番洞天。这图中有山、有林、有水，还有色彩丰富的文字。这是元代“宫绘彩”才能勾勒出的效果，水晶油脂融和的宫绘彩是浓厚粘稠的，可以堆垒出一定厚度，利用这油彩的厚度，暗藏一幅立体的地图并不是什么难事，但这样的图只有利用斜向的光线和合适的瞄视方法才可以看出。

鲁一弃不但看到这样的一幅地图，还看到了一条指引的红线，这条红线所贯穿的途径正是红杉古道口到双膝山的峡口这一段。所不同的是，这立体的图上，从红杉林到那峡口前不是起伏的山坡，而是三跌层的落坡，而且坡度一层比一层大。

这图告诉他这里有个大坎，由几道落坡连接而成，并在周围山岭树林配合下产生作用。可惜这图发现得晚了些，已经失去了意义。

没有失去意义的是图上的那些彩色文字。这文字有的是大伯没来得及告诉鲁一弃的，甚至可能是连大伯都不知道的。

上面记载，两千多年前，鲁班及其子弟为寻凶穴、点吉地、建暗构、藏鲁家所负五宝，可以说是人力财力尽散。其实建暗构藏了前三宝就已经让鲁家丧了元气，所以这最后两宝已经是在勉力而行。东方“地”宝，鲁家倾所有家藏好料，建了一艘牢靠的海船，当时鲁家子弟鲁子郎携宝带一子一孙一侄，从扬子江下水，顺流入海，从此不知所踪。最后一宝就是东北方位的“金”宝，鲁家将其放在最后，就是因为东北方多出木料，可以就地取材，完成大业。鲁家余下全部的青壮年弟子九人，携“金”宝奔东北，也从此未归。直到千年以后，鲁家重旺，班门中人才在东北方寻到藏宝护宝的后人。这些后人虽然人数寥寥，但已经自成一派，他们不愿重回中原，依旧代代相传护宝至今。

大家都盯视着鲁一弃，没有人发出一点声音，生怕惊搅了他。

终于，鲁一弃眼神从图上一收，看向柴头说：“这图上内容是你派秘密，也是班门秘密。”

柴头将半张的嘴巴合上，咂吧了两下嘴：“你说说。”

“暗图一幅，可至宝处；护宝代代传，不愿回中原。”鲁一弃的话说得很隐晦，但柴头听懂了。他眼中闪烁着狡慧的精光，不自然的脸上跳跃着激动和兴奋。他仔细聆听着鲁一弃的每一句话，每一个字。终于，眼中的锋芒黯淡了下来，梗硬的脖子也稍稍低垂下来。

“没错！你确实是我要等的人。其实一开始我就没有说假话，我真不知道自己是不是班门弟子，师傅从没告诉过我，只交待我在这里等候带有弄斧信物的人，并且那个人是要能看出弄斧图中的奥妙的，或者能说出我祖师爷的典故。你开始没看出图中奥妙，也没提过我家祖师是怎么回事，所以我对你一直是怀疑的。但最开始我看你能力不俗，就想搭伙跟着你，寻着宝构凶穴，把那宝贝启了，圆了祖上的遗愿。”

“所以开始你总是在装傻充愣，到我们改变路线重新往红杉古道上走时，你觉着有戏了，这才开始出力。”铁匠说的话和他打的铁一样，锤锤都在点上。

柴头扭曲的脸抽搐了一下，不知是想表示歉意还是羞愧：“这地界我也确实从没来过，坎面就更不清楚，不过师傅曾经多次带我走过红杉古道，所以到这地界锥尖口（进入口）的途径我还是熟悉的。还有我听师傅说，老祖们当年造这块儿暗构时，没想到东北方的恶寒之地可用之材不像传说中那么多，于是只能顺应自然地貌地势加以改造，这就需要很长时间，所以前后花费了几代人的精力，并且随着环境的变化和植物生长，还要不断地修整维护，但是我师傅回天气（去世）时说我不需要做这些事情，他估摸着没几年启宝的人就要到了。”

柴头不需要再继续用呆憨来掩饰自己，所以说话间也无所顾忌，不断有钻林子人的暗语黑话带出。

“怎么着，班门在这地界护宝的，就只留下你这根单脉？”盲爷有些奇怪。

柴头苦笑了一下：“这里人烟稀少，造屋建构也很不讲究，不需要多巧的手艺。所以在这里吃不到手艺饭，像我不就改行卖木材了吗？收弟子就更难了，而且从我师傅往上那些老祖们，还要不断维护坎面，做这些出力无利的活计，除非是像我这样受过师傅吊魂（救命）恩惠的，其他不可能有人愿意做。”

“你这弄斧图，虽然用的彩料是老料，但纸张却是不足百年的，也就是说绘制的时间还不长，是你师傅绘制了留下的吗？”鲁一弃对手中的这张图很有兴趣。

“是的，我师傅说，原先我们护宝的也没留什么图，但是随着钻林子的人日渐增多，这地界的宝构已经被人撞到多次，幸亏是祖师们留下的坎面神奇，这才没有让人撞破暗构，但也有两个高人曾摸到暗构之中，最后还是老祖们出了手拼了命，才把那俩高人灭了口。谁都不能保证哪天再来个什么能人，就把那宝贝现了光。于是百年前，几位师爷、曾师爷索性在这里的通道口种下‘斜插竹篱格’的杂木，封死了通道口，并且将坎面的坎沿也都种上密密的杂木林，变坎沿为坎墙。首先是防居心叵测的人反复撞坎，同时也可以拦住那些无辜山客，不要在这里枉自丢了性命。等杂木成林后，他们绘了这样一幅图，必须用班门中独有的‘逆光寻刺’法才看得出其中端倪，找到已然封住的坎面。”

“那么说你早就知道途中路线，这一路是看我们耍子？”女人的语气中有些愤懑。

“不是不是！我知道这图的看法，但我这道行也看不出来，你瞧瞧嘛，我为练这‘逆光寻刺’脸都练歪了。”

听了柴头这话，再看看他那张脸，女人终于扑哧一声笑出来了。

“说半天了，这到底是个什么坎儿？”从得金在一旁听得有些不耐烦了。

沉默持续了好一会儿，最终还是鲁一弃开了口：“这坎面不曾有典籍提到过，所以不知道应该叫做什么名儿。它是利用自然的地势地貌再稍加修饰而成的，你们看这坡道上的几棵大树，发现出什么异常了吗，它们就是掩饰物之一，是个引子。”

“没什么呀。”从得金不知道是眼睛不行还是脑子不行，他没看出异常来。

“仔细看，那些树的树冠和树干比例是不是稍有差别，你不要比较邻近的两棵树，那差别太小，你将第一棵和最尾的一棵比较。这树虽然高大，年代却不是很长，应该是后来人为移植的。”鲁一弃解释道。

“这是可以看出来的，还有看不出来的，比如从这里可以看到的那些山峦，因为连绵林海的遮掩，看不到山脚处的态势，所以也无法对照看出那些山体因风化侵蚀朝同一个方向的变形。这些条件集中到一起，就会让人的视觉造成错位，把下坡当成上坡。那所谓的坡顶，其实是一个急落的坡度转折。而一路无意识中的下坡当上坡，连续三折后，脚步中已经积聚了一个巨大的暗劲，当到了最终坡度转折处时，就让坎面中的人如同失足落空，强行将自己摔出急落的陡峭山坡。”

鲁一弃扫视了一下大家很专注的脸继续说道：“这趟幸亏夏叔，他是靠脚步感觉分出上下坡的不同，要不然我们都要栽在这自家护宝的坎面上了。其实我们的脚步上也多少能感觉出些不对，只是太相信自己的眼睛了。”

知道了坎面的原理，还得知道如何从坎面上过去。女人说出个正宗可靠的办法：踩坎沿。

坎沿已经变成了杂木坎墙，但是在丛得金和鬼眼三的连砍带铲下，杂木林的边沿很快出现了一条一尺宽的窄道。在这窄道上来回走上几步，立刻便可看出坡道的高低逆转来。他们就这样砍铲杂木，终于顺利翻过那“坡顶”。

坡下果然像柴头描述的那样，有许多死人。很惨很血腥的场面，让女人回过头去干呕了好一阵。

坡上覆盖着冰面，坡底是整片的冰层，坡底前的岩壁上是层叠的冰挂。下面是有好多尸骨，那些尸骨大都被封在冰面下，只有少数一些支棱在冰面上，直指着灰蓝的天空。

那整块的冰层表面已经冻结成一片暗红，那是由人血冻结而成的。这些人就像是死刚死去不久，被冰层和他们身体中的冰凌冷冻着，看上去栩栩如生。

这里才是三折坡坎面的最后死扣，从坡顶摔出滑下，只会越滑越快，直到最后撞在岩壁的冰挂上。大力的撞击会让冰挂上的巨大冰凌纷纷落下，刺穿人体。可以看出，天暖冰化时这里是个瀑布，到那时，一样会摔入瀑布下的深潭，被瀑布的冲击和深潭的漩涡毁灭在黑邃的潭底。

新鲜尸体有“明子尖刀会”的黑衣杀手，也有“攻袭围”坎面的人扣。但这都只能从衣着和武器上辨认出，而他们的面貌形体已经破烂得无法辨别了。不过最终的死亡状态凝固了他们极度痛苦的挣扎，面前的冰面都被抓挠出深深的沟槽，而指尖也露出了白森森的骨头。

对家的人已经过去很长时间，也就意味着他们必须抓紧时间。于是大家小心地踩着厚厚的冰面转过山壁，如此小心不是害怕冰面破裂，而是害怕冰面下设置有坎面。

鲁家的先辈们看来都还是些忠厚之人，从过了冰面一直到双膝山的峡口，鲁一弃他们再没遇到坎面。其实，“依形而置、依形而变”说起来容易，做起来不但艰苦复杂、局面庞大，而且还要受原有地势地貌等诸多原因的限制。

双膝山的峡口从远处看，有烟雾缥缈，仙境一般。等到了近处一瞧，才知道那里面是雾气蒸腾，几步外就看不清人样，犹如一个妖魔的洞府。扑面而来的还有强劲的暖意，仿佛这雾气是大吊锅子烧出的热蒸汽一般。

几个人都呆了，谁都不能断言这里是个怎样的地界。眼下单从雾气来看，至少峡口处的温度很高，说不定峡谷内会更高，难道大家真的进入了一个冰火交织的魔域?

已是傍晚时分，夕阳的余晖落在山顶上，给几座山头都镀上层金色。半山腰往下显得深邃了许多，特别是背对阳光的一面，更是阴沉沉的，就像是天地的末日来临，压得人透不过气来。

进到峡口里，雾气越发浓了，这种环境，就连鬼眼三的夜眼也起不到作用。进来的峡口不宽，可到了里面，却岔开了好几条路径，无法知道哪一条才是该走的路。

鲁一弃的感觉在这里也开始混乱起来，不是因为迷雾，也不是因为道路，而是因为穿透迷雾层层叠叠腾跃而出的气息。这气息中包含的东西太多，有吉瑞的、凶险的、明洁的、血腥的……让鲁一弃的心里翻腾不息，愤懑烦躁得难以抑止。他清楚，这是一个瑞祥之极与凶煞之极的交汇处，自己要是想继续往前完成大事，必须先将自己的思维理清，将心境平复下来。

“就地休息一下吧，走了一天，大家都水米未进。”鲁一弃说完这话自己也感觉奇怪，一整天了，大家怎么都不觉得疲劳和饥饿，也许是宝物的吸引力实在太大。

“这是进出峡口的通道，前面又是迷雾遮眼。在这里歇脚，对家偷偷接近，突然杀出，我们来不及应付。就算没准备偷袭，这里也是对家的必经道儿，碰上了难免一番搏命。再说了，两面都是陡峭山壁的峡口，怎么说都是个危险的忌讳地界。”盲爷的话很有道理，而且最后一点不仅是走江湖的经验，还是行军打战的常识。

鬼眼三选了一条路，让大家继续往前走。从路径两边的草木碎石的倾向来看，这是一条往高处走的路。往高处走，脱开迷雾的层面，危险就小多了，与对家遭遇的机会也小多了。

一行人一直走到重新见到夕烟的高度才停下来，这双膝山不高，走到这里，那些雾气已经都被踩在脚下。

他们将最后的一点干粮都分着吃掉了，将随身容器都注满了雪水。因为再往前，谁都不知道还有没有命吃东西。

趁着天色还没有完全黑下来，鲁一弃他们从高处仔细查看了一下峡谷里的地形。

峡谷中的地势还算平坦，方正狭长，只是在中间一块比周围稍有凸起。峡谷中也没什么树木，只覆盖着厚厚的枯草。

“咦！这里好像是‘神鳌负鼎’嘛！”铁匠说出了自己的判断。

“不是，应该是‘龙盘鳌鼎’，任老大概只看到下方峡谷中，地势平整，中凸外落，形如甲背；四面坡壁，四角山岭，整个成鳌鼎格。其实你们再注意峡谷周围的山势，起伏连绵，高低错致，从这峡口起，又回到峡口处，犹如一条巨龙盘卧在此，明显是个盘龙格。这两个放在一块应该是‘龙盘鳌鼎’的局相。”傅利开指点风水，口沫喷飞，一副意气风发的模样。

“‘神鳌负鼎’是个相候级的风水宝地，能寻到这样的宝地，已经相当不容易了。如果将祖坟设在鳌头下方，可以世代位高权重。而这‘龙盘鳌鼎’就更不得了了，那是个可以得天下的局相，也不知道哪家子孙有这样的福分。”盲爷在听了铁匠和柴头的对话后，不由自语地感慨起来。

“听说这附近有满人祖先的聚居和祭祀的地方。满人当年孤儿寡妇入关得天下，说不定就是受此处风水所荫。”鲁一弃早就有种预感，忽必烈凭土宝得天下，朱元璋凭火宝得天下，满人得天下说不定也和这东北方位的金宝有关。

瓦如龟

“我原先要带你们去的地儿就是古时用来祭祀的。”从得金突然来了劲头，“我家先辈说，那里遍地参娃、灵芝、虫草、榛蘑[1]，是个宝地儿。”

“那说不定就是满人的祖祭之地，也是这风水宝局的另一道口子。”鲁一弃说这话是带点安慰的意思。

“也是！我们这么走一圈，其实路线上是绕了个弧线，这峡谷的另一端离我们没改线儿时踏的木巷（林中小道的意思）其实奔不出多远。”傅利开好像突然省悟了什么似的，一副后悔惋惜的模样。但是谁都没搭理他，大家都知道，东北老林里做柴头的人说话最不靠谱。

天色暗了下来，鲁一弃的心绪也终于平静了下来。不知道为什么，当他知道自己所在的是“龙盘鳌鼎”这个绝好局相后，他烦乱的心境一下子就收敛平服了。

峡口里的路还是迷雾缥缈，而且因为天色的昏暗，这里的能见度变得更低。可是不管前面的道路多艰险，他们都必须果断地走进去。

面前的路有六条，除了他们刚才登上山的那条外，还剩五条。这五条路不可能一条条走过来，这样的话，等找到正地儿连黄花菜都凉了。

他们分做两路，铁匠、柴头、从得金一路，鲁一弃、盲爷、鬼眼三一路，至于女人，大家都随她的意，愿意跟哪路就跟哪路，也可以先自个在山上猫着，等他们回来。

临分手时，鬼眼三说应该有个暗号，那样在迷雾中相遇可以避免发生误会。此时憨愣的从得金倒是出了一个很好的主意：“别什么暗号

1　一种长在榛子木上的小蘑菇，有些像香菇，因为有榛子木的香味，所以这种蘑菇味道特别好。数量很少，特别是野生的。

了，看到人就互相报出自己的名字。”

柴头、铁匠没再多说什么，转身扭头跟着丛得金钻进浓雾中。

鲁一弃他们则先安排好前后顺序，才往其中一条道儿走下去。盲爷在最前面，既然鬼眼三的夜眼在这里已经不起作用了，那么盲爷灵敏的听觉就是最好的搜索和预警工具。鲁一弃和女人依次跟在盲爷背后。鲁一弃平端着毛瑟步枪，子弹已经推上了膛，右手扣住枪机，枪身搁在左小臂上，左手紧握一枚鸭蛋形的手雷，中指套在保险拉环中。女人靠鲁一弃很近，一只手还很自然地牵住鲁一弃后面的衣服。鬼眼三走在最后。

这个一片混沌的地方让鬼眼三突然有一种久违的感觉，是他还没练成夜眼前，被封闭在古老阴森的墓室里时也出现过的，像是被无数双阴影中的眼睛盯视着一样。

小道虽然七扭八拐，却真的不长，三四百步就走到头了，再往前就是山谷中那狭长的开阔地。

“当心，有沟！”这是鬼眼三告诉大家的，地界一开阔，雾气就不容易聚集起来，所以山谷中虽然伸手不见五指，而鬼眼三的夜眼却仍能看得清楚。

鲁一弃在沟边蹲下，放下长枪和手雷，从袋中掏出萤光石，一手三指捏住，一手半掩，这样既可以将自己面前照亮，又不会让远处的人发现。

这是一条不宽的冰沟，也就是刚才在山上看到的“甲背”边缘的凹陷。这冰沟显得很奇异，不像是积水冰冻而成的，靠近鲁一弃这一边很薄，越往沟的那边越厚，形成一个弧面。在那“甲背”的边沿上更是冻结成奇形怪状的冰挂和冰凌。

“这冰面是水汽凝结成的。”鲁一弃在洋学堂里对这种现象的形成有过了解。

“从冰厚看，水汽边下出。”鬼眼三的话简短得不容易听懂，但他没多作解释，而是一个健步跃过冰沟，抽出梨形铲，对“甲背”边沿的冰挂和冰凌砍砸起来。

砍砸声在山谷中回荡，与回声混杂重叠在一起，一波接着一波。

“倪三，你歇住，不要跟那些冰块较劲，探探你脚底。”盲爷从鬼眼三落脚的声响中听出了异常。

于是鬼眼三往脚下挖，三每挖下去几寸，都要把山泥捏捻一下，闻闻味道，有时候还要用舌头舔一舔。这是盗墓家族的技法，古墓的夯层比其他土质要硬实，不容易吸收水分，因此可以通过挖出泥土的颜色、硬度和盐分含量对地下情况作出初步判断。

鲁一弃则微眯着眼睛，以自然的心境感觉周围的一切，希望能发现些什么。

鬼眼三挖下去没两尺深就住手了，他趴下来将手探入了那坑里。

“咦！木头？好硬的木头。”

鲁一弃站起身一个纵步越过那条冰沟，将萤光石探到那坑里，果然是木头。

“不对，三哥，你弄一块上来。”

幸亏是铁匠打制的铲子坚固，在火星四溅的大力敲击下，终于砸下了一小块，递给鲁一弃。

鲁一弃又看又捏，喃喃说：“的确是木头，而且是化石木。三哥，能挖开些么？”

鬼眼三甩开膀子，也就一袋烟工夫，挖出了桌面大小一块木石面。

木石面是由五尺见方的六角木石块拼搭而成。虽然周围的山泥土没有继续挖开，但是单从这木石块的拼搭规律来看，整个搭接面是往“甲背”中心延伸过去的。

“龟背？”六角的形状和鳌鼎局相很容易让鲁一弃产生这样的联想。

“瓦面！”鬼眼三毫不犹豫地否定了鲁一弃的判断。他学的是鲁家“铺石”一工的技法，所以瓦面的铺设方式他几乎没有不懂的，更何况这六角木石的铺设用的正是最正宗的鲁家技法。

“瓦面？！”一旁的水大娘听到这话，显得有些激动。

“是的，六角形木化石拼接的瓦面，你……”鲁一弃看着水大娘，期待她接话。

“瓦面都是在屋顶上面的，这里的瓦面却在地下，莫非是个古墓？”盲爷插了句话。

“应该是屋顶。”女人说话的声音有些飘飘的，“你们瞧这里的地形，如果要在峡谷中建房，就必须顺应地形，特别是要建范围面积极大的建筑，更是无法拓展，只能顺应两边山势。同时为了防止山上滚石落木，应该在屋子周围挖一条沟，这样既保护房屋，也利于排水。”

“整个‘甲背’都是屋顶？”鬼眼三按耐不住好奇。

女人没理会鬼眼三，继续说道：“依形而建又限制了峡谷中的房屋能大不能高，因为峡口就是风口，再加上口子里狭窄石壁小道的分割加速，高建筑很快就会风化损毁。不信你们看，峡谷里的树木没一棵超过人高。”

“所以这屋子要么极矮，要么有一部分本来就建在地下。”鲁一弃接了一句话。

女人声音还是飘飘的，但从语气中可以听出些欣悦：“你真聪明，但是这和时间还有关系，这建筑刚建成时露出地面的可能还不算矮，由于时间久远，两边山上不断有泥土滑下，渐渐将露出部分掩埋了起来。”

“天长日久，掩埋的泥土分布基本是均衡的，所以，那保护房子的深沟虽然也不断有泥土填入，但最终还是和周围的地形有区别，留下了一圈不深的凹沟。”鲁一弃又接了一句。

女人接着说：“恩，当年的峡谷应该比现在深多了。那时这里虽然是‘盘龙格’却是个凌渊之龙，不是‘鳌鼎格’，最多只是‘流槽格’，之所以现在成了‘龙盘鳌鼎’的局相，就是因为人为构筑改变了地貌。当然，这人为的构筑中必须有奇宝镇住，局相才能够改成。”

鲁一弃补充道：“风水学从唐宋往后，在北方独成一派，与当时最负盛名的江西杨公‘峦头派’见解大相径庭，‘峦头派’是以‘形势理论’为依凭，而此派却是以‘形势可依亦可变’为依凭。据说这一派的见解是受一些匠人的高超技艺所启发，所以取名叫‘工势派’。”

“我知道你说这些什么意思，可我真不是什么派的传人。我只是一个苦命的女人，在一个不该我待的地方，遇到一个算到我后半辈子宿命的老人。老人教会我些东西，让我用这些东西为自己的后半辈子做些事情。”女人说这话时，语气不再飘忽。

鲁一弃知道，现在不是深究女人来历的时候，应该将前面的话头继续下去，这样才能将自己的所知和女人的所知结合起来，更好地对藏宝暗构进行分析。

“如果这下面真的是藏宝的暗构，为防止风动宝气散，那么它的入口路径应该是回旋曲折的，这样才可以蕴风藏气；构筑入口也应该是闭合掩盖的，防止过堂风穿行，造成风流气走。”鲁一弃说到这里时，心里突然有一点莫名的慌乱，右眼皮轻跳了几下。

“不仅如此，如果真暗藏宝贝，还要迎合日起月落，吸纳到日月精华，所以构筑应该门口朝南偏东，日月初升可以照到西谷偏中，暮落时可以照到东谷，中天时可以照到大半个峡谷，所以始终有日月光华照耀的在东北处，这差不多是‘裸女’山形的心脏位，也最有可能是藏宝位。”女人说完这话，顺便瞄了一眼冰沟中冰面反射出的淡淡弯月牙。

“就好比金家寨，日行随山形，日起至日落，各屋始终有光照。然后屋角对墙，隔音极好，无法探听隔壁声响。但墙对屋角的一边却不知道是什么效果。”女人的分析让鲁一弃想到了金家寨的木屋构造。不知道为什么，此刻他心中越发慌乱了，眼皮连着太阳穴一起突突地跳起来。感觉告诉他，有什么在往这里靠近，可那东西就如同空气一样透明，感觉不出形状。

“咯咯！”女人轻笑了两声，“你也有不知道的啊，那些房屋是‘一屋闭，一屋清’，你住的那屋是隔音，而另一边却可以清晰地探听到你屋中的声响。你以为金家寨卖的那些消息都是用食物和女人身体换来的？那些山客子奸着呢，重要的讯息都是偷听来的。你才进到金家寨里，便已经被我瞄定。”

那样明媚的白日里，自己都始终被别人瞄定住，那么眼下如此黑暗的山脚，如此荒芜静谧的峡谷，不是更有可能被什么人暗中盯着吗？想到这儿，鲁一弃的慌乱变成了心脏剧烈的跳动，而眼皮和太阳穴的跳动一下子像凝固了一样。突然之间，有异物接近的感觉变得十分的真实、清晰。

“啊！那是什么？！”女人突然发出这样一声恐惧的叫声。

听到叫声，鬼眼三单手持铲横在身前，同时一把按住鲁一弃的肩膀，把鲁一弃按得蹲下。

盲爷看不见，但是除了女人的叫声，他好像还听到了其他什么声音，于是盲杖一抖，往脚下的冰沟中斜刺下去。

鲁一弃被鬼眼三突然大力一按，手中的萤光石不由掉落下来，滚到了冰沟的边缘。

女人看得更清楚了，月牙藏在一团绿幽幽的棉状物中，棉状物像烟雾、像轻纱，也像漂浮在水中的草絮，轻轻柔柔，飘飘摇摇。

盲杖准确地刺入了那团柔絮，没有发出一点声息。那团柔絮在原处没移动分毫，依旧那样轻柔柔地飘摇着。盲爷一招刺中，随即想回抽盲杖，但盲杖也未动分毫。这是盲爷根本没料到的状况，一个没防备，紧握盲杖的手掌竟然滑脱了两个把位。

盲爷立刻再次运力回抽，吃住盲杖的力道却突然消失了，几乎用尽全身气力的盲爷力道落空，直往后跌出。老贼王反应极快，他的双脚尽量回收，身体对折了一般。于是上半身压在了双腿上，而双腿一个用力，让身体直直地挺立起来。但后跌的力道没有全消，他双脚脚尖在地面上又划出三四步远才将身形稳住。

鲁一弃捡回了萤光石，看清了飘絮里那只扑闪的月牙。

月牙也看到了鲁一弃，随即，那团絮状物渐渐飘摇而起，渐渐舒展开来，舒展成一个人形模样。

人亦鬼

絮状物果然不是水草，也不是烟雾，却真的是轻纱。那人形的轻纱中伸出了一只轻柔的手，撩开了曼曼轻纱，也撩开了轻纱一样的头发。

于是鲁一弃看到了轻纱中的两个月牙，感觉到月牙中冰寒刺骨的气息，从这气息中觉察出阴晦霉涩的味道。

这是鬼气，比养鬼婢要浓重好多倍的鬼气。

如此浓重的鬼气，却能偷偷接近到鲁一弃身边，只因为有轻纱包裹。轻纱墨绿，隐隐有冰雪的晶莹光泽闪烁，这是用“圣山雪玉蚕”吐的丝织成的“包魂巾”。

《异开物》有云：“圣山雪玉蚕丝，如滕六之雪，断邪掩晦，以此织成包魂巾，可收魂、揽魄、遮魂气。”

两个月牙儿，弯弯的、明亮的、美丽的，但如果这样一对亮得发白的美丽月牙，是镶嵌在一张青白色脸庞上，那就只有用恐怖这样一个词来形容了。青白的脸庞带着微微的笑意，像是幅新画成的遗像。

“养鬼……”鲁一弃脱口而出，可别人听来却平静如常。

“养鬼娘。”轻飘飘的人形发出的声音也轻飘飘地，可听着却比坟地里的夜枭突然发出的叫声还要悚然，让人背脊处嗖嗖地往上冒寒气。

没有人动，虽然鬼眼三很想和以往那样挡在鲁一弃前面，可他怎么都挪不开步子。

盲爷根本没想到动，刚才的交手他已经体会到力量的悬殊。在这样的对手面前，自己仍能站着，已经是极好的事情。

水大娘想动是下意识的。一个比鬼还要像鬼的人形飘在那里，普通女人最正常的反应是尖叫。可水大娘不是普通的女人，所以她不尖叫，所以她举枪。

枪口抬高了才两寸，女人就感到一股大力重重扑面而来。女人的手臂很自然地顺势又抬高了四寸，但这时候她自己主动停住了，因为手里的驳壳枪已经被打落在脚边。

“你们还没找到。”鲁一弃说这话时身体虽然没动，脑子里已经飞快地转了好多圈。这养鬼娘如果想要这几个人的命是轻而易举的，之所以偷偷地接近这里，是想偷听到些信息。之所以要偷听信息，是说明对家目前为止还没找到正点儿，“所以来听听我们怎么找。”

四目相视，鲁一弃知道，对方是来偷听才被抓个正着的，所以气势上自己就胜了一筹，所以他就这么站着，丝毫没有退缩的意思，只是目光很是迷离。

相持的时间其实并不长，而鲁一弃和养鬼娘却觉得时间如同凝固了一般。鲁一弃的后背全是凉凉的汗珠，而养鬼娘飘柔的身形越来越显得僵硬。

突然一声鹰啸划破了夜空，让鬼眼三、女人他们不由自主地打个寒战，让盲爷的脸不自然地抽搐。

冰沟边沿的里侧，渐渐蒸腾冒涌出一圈浓浓的白雾。白雾无声地流淌着，滚动着，就像是劲风中翻转的云层。

白雾在四面环绕的冰沟中沉下去，很快就将冰沟填满再满溢上来，弥漫到峡谷的每个角落。

站立着的几个人下半身已经淹没在了浓雾里，而飘在冰沟里的养鬼娘大半个身体已经不见，只有头颅还在雾气上面飘荡着。

月牙更加弯了，青白的脸庞有些变形了。是的，养鬼娘把微微笑改成了咧嘴笑，如果不是因为她满脸的鬼气和白亮的眼睛，这笑容应该是很美很灿烂的。

“你真的不错！”养鬼娘此时说话的声音比刚才要柔和，话语中除了赞赏还有些欣慰。冰沟里的浓雾翻转了一下，就像是水面上卷起的浪花。那翻卷的浓雾还未平静下来，养鬼娘已经不见了。

养鬼娘走了，鲁一弃脚下却分毫都没移动。他只是从浓雾中把自己的手抬起来，这手势是让其他三个人知道，暂时不要动。他怀疑养鬼娘这是假退，然后暗藏在一边继续盯牢你，观察你真实的状态，寻找你松懈的瞬间。

这样一个简单自然的一个抬手动作，却让对家众多暗藏着的高手对鲁一弃有了新的认识：这年轻人不止是气势凌厉逼人，而且极其老练、谨慎。

鲁一弃等浓雾将他们全部淹没了，才拉着鬼眼三跃回到冰沟的另一边，捡起枪支和手雷，沿着原来的小道往回退出。

回到峡谷的谷口，这里反没刚进来时那么多的雾气，所有一切在月光中显得分外清晰。谷口和他们刚来时已经大不一样了，平坦的道路现在显得很拥挤，因为有一些黑乎乎的影子错落有致地静立着，将谷口完全堵住。

这情形让鲁一弃很好奇，迈步就要走近看看。盲爷和鬼眼三一左一右同时拉住了他。

“有兽味儿！不止一种。”盲爷肯定地说。

“是狼群，还有熊瞎子。”鬼眼三再具体一说，鲁一弃立刻从影子形状上看出来了。

一个不该出现熊的季节有两只巨熊站在那里，它们的体型要比一般的熊要大上两圈。那天夜里有大兽子摸到夜宿地，当时傅利开说是熊瞎子，大家都不信，现在看来他没说谎。

两只巨熊被一群恶狼围着，但不管是狼还是熊，都静静地不动，像一群雕塑，只有从眼睛里闪烁的绿光可以看出它们是活的。

这是对峙，这更是一种较量，就像鲁一弃和养鬼娘刚才那样。

“这些狼好像是帮我们对付三大弩的那些。”鬼眼三说出这话时不是十分肯定。

其实鲁一弃早就有这样的推断，所以他现在正尽量利用感觉寻找另一场较量。既然狼群和巨熊对峙着，那么它们的主人在哪里？那里的双方又处在怎样的一个对决状态？

“铁匠他们三个没回来，是不是找到正点了。”女人突然说话了。

的确，铁匠他们三个走入路口的薄冰茬子上只有朝里的足迹。

“要么就是落到对家手里了。”女人说的两种情况都可能存在，但不管是什么情况，都应该跟进去看看。

这次他们索性点起了两个大火把，既然已经和对家打过照面了，自己的一举一动都肯定在对家的眼里，还不如索性大大方方地往里探寻。

这条小道果然不同于他们刚走的那条，道两边都是刀削般的石壁，而且在石壁上还覆盖了一层琉璃面似的冰面，也是蒸汽凝结而成的。

只走出三十几步，路就拐了个弯，一个三岔路口出现在他们面前。出现了个岔路口还不算意外，意外的是岔路口还站着个人，一个周身散发着淡淡青白色鬼气的白衣女子。

是养鬼婢！鲁一弃见到养鬼婢后心中有种难抑的喜悦，甚至有种上去拥抱一下的冲动。是呀，自己应该想到养鬼婢会在这里，刚才养鬼娘对自己显得忌惮并最终放手，很大可能就是因为养鬼婢向她转述了北平的那场对决。

鲁一弃往养鬼婢面前走去，水大娘拉住他胳膊的手被甩下。在跳跃的火光照映下，鲁一弃看到的养鬼婢比北平那时憔悴了许多。

“不要去了！”这是鲁一弃第二次听到养鬼婢开口说话。

鲁一弃没有回答，只是看着养鬼婢认真地笑了，笑颜让他的目光变得闪烁而坚定。

不知道养鬼婢从鲁一弃的目光中看到了什么，她没再说什么，而是将身形往路旁的黑暗中让了让，一双明眸始终缠粘在鲁一弃身上，不愿离去，更不愿鲁一弃离去。

往前有两条道，那么铁匠他们走的是哪条呢？

鬼眼三在一条小道的道口发现了铁匠的脚印，因为铁匠的鞋子在和“攻袭围”坎面对决时，被炉炭烧损了许多，所以脚印很特别，而且脚印一直往前延伸，没有回过头，于是他们也顺着这条道走了下去。只走了三四十步，又有个岔口，他们继续循着脚印往前。在出现第三个岔口的时候，虽然鬼眼三仍旧找到脚印，但鲁一弃和盲爷却都觉察出不对来了。

果然不对，在盲爷的建议下鬼眼三也查看了另一条道口。另一条道口竟然也有脚印，同样的脚印。脚印的方向也是往里去的，没有出来过。

“这咋回事？”女人的脑袋有些晕，心也直往嗓口提。

“是鬼打圈！”鬼眼三说。

鬼眼三说的是盗墓人的行话，坎子家则叫做迷踪径或循环道。最常见的有两种设置方法，一种是遁甲八门八圈，每八门有两门生，六门死，然后再八八六十四数循环重复，再加上圈与圈交叉，门和门可互换。在一个不大的范围里，要是不懂设置规律，就是走一年，都不一定能走出来。还有一种是八卦虚满排叠，这种方法要厚道得多，只要八卦形面积不大，沿途再做上记号，有个两三天就能走出来。但如果将八卦的面积翻倍，其中正反八卦同布，再加上一部分的虚满倒置，那再想要出来，恐怕也是一年半载的事情。其他不常见的独特布置，都是各门各派的不传之秘，整体布置没有上面说的复杂，只要找到一两个关键点就可以走出来。可实际上这些布置更加难破，因为没有规律、痕迹可以遵循。除非老天帮你，要不然是死路一条。

“看得出是什么道数吗？”盲爷问鬼眼三。

“看不出，少见。”鬼眼三回答得很干脆。

“往外退！”盲爷经验丰富，他知道江湖事千万不能蛮来，关键时要能扛得起来，也要能缩得回去。

往外退出没多远，路就寻不到了！他们刚进来时寻着脚印进来，自己就没做记号。回去的三岔口摆在他们面前的还是两条道，都有进来的脚印，却没有他们自己的脚印。

“我们没脚印！”鬼眼三的话让大家有些毛骨悚然。

“什么？我们没脚印？！”盲爷毛骨悚然了。

“的确没有，但最大的可能是脚印被平了。可冰碴子上的脚印不像雪地里，怎么那么快就无声息地平了？”

“刚才我们走的是左边，还从这条道出去就是了。”女人很确定自己的判断。

“不一定。”鲁一弃对这周围的环境突然有种似曾相识的感觉。这样的情形在哪里见过呢？对！阳鱼眼！

石壁上的冰面让鲁一弃想到了镜子，自然就让他想到阳鱼眼。阳鱼眼中路不成路，处处碰壁，这“鬼打圈”中会不会是以此路为彼路，或者以假路为真路。只走了二三十步就一个岔路口，这么短的距离，再加上遍布石壁的冰面，完全可以将后一个路口的路径映照过来。让人很自然地寻着下一个路口走过去，从而忽略了这段路径中其他藏在光线阴面的路口。

就在鲁一弃思考的时候，盲爷却蹲到路口，仔细地摸索那些脚印。

“好像不大对呀！”盲爷那沙哑的嗓音在寂静的峡道里回旋，就如同鬼叫一般。

“夏叔，怎么不对了？”女人不知道什么时候起也跟着鲁一弃管盲爷叫夏叔。

“这些脚印中有些不是朝前走的。”盲爷的话让大家都感到奇怪，一起围拢过来。

“你们仔细瞧这一路脚印，是前脚掌落点重，后脚跟落点轻，而且脚印与石壁的距离很近，这是贴壁溜边儿倒退着在走。”

盲爷的判断让鲁一弃恍然大悟了，刚才这小道中有迷雾，进来的人是摸索着前行的，真路假路都走下来。等雾散了，已经不知道在什么地方，于是再寻路往回走。可是回头的正确路径在冰面的折射和映照下已经隐去，那么柴头他们几个只能在这些岔道中转着圈圈儿。

但是他们中肯定有个人知道如何走出“鬼打圈”，他的方法是不看路，不被虚假的映像迷惑，只是贴着石壁摸路走，而且这人只打算自己走出，把另两个人丢下，所以为了避免其他人从脚印上辨出路径，便倒退着走。

三人中有一个丢下其他人走出了“鬼打圈”。这个人是谁？最有可能的是柴头，这坎面不是人力短时间内可以设置成的，应该是鲁家先辈们花费了数代人力才能布置而成的。柴头是班门在东北方护宝的唯一传人，按道理他应该知道如何走出坎面。可是他为什么要独自退出呢？抑或有其他的可能？

峡道中渐渐弥漫起雾气，雾气既然已经漫溢到了这里，那么峡谷中肯定已经被完全覆盖了。雾气的笼罩会让杀气悄然逼近，于是鲁一弃没再多想，他也背转过身去，手扶住一侧的石壁，沿着那脚印往后倒退而行。另外几个人没有背转身体，他们盯着鲁一弃，跟着鲁一弃的步子往前，同时朝四周戒备着。

鲁一弃倒走的步子不大，但每一步都十分坚定。眼看着就要走到下一个岔道口了，鬼眼三突然叫了一声：“慢！”

大家被这意外的叫声吓了一跳，以为出了什么事，一下子都成了蹲膝缩脖的防备状态。

鲁一弃的心脏被吓得怦怦乱跳，但他的表情和语气却能够依然平静：“看到什么了？”

“脚印没了。”鬼眼三的眼力确实是好。

“什么脚印没了？”盲爷觉得事情有些不可思议。

“后退的脚印到此为止。”难得鬼眼三对盲爷有这样的好耐心。

盲爷蹲在地上，仔细摸索了许久，脚印真的没了。“瞄瞄两边有没有暗缺儿！”这话有道理，脚印没了，说不定附近就有脱出的暗道。

鲁一弃、鬼眼三还有水大娘都趴在两边的石壁上仔细查看起来，结果让他们很失望，周围没一点暗道机关的痕迹。

奇怪，真是奇怪，没有暗道，这倒退的人是飞走的？还是踏冰壁而行的？

第六章　被困地底数百米的冰火牢笼

这地下肯定有个巨大而繁杂的系统，而他们置身的这座暗室只是这系统中的一个关节，一个可以被当做扣子的关节。地下岩层中的暗河被地热加温沸腾，每隔一段时间就涌出流动，这和间歇喷涌的温泉是一个道理。与间歇喷泉不同的是，暗河是封闭循环的，其中水不外流，只有热气蒸发，从山体各处的缝隙窟窿中漫溢到外面遇冷成雾。系统内部的热气会导致气压增大，当内部高气压达到一定程度时，就会推开某个阀门快速排出，间歇停止的地热本身也会导致温度下降，而气压的急剧下降更会迅速带走许多热量。这其实就是个制冷过程，使得整个系统能在短时间里从闷热难耐变得极度寒冷。

三峰回

雾气越来越浓，明明没有风，可是迷雾中偏偏挟带了怪异的风声，呜呜咽咽的，就像是鬼哭。

盲爷脸颊的肌肉连连地抽搐跳动，这声音影响了他的思想也影响了他的听力。

“谁？”好听觉的盲爷没听到动静，好眼力的鬼眼三倒是看到个毛球一样的身影，但他没有扑过去，身处这种环境，离开同伴出击是不明智的举动。

“鲁一弃。”鲁一弃没忘记大家约定好的暗号，高声地报出自己的名字。

“丛得金。”对方也高声回应了。

真的是丛得金，名字一报，他们就从衣着装束上看出来了。但奇怪的是丛得金并没有往他们这边走过来，也没有停步回头，只是挥了挥手，就一个闪身消失在另一个岔道口里。

“是他！”鲁一弃的眉头皱了起来，记忆中的一个细节如同针一样刺痛了他。

“是他，犯什么傻？我去叫他过来。”女人说完抬脚就要往那里走。

盲爷一把拉住了她，抓得很用力。女人被抓得很疼，但她的忍耐力很好，只是一口咬紧了下嘴唇，没叫出声来。

“那里还有活物，都别动。”盲爷的声音很轻，但是几个人都听得非常清楚。

又是个毛球一样的影子，却是趴在地上行走。那东西转头往鲁一弃他们看了一眼，绿色的目光中夹带着些血红，充斥的全是嗜血和死亡的信息。

没人敢出声，甚至连大气都不敢出，直到那东西也进了从得金走的岔道中去。

雾气更浓了，湿乎乎的雾气裹在皮肤上，反倒给人些暖暖的感觉。

“鬼地方，像他妈的屁眼。”鬼眼三的一句下流话打破了沉默。

“你说什么？！”女人肯定是听见了，要不然她不会再问。虽然女人的问话的语气没有一点愤怒和责怪的意思，但鬼眼三没好意思再重复自己的话。

“都往那边走，是我们的方向错了？”鲁一弃很明显是在自言自语，可是有人回答了他的问题。

“也许不是错了，而是没有走到头。”女人用舌头舔了一下咬紧嘴唇时留下的齿印，又抚摸了一下被盲爷抓痛的手臂：“刚才倪三的话提醒了我，我们的位置现在是在双膝山两山的交夹处，也就是女人的下体位置，这让我想到《驭女秘诀》中有种技法叫‘三峰三回’，是进五分，回三分；再进八分，回五分；最后再进十分，回八分。重复这三个深度的动作，直到高潮。”

鲁一弃前面的话听得似是而非，直到最后那句，才终于明白女人说的是什么事情。这也难怪，领着群女人操皮肉生意的大娘，怎么会不精通男女之间的一套。

鬼眼三轻笑了一声。

女人对这笑声反应很强烈：“笑什么，你懂你说。你们以为我那寨子就这么好经营，那些女人姿色平平，要没些本事能勾住你们这些臭男人？”

鲁一弃苦笑了一下，女人一句话，把他们都归到臭堆里了。

女人停下话头，啐了口唾沫表示了一下自己的不满，然后才继续：“这里的路径我觉得也是这样，不是直进直出的，而是有进有回，如此反复最终到底。我们现在的步子可能是在回道儿上，而且已经回到位了。现在应该找往前的步子。”

女人说的路数，对于鲁一弃来说需要时间理解，但像鬼眼三这样不忌酒色的江湖人来说，立刻便作出了反应。他在小道的另一侧找到了脚印，那是一串朝前走的脚印，可以看出，这一串脚印的起始点就在这里，不是从外面直走进来的。

顺着脚印，鲁一弃他们几个走入了一条岔道，那岔道正是丛得金刚刚进去的。

继续往前还有岔道口，在又过了两个岔道口后，那一路脚印也没了。按照女人说的理儿，他们在小道的另一侧再次找到一路倒退的脚印。方法没有错，这又是一条回道。鲁一弃带着那三个人再次顺着脚印往后退走，就在刚走过来的那个岔道口，他们退走进了一条新的岔道。

进到这条新的岔道口后，鲁一弃有了些担心："这脚印不会是对家放的诱儿吧。"

如果真是对家放的诱，那么这女人肯定脱不了干系，因为走法真的和她所说的"三峰三回"完全相同。一个坎面竟然和男女的床上技法相吻合，这其中真是有些蹊跷。

一条灰色的影子突然从前面窜过，大家都被吓了一跳，鬼眼三更是"咣"的一声撑开了雨金刚。

"是个兽子，倪三，看清是什么兽子了吗？"盲爷从窜过去的轻盈脚步中听出来了，四足迅捷点地，只能是兽子。

鬼眼三也没能看清是什么兽子，那灰色影子的出现和消失都太快太突然了，而且此刻周围的雾气又比刚才要浓厚了许多。只能隐约觉得和刚才坠在丛得金背后的绿眼狼有点像。

他们前行的脚步变得非常小心，雾气已经让人看不到十步以外了。随着这雾气的弥漫，鲁一弃感觉到这怪异的"鬼打圈"中有许多的东西正在悄悄往自己这边靠拢。

"谁！"这次是鬼眼三抢在盲爷前面发现异常的，问话的同时，他已然撑开了雨金刚，挡在鲁一弃的前面。

十步，对于技击高手来说是个极短的距离，对于不是练家子的鲁一弃和水大娘来说，是个非常危险的距离。在这十步之外，隐约站立着一个模糊的黑色人影。

那人影没有作声，也没有动，歪着脑袋，好像是被吓着了，也好像是在辨别着什么。

鲁一弃眼中的影子要比鬼眼三眼中的模糊得多，他能看到的只是有那么一处的雾气比旁边的要稍微浓一些。他端起步枪，瞄准了那块浓一些的雾气，然后才平静报了一下自己的名字：“鲁一弃！”这声音不高，可是对方听到后身体却明显地跳动了一下。

“任火狂！”雾气里回过来铁匠的声音。

浓雾中快步走来的果然是铁匠。

“你一个？他们呢？”鬼眼三对铁匠单身一人感到奇怪。

铁匠来到鲁一弃面前，二话不说，夺过火把，甩手往身后远远扔出去，然后拉住鲁一弃的手腕，往他们刚走过来的岔道口快步走去，直到已经走出四五步后，嘴里才来得及冒出句：“快！跟我出去！”

几个人都被他的这番动作弄得有些莫名其妙，不由自主地都转身跟着他走。只有一个人依旧怔怔地立在原地没有动弹，这人的目光随着火把在空中划过的一道弧线，迅速锁定了一个方位。

“等等！”女人的声音中充满了兴奋。已经回身走出挺远的人们这才发现女人没有挪窝，她站在那里，抬手臂指着前面的一个地方。掉落在地的火把没有熄灭，跳跃的火苗把女人的身影映在石壁上，显得巨大怪异，而且不断地耸动着。

“那里！你们看那里！”

他们没有看到女人指的是什么地方，更不知道那地方有什么奇异的东西值得如此兴奋，因为光线已经变得非常微弱，火把只剩下两朵小火苗在顽强地扑闪着。

鲁一弃没有说话，却坚定地转身走回来。因为在他的感觉中，女人指的那个方向，是个冥冥之中注定自己必须去的地方。

鬼眼三也没有说话，因为随着火苗的渐渐熄灭，他的夜眼反倒越发清晰了起来，于是在前面不远的地方，他看到了两面交汇在一起的石壁，那里应该是道路的尽头，上面没有覆冰，倒长着好些杂草树木，其间不断有袅袅白雾蒸腾而出。

“那边没路了。我们三个在这里绕了半天都没绕出去，只能分头去找，结果我进了这条死胡同。他们两个现在不知道怎么样，但愿已经走出去了。”铁匠最后两句充满着关心。

“这里应该还好走吧。”水大娘还是看着那墙角，“你看那里像什么？”

女人问这话的时候，鲁一弃从她的语气中竟然听出些羞涩。

“不知道！”鬼眼三回答得很干脆。

“像啥都不会是个道口。”铁匠似乎有些生气，因为女人是要证明自己的错误，也是在证明自己的不可信。

水大娘没有理会铁匠，只管自己娓娓说道：“亏你们还是些经过事儿的男人，那么明显的个样儿都瞅不出来。如果刚才我没看错的话，前面的死角口应该像个女人的阴户。”

几个人都愣住了，鬼眼三用手擦了擦眼睛，再多迈出两步，仔细往那里看去。

“传说中这地界是产龙子的女人化成的，如果真有宝贝藏在这母性之地，也就是埋在女人的身体里。那么从曲起的双膝处进到女人体内，这入口最有可能的是什么？”

打开一个暗构的入口，对于移山断岭的倪家子弟来说不是什么难事，更何况这入口只是虚掩在一些杂草和树木之中。入口不大，只够一个人侧身钻进去。口子中不断有浓浓的雾气涌出，原先有草木掩着，雾气从草木的间隙中蒸腾出来，显得飘飘袅袅的，现在口子处的杂草树木被鬼眼三铲了，雾气便像开了闸一样翻滚着涌出。

盲爷摸索到入口侧面，把盲杖伸在入洞口中一会儿。然后收回盲杖，手指从盲杖上一捋，指尖便挂上了两颗水珠。再将水珠滴到舌尖，稍微咂吧了下就又吐了出来：“蒸汽，有硫黄味，是矿岩层的水，无毒无害。”

鬼眼三虽然对盲爷不待见，但是对盲爷的果敢还是佩服的。既然盲爷这样说了，他便毫不犹豫地领头钻了进去。入口狭窄，雨金刚起不了作用，所以鬼眼三将梨形铲探在前面，用梨形铲上上下下敲拍一遍，没有什么异样后，才往里移动两步。整个往里走的过程都在反复这样的动作，速度虽然慢，却很安全。

暗道的地势是逐渐往下的，不要说鬼眼三这样的盗墓高手，就连鲁一弃都知道，这是在往地下走。

就在暗道狭窄得连一个人都快挤不过去的时候，鬼眼三伸在前面敲拍的铲子落了空。前面变得宽阔了，那里有什么？谁都不知道。鬼眼三又极力侧着身体往下探，他想探到那里的地面。如果地面可以探到，那么前面最多是豁然开阔了。如果连地面都探不到，那么就难说了，说不定就是个山体中的岩井，或者是个巨大的深潭。

盲爷是老江湖，鬼眼三一停步，他就觉出前面有状况。和他当年做贼一样，坎子家的事情来不得半点蛮干，要有耐性，为了达到一个目的，要能及时回头，要能不厌其烦地反复做同一件事情。

“退出去！退出去再商量！”盲爷尖沙嗓音朝着最里面的鬼眼三高叫喊，鬼眼三还没来得及听清盲爷在叫些什么，前方已经传来了“嗡嗡”的回声，将盲爷叫出的后几个字完全淹没了。

回声嗡嗡不绝，越来越响，竟然震得山壁直往下掉泥屑。

大家都觉出了不妙，盲爷的喊声不可能有这样多层次的回音。盲爷也觉出不对，自己喊出的话怎么会和杂乱的兽吼一样听不懂了。

的确是有兽吼，有愤怒的咆哮，也有婉转的哀嚎。这些声音一齐从洞口处传来，如同是身处围猎的大场，喧嚣而又怪异。

“出不去了，出不去了。”任火狂干号着。的确退不出去了，刚才他们走过的那条小道中此刻已经塞满了大小兽子。

野兽在嚎叫，回声隆隆，震得洞口窄道中的人耳膜生疼，心中更是颤抖不已。

“怎么？这不是帮我们的那些狼吗？”鲁一弃高声问道。

“不是！”铁匠简单答一句，却不作任何解释。

“那我们进来时不见了的脚印就有可能是这些兽子舔掉的。”盲爷有这样的经验。

出现的新情况决定了大家只能冒险往前闯。最清楚这一点的当然是鬼眼三，而且他还知道自己必须马上行动，要不然时间一长，让恶兽追踪进来，那就只能是束手待噬了。

眼前的情形既然已经如此紧迫，鬼眼三连下狠心的时间都没浪费，收腹敛胸，从石壁间穿身而过，一个纵身便跃进了浓雾中的黑暗，仿佛是要将自己融入那连绵的回声之中。

鬼眼三重重地摔下去，摔得很狼狈，也摔得很意外。出了石壁狭窄的口子，往下只有半人多深，所以本来预备着要坠落很深一个高度的鬼眼三，脚尖一磕一撞，身体便重重地扑落在平滑的山石上。

“进，快进！”鬼眼三摔得快也起来得快，一个挺身重新站起来，把头伸到在石壁口大喊了一声。

盲爷不知道什么原因，钻进来时也差点和鬼眼三一样狼狈摔倒，幸亏鬼眼三扶了一把。

最后进来的铁匠身体比较壮实，在狭窄的石壁间很是挣扎了一番，连衣服和胸口的皮肤都磨破了，这才钻了进来。

看着大家都进来了，鬼眼三从怀里掏出一张黄裱符咒，口中念念有词：“凶来凶往，恶有恶制，借四方力，塑八荒形，就地采气，无限法力，山鬼在位，垂头缩尾。太上老君，急急如律令。”符咒一抖，顿时燃着，然后用手持燃着的裱符在石壁口凭空画了个“惊”字诀。

“惊”字诀的收势是将已经燃得只剩下一小半的裱符二指斜弹向空中，这表示只借半天之力，不烦远路神仙。随着那朵火苗的跃空，大家都不由自主地四处张望，想将周围稍微看清一些。

周围除了黑暗就是浓雾，根本无法看清任何东西，但是水大娘的视线还是习惯性地随着火苗落下。

女人一把抓住了鲁一弃的手，极其用力的。鲁一弃感觉她那指甲都都要抠进自己的皮肉中去了。鲁一弃不知发生了什么事，赶紧回头，于是看到了水大娘的另一只手，那手往斜下方指着。

鲁一弃顺着女人指的方向看去，那里有已经燃烧到尽头的裱符，火苗在顽强扑闪最后的微弱蓝光。女人指的是一双穿着兽皮靴子的脚。靴子真是好，皮整毛厚底软，而且是用皮条索子缝制的，非常的结实。这靴子从猎兽、取皮、硝皮、缝制都应该是高超技艺所为，不是一般人能穿得到的。

鲁一弃他们几个没人穿这样的鞋，那么这鞋是谁的？难道这里面早就有人？还是在什么不知情的情况下，有人已经无声无息地加入到他们中间，而鲁一弃的感觉、盲爷的耳朵、鬼眼三的眼睛全没能发觉？

火苗熄灭了，鲁一弃没有作声，女人更不敢作声。鬼眼三呢，只管自己嘟囔个不停，他所进行的仪式还没有结束。这人平时说话简洁，但在念咒时却一字不漏，不怕繁复。

不知道是不是鬼眼三的符咒起了作用，外面的兽吼和哨口声渐渐平服下来，回音也渐渐消散。

“他在干吗？”盲爷似乎是挣扎了两下，才小声地问铁匠，他知道在这里不能大声，这里的回音很重，稍大点声就听不清说的什么。

“好像是在做茅山派的惊字诀。”铁匠答。

“这里有鬼？要他要把式惊鬼！”盲爷此时的问话比刚才舒畅多了。

“不是，他好像用的是‘活灵吓’的玄语，是用作惊吓活物的。”铁匠说。

“噢，我知道了，倪三这小子是想吓住外面那些兽子，让它们一时半会儿进不来……进不来……进不来……”盲爷说话的声音越来越大，最后几个字已经变成了回音。

壁空压

鬼眼三终于做完了，然后便凭借自己的夜眼仔细往周围打量。什么也看不见，因为黑暗中的雾气越来越浓，但是从说话的回音可以知道，这里的地方很开阔，也很高。

“我往前探探。”鬼眼三说着往前探着步走出有两屋纵深，可是就这样一个短短距离，那雾的浓度就上升了许多，几乎到了伸手不见五指的地步。

鬼眼三只能退了回来。盲爷听见鬼眼三退了回来便问：“怎么，没法子往前探？要么再等等，说不准过会儿情形会变。”

“嗯。”鬼眼三这次没有和盲爷抬杠，他忽然意识到鲁一弃到现在都没说一句话，急忙叫了声：“大少，还好吧？”

“嗯。”鲁一弃也只是哼了一声。

“咋办？”鬼眼三问，在他心目中只有鲁一弃才能作决定。

“等！”鲁一弃的话变得和鬼眼三一样简练了。

其实鲁一弃此时正处在一个极度紧张的状态，一双不该出现的脚出现了。拥有这双脚的不是山神也不是幽灵，而是一个人，一个有太多不可捉摸的人，任火狂！

是的！铁匠的脚上穿着那双非常好的皮靴子，而不是他们记忆中已经烧焦破损的棉靴。他这皮靴子哪里来的？外面“鬼打圈”中将其他人甩掉的脚印到底是谁的？他为什么要急着带大家出去？

雾始终没有散，往前探的好时机没有等到，必须逃命的信息却已经来临。狭窄的小道中穿来了兽子呼呼的喘息和低声的咆哮。那些嗜血的恶兽进来了，从它们往里钻的速度来看，鬼眼三的咒符没有起到作用。

“娘的，本该能挡三个时辰，怪，这地儿邪性。”鬼眼三有些气急败坏。

“快走吧，早晚要闯的，听天由命。都跟着我，我这杖子多少能探些道。”

首先牵住盲爷的是铁匠，后面依次是鲁一弃和女人。

鬼眼三没有马上跟过去，而是又回身探头到石壁窄道里，嘬着嘴吹气。这样可以把面前的雾气吹散，让视线更清晰。他一边吹，一边往入口两侧的石壁上细细看去。在一侧的石壁上，鬼眼三找到了一块新鲜的血迹，他推测这是铁匠刚才用力从石壁间钻过留下的。但是让他吃惊的是，那块血迹竟然是个“破壁印”的形状，以血画成的“破壁印”，可以解符咒，引鬼兽。

虽然知道了原因，但要想改形重设已经来不及。窄道里兽子是狼，它们口鼻中的腥气已经快喷到鬼眼三脸上了。而他转身走时，隐约看到一侧石壁上有个转柱模样的东西，也没有时间查看了。

盲爷牵着一串人走得很快，因为他的盲杖点探的都是平坦的地面，左右都碰不到东西，看来这里的范围很宽阔。

鬼眼三虽然落后了，夜眼也起不到作用，但到底是会家子，凭听着鲁一弃他们的脚步声，几个大纵步就赶了上来，抓住最后面女人的胳膊。

女人发出一声情不自禁的惊呼，她的确是被吓着了。从她看到那双鞋之后，心里就一直毛毛的。

盲杖终于碰到了东西，是一面墙，高大的墙。这墙不是在两侧，而是他们的前面。

没路了！盲爷的脑子里立刻闪出这样的念头。前面是堵不知道有多高有多宽的高墙，不是砖块石头砌的，盲杖点敲中没有一般砖石的硬实手感。

“走啊！”

“怎么了？”

“没路了吗？”

大家都急切地问盲爷。他们现在生死都在一条船上，而盲爷是这条船的舵手，舵手没了方向，那么他们的生命就只能搁浅了。

没有回答，盲爷的所有注意力都放在了前面那堵墙上了。这墙不知道是什么材质的，他颤巍巍地探出手，往那墙上抚摸过去。手指才碰上墙壁，那墙壁却如同怕痒的躯体一样往回缩了。

盲爷的汗瞬间就下来了，凉飕飕的。他努力地定了定神，确认了一下刚才不是自己的幻觉。然后再次小心翼翼地将手探过去。

没有摸到墙壁！

手臂再往前伸。还是没有摸到墙壁！

于是盲爷索性继续往前迈了一步。

这次手指碰到了墙壁，可墙还是悄无声息地躲开了，那速度好像比刚才还要快些。

“墙在动。”

“雾在动！”

盲爷的轻呼声刚出口，就被鬼眼三的惊呼重重压下。鬼眼三的话也没有说完，就被强劲的风声和怪异的摩擦声给重重压下。

与此同时，铁匠的火折子也跳跃着亮起。这铁匠到底不愧为铁手奇工，对火焰的控制能妙到毫厘，火折子上一朵小小火苗在他手中，那怪异强劲的风竟然没能将它吹灭。

身后的浓雾在翻转流动，朝着他们奔涌过来，并且越过他们往同一个方向收敛聚集而去。接着是一道迅疾的风，而且持续不停、越来越强，刮得他们的衣角啪啪作响，划得皮肤辣辣地疼。劲风中还有几声狼嚎。

浓雾敛聚在墙壁前面，随着墙壁的移动，风变得更加强劲，摩擦声也更为喧嚣和震颤，浓厚的雾幕更加的凝实。

雾幕越去越远，已经到了一个他们手中亮盏子无法照到的距离。突然，风声、摩擦声都戛然而止，只有身后的狼群还在发出些“呜呜”的低吼，把这空间衬托得分外的寂静。淡淡的雾气从雾幕离去的方向重新缥缈着过来，轻轻地从亮盏子的光照范围中飘过，就像水中流走的轻纱。敛聚成雾幕的浓雾开始散了。

“嘎！”一声怪响从雾气飘来的地方传来。这声响动真好比阎罗王的惊堂木，让所有的生灵不敢发出一点声息，包括那些狼。

“嘎、嘎！轰、轰！”混杂的巨大声响再次响起，并且还伴随着强烈的震动。

“快走！有东西过来了！快走！有……”盲爷听出有东西往他们这边压了过来，虽然那东西还有一段距离，可是带来的压力已经让盲爷把后面的半句话吞了回去。

“退！”这是铁匠蕴足了气才从胸中喷出的一个字，那强悍的压力让他没有可能再多发出半个音。

现在对周围情形最清楚的是鬼眼三，刚才雾气敛聚后，他夜眼的功效便发挥了出来。

他们其实进入了一个方正笔直的巨大石道，这种石道大得出奇，当年他们倪家在黑冰泽点开一座西鄗国[1]天祭国师的墓穴，那墓穴中六架辕宽的墓道已经够让人瞠目结舌了，可是与此处相比，也只有这里的五分之一。

刚才浓雾敛聚成幕，从雾幕的分布来看，的确是贴靠在一堵墙壁上，一堵匀速退去的墙壁。退去的墙壁现在突然停住，墙壁前的雾幕就如同压紧的海绵被突然松开弹起。只过了一会儿，那停住的墙壁便又动了，但方向却是相反的，是直奔他们撞压过来的。

1　传说中的古代小国，靠近越南一带。

墙壁才一动，鬼眼三就马上确定这是一个巨大的“单边靠”坎面，墙壁可能会一直推贴到进口处的石壁上，那样的话，除非及时从洞口钻出，否则都会压成肉饼。可是随之而来的强悍压力告诉他，坎面远不止想象中的那样简单。

铁匠喊出“退”字时，鬼眼三已经转身，但没有跑，而是在寻找出路，寻找进来时的洞口。

进来的地方只有些亮点在那里胡乱地蹦跳着，那是狼的眼睛，而入口却已经不见。

鬼眼三这才想到，刚才洞壁上隐约看到的转柱模样的东西，肯定是个暗门的门柱。现在坎面启动，暗门早已关上。

从声音可以听出来，推拉这样巨型墙壁的力量大得无法想象，不知是由何而来。

随着墙壁的推进，周围的压力陡然变大，已经不止是从墙壁那边推压而来，而是从四面八方包围过来。那种力量将他们的身体裹住，让他们的动作变得艰难起来。如此看来，这墙壁如果继续推压下去，这空间中压缩聚集的能量就会将把他们的五脏六腑碾挤得粉碎。

“针筒原理！压缩空气！”鲁一弃想到洋学堂里物理课上的知识，要想出去必须找到针眼，针眼应该就是刚才进来的口子，必须赶快从那里出去，不然没一会儿都得被压死。

与鲁一弃有同样想法的不止一个，可是当他们才迈步往那边跌撞走去，鬼眼三就马上明白了他们的意图，于是运尽全力，从胸腹间一字一字地喷出：“口、子、堵、了！没、路！”鬼眼三发出的惨呼让所有人的希望都破灭了。

墙壁更近了，压力更大了。

鲁一弃已经开始觉得胸闷、头晕、眼冒金星。他极力在调整自己的呼吸，按照道家的理论让自己处于自然的状态，这是他在养鬼婢“五鬼推倒山”的压力圈中得出的经验。可是这里与那“五鬼推倒山”的力量又有不同，五鬼的压力是运动的，有方向的，而最重要的一点是五鬼有很大一部分力量是作用在意识上的，可以用自然的心理和思想状态去躲、去卸，而这里的压力却是实实在在的，无处可躲，无处可卸，必须用血肉之躯去死扛。

几个人当中最辛苦的就是鲁一弃，他不是练家子，没有久历磨难的身体素质，他连水冰花都不如，女人柔软多脂肪的身体结构天生就是极能承受压力的。

“嘎嘎、嘣嘣。”墙壁移动时发出的声响更大了，推进的速度也更慢，但完全没有停止的意思。

鲁一弃的脑子在飞快地转动着、搜索着。

《攻兵械制》[1]有记载：“双竹筒相套，隙合。外空留眼，中实推压。中实回气抽注热油，中实推压热油可射百步。”

《九流玩器诸般》[2]有：“湘人有做无火爆竹，纸筒裹同径木棍，其中暗藏花碎屑，前留活门。回拉木棍活门开，气回拢。推活门闭，气涨筒爆，花碎屑飞扬如焰火。”

这两段文字让鲁一弃迅速把思维重新拉到了《机巧集》的“巧字篇”里：“腔封，塞动。口门活，回开推闭，气出，为用。”

“回、开、推、闭！气、出！”如果不是鲁一弃修习过道家的“龟散息”，他绝对不可能将这六个字一个个吐出。遗憾的是他的气息力量只够下意识地说出原文，而无法多作解释。

铁匠和鬼眼三的脚步是同样跌撞、急促的，脚步的方向也是一致，目标是这个空间的右侧，一堵虽然看不清，却肯定存在的墙壁。

刚才鲁一弃喊的其实是祖师爷鲁班曾经口头留下的六字诀。这句六字诀没写在《班经》里，因为这不是坎子秘密，而是个民间广泛流传的技法原理。做过、用过这个物件儿的人差不多都知道这六字诀。铁匠知道，他做活离不了那物件儿；鬼眼三也知道，他家里过日子也一直用这物件儿。这是啥？风箱，也有叫风匣的，是连接在火灶旁鼓风旺火用的。

---

1 这是一部元代初期盛行的军队培训书。因为元朝政府不断扩张的心态和做法，不断地攻城略地。所以军队中对攻城的器械和用法非常重视，于是专门编撰了这样一本书籍。印数不多，而且最初只在军队中流行，元后期才少量流入民间。现在在藏书界和古玩界都是价值极高的珍品。

2 清代中期，山西集成印舍先后印了三版，为群体编著。其中收录了三教九流中各种娱乐玩物的制作和玩法。因为其中有些东西过于荒淫，民国之后便被禁止，如今只有极少的藏书。

眼下这个坎面的原理就是个巨大的风箱，刚才进来的狭窄入口是抽气口，墙壁是活塞板，活塞板回拉，气被抽入，活塞板推出，抽气口活门受压关闭。按道理，风箱应该有相连的另一个出气孔道，这样就可以将压缩的空气输送到需要的地方。

铁匠和鬼眼三就是在寻找出气孔道的位置。风箱一般设置在火灶左侧，这样可以左手推拉鼓风，右手加柴拨火，所以风箱的出气孔道一般是在风箱箱体的右壁上。

还没到右侧墙壁，鲁一弃已经不行了，身体软瘫倒在地上。

右侧墙壁没有孔道，只有刀削般光滑的石壁，也只有这样光滑的石壁才能保证风箱的密封性。鬼眼三和铁匠扑在石壁上连摸带看，希望能找到一点蛛丝马迹，这是他们最后的机会了。

活动墙壁还在继续推进，风箱中的几个人再次感觉到肌骨猛然一紧，同样置身在风箱里的几只狼也发出一阵低沉的哀嚎。

快！必须快！时间已经不多了。

鬼眼三在担心，这里要是根本就没留出气孔道怎么办？

铁匠也在担心，要是活动墙壁已经推过了孔道怎么办？

垂底穗

平滑的地方藏弦子、留缺儿有一定的规则，坎子家将这规则归结为“平案，凹环，流槽。”这是因为平滑的面儿上一般会有其他机括部件滑过或者用以密封。

“平案”就是在面上设置一个活动块儿当缺儿，活动块可以压入或者拔起。因为可以活动，所以这个活动块周边有纹路缝隙，形成一个不明显的图形。

“凹环”其实就是一个凹陷的把手。做工差的，一眼就能看出；做工好的，和滑面如同是个整体，比“平案”还难被发现。

“流槽”最容易辨认，却是最难解的，因为它的种类很多，有流水、流沙、流石丸、流水银，稍有不对，生死两算的坎反成绝杀坎。

鬼眼三和铁匠都知道这些，他们配合也默契，石壁面上一搭手，就左右两边分头查寻起来。

墙壁还在继续推进，巨大的压力仿佛让空气也颤抖起来。

鲁一弃的意识已经模糊，尿都被压了出来，湿透了裤裆。他已经放弃了生命，只求速死，解脱这样的煎熬。

女人也趴倒在地，手指无力地搭在鲁一弃的胳膊上，身体一抖一抖地抽搐着。盲爷也不再拉着鲁一弃了，只是用盲杖极力撑住地面，不让自己瘫倒。

鬼眼三和铁匠的动作变得很缓慢，他们每移动一下身体都要用几倍于平常的力量，而且此时也是耳如轰鸣、眼冒金星、呼吸困难、意识模糊了。

石壁是光滑的，所以上面稍有点不平整都可以被摸索出来，更不要说一个明显的凹坑。凹坑里有只拉环，一只石头拉环。鬼眼三抓住了拉环却没拉动它，只是利用这石环挂住自己身体，不让自己跌倒，然后腾出一只手艰难地掏出洋火盒，终于一枚洋火棍带着颤抖被划燃弹出，火花翻着跟斗往铁匠那边飞出了五六步。

虽然有迷雾，虽然洋火棍的光芒很微弱，虽然光芒持续的时间只有刹那，但铁匠看到了，于是没等鬼眼三弹出第二朵火花，他已经跌撞着来到鬼眼三面前。

铁匠的状态比鬼眼三要好些，这和他常年在火炉高温前做活有关。铁匠也一把抓住了石环，但他没有像鬼眼三那样一味用力往外拽，而是先往上下左右平移。

往右的时候，石环发出一声落槽声，但是鬼眼三和铁匠都没有听见，他们耳中只有自己血管中血液奔流的巨大声响。但他们都感觉到石环落槽时的震动，合力将扣入槽口的石环往外拉出了三寸。

一块六尺见方的圆形石面在内部巨大的压力下骤然打开，把基本已经失去知觉的鬼眼三和铁匠重重抛入了另一个黑暗的世界。

打开的石壁口像个咆哮的大嘴，“吼吼”地呼啸着，也将鲁一弃他们以及恶狼、雾气、碎石、尘埃一同吞了进去。

鲁一弃醒来时感觉自己身上湿乎乎的，就像是泡在水里一样。的确，在刚才的坎面中，汗水几乎将他身上内层的衣物全都浸透。尤其是裤裆的地方，那里除了汗水，还有尿液。

周围静静的，听不到一点声响。隐约中有少许光亮，是从鲁一弃身体的某个部位发出的。

他没有动，他不敢动，因为有一只冰冷的手正压在他的脖子上。

这是什么地方？自己是生是死？其他人都去了哪里？鲁一弃现在深深体会到什么是毛骨悚然，他觉得现在最好就是一动也不动，免得惊扰了什么未知的东西。

过了许久，那只冰冷的手有了一点温度，手指抽搐了一下，接着身边幽幽地传来一声呻吟，一口温温的气息吐在他敏感的耳廓上。鲁一弃全身的汗毛都立了起来，小腹处绷得紧紧的。

旁边有东西动了起来，手也从他的脖子处移到了胸口，一个影子慢慢抬起身来，并且往他脸上探过来……

鲁一弃从来都没有这样激动过，那是水大娘俊俏的脸庞。虽然那脸上有许多污渍，些许擦痕，头发也蓬乱得像个鸟巢。萤光石让鲁一弃发现水大娘不但面容不再齐整，身上的衣物也很散乱，许多该遮掩的部位都没遮掩得住。

这情形让鲁一弃一阵窘迫，同时也将女人从自己身上推开了。女人低着头没说话，身体却以很美的一个曲线斜坐在地上。

鲁一弃没再看女人，而是将手中的萤光石高高举起。他想知道这里是什么地方，想知道这里还有谁。但他没有看到什么，更没有看到其他的同伴。虽然有女人在身边，但孤独还是一下包围了他。没了鬼眼三，他感觉就像失去了所有的保护，没了盲爷，他感觉就像失去了所有的支撑。他们现在在哪里？是生是死？为什么这里只有他和水冰花？

周围只有墙，很高的墙。也有通道，不宽的通道。凭这两点鲁一弃可以确定，自己和女人是在一个巨大建筑的某个角落。

“奇怪，怎么到这地儿了？其他人呢？”鲁一弃说这话绝对是在自语，他没想过在这里谁可以回答这个问题。

“刚才那个闭盒子突然开了口，我们都硬生生被抽出来了，应该是气流把我们推这儿的吧，也不知昏迷了多久。也许大家都被冲散了。”女人边说便慢慢整理自己衣物。她的话可以表明，至少在风箱气口打开时，她的意识还没有全失。

鲁一弃站起身来，这样萤光石照亮的范围可以更大些。借助这光芒，可看出他们所在的角落只有一间灶房那么大，是不规则的弧形。

墙壁不是砖石的，鲁一弃触碰后立刻就作出了这样的判断，因为材质的手感没有砖石那么冷硬。鲁一弃用拳头敲击了两下，发出的声音也比砖石墙壁要空洞，这墙壁的硬度应该是介于砖石和木材之间的。

鲁一弃举着萤光石在周围摸了一圈，竟然找到了自己的毛瑟步枪。枪拿在手里，胆量可以多出七分。

萤光石探到了过道里，鲁一弃的一只脚也迈了进去。他的思路基本是正确的：这个角落就一个通道，他和水大娘都是从通道进来这里的，进来没什么事，出去应该也不会有什么问题。

“等等我！”女人叫了一声，从黑暗中射出的眼光是幽怨的。

鲁一弃其实没有忘记她，而是想自己先到过道里探探，安全的话再让女人出来。

女人站起身来到鲁一弃身后，轻声说了句：“小心点，瞧真切了再跨枝杈儿（迈步）。”

女人说的话里带着老林子里的人常用的暗语，但是鲁一弃还是听懂了，这些话打出了关就没少听。女人会说这样的话不奇怪，女人寨的鸨头，南来北往的客子不知见识了多少，天上地下的秘密不知道听了几许，知道这么几句暗语那是情理中的事。

鲁一弃继续往前，蜿蜒的过道里什么都没有，就连一丝半缕的雾气都看不见。更奇怪的是没走出几步，鲁一弃就又看到一个角落，和自己刚才醒来时的那个角落差不多。

站在这角落的入口，隐约间可以看见几步外的斜对面也有个口子。

鲁一弃回头看了一眼，女人正紧紧地跟着，这让鲁一弃有些心虚，可千万别让她闻到自己身上的尿臊味儿呀。

又往前走了几步，看到另一边的通道也连接着一个不规则的圆形空间，于是鲁一弃索性继续往前。再往前还有通道，通道也一样连有圆形的空间，所不同的是这个空间的另一侧竟然还有一个通道，那通道串连着又一个圆形。

鲁一弃退回到上一个岔口，沿着原来的过道朝前行，于是看到更多串在一起相互联通的圆形角落。

一座建筑不会只是由通道组成。这些面积很小的不规则圆形应该是居室，虽然这些居室的造型不怎么样，但是在组合上却是讲究的，有单间，有套间，也有联屋。其中具有一定的规则，贯穿的通道，他们所连接的居室数量是同样的，就像树枝杈上两边叶片一样。

鲁一弃站住了，他觉得必须搞清楚了才能继续往前。这地方的建造方式和形状太奇怪了，根本不像是给人居住的。而女人刚才说的“跨枝杈儿”会不会含有其他玄机？这通道不正是应合枝杈儿的路数么？她走了这一路没说过什么黑话暗语，这时忽然冒这么一句，到底说的是黑话暗语还是根本就知道眼下的坎面？

“不知道这坎面该怎么走，我们还是歇这儿等其他人来找我们吧。”鲁一弃说完这话并没有找地儿歇下，而是看着女人。

女人的眼中先闪过一丝笑意，但随即咬咬嘴唇，表情很不情愿地说道：“知道其中规律就不是坎面，不知道其中的规律，那它就是坎面。”

“哦？！”鲁一弃这一声让女人的心不由地一悬。

“我可以提醒你一下，足蹁跹，衣流绣，庆瑞丰，炫所获……”

“祭风顺，贡三穗，祈连年，有今岁。”鲁一弃接着往下念，这是《班经》“布吉”中的一段，他能背下来，更知道是什么意思。

早在鲁一弃被大伯送去天鉴山之前就已经知道口诀所说的是什么了，那是他父亲鲁盛义在刻成一件吉板后，指着上面的图案告诉他的，那年他五岁。

吉板也叫吉木，是刻有祈吉布瑞镇邪驱晦图案的装饰板，一般安置在檐额、门楣以及床、橱门面上。在古代，民间不允许用龙、凤、虎、象这些图案，这是犯皇家的忌。也不刻神仙菩萨，因为床、橱多在内室、檐额也有在内室房下的，内室中男女房事会对神仙菩萨大不敬。因此百姓人家一般都还是用人形图案，人形大都为童子、男人，这是取立阳祛晦之意。但为了美观，那些童子、男人的面容都比较柔和，形态也显妩媚，这是刻绘手法上故意偏于女性的柔美，所以就会有"足蹁跹，衣流绣"之说。

民间吉板所描绘的场景基本都是劳作、丰收、读书、游戏等，也有用典故、寓言的，比如说封侯记[1]、探仙山[2]、林中高士等等。

鲁家人刻绘吉板的技法虽然高超，但《班经》却只是用一幅"庆丰收"为例来诠释木刻的所有刀法。"庆丰收"中最为突出的是两个人形，一个人抱着象征着五谷丰登的穗头，还有个人会抱着个箱子模样的东西，民间一般说成百宝箱。

清代《百吉图解说》[3]中有这样的解释，说是在人类最早开始农耕时，拜祭的是风神。因为最开始人类只收获，不播种。第一年翻收的土地，第二年又长出各种东西来，他们认为是风给播种下去的，所以将好收成叫"风收"，后来才演变为"丰收"。这个错误的崇拜一直被保留到现在，种地人要丰收首先要风调，然后才雨顺，而传说中风神布风的宝贝是个箱子，所以吉板图案中的百宝箱其实最早代表的是风神的风箱。

"这里是穗形连居[4]。"鲁一弃像个睡醒了的人，他为这样的建筑惊讶，也为女人如此熟知鲁家技法而惊讶，"这里应该是鲁家祖先设下护宝构的坎面，坎面与《班经》中'庆丰收'相合，刚才那个'回开、推闭，气出'的地方是风箱，而这里是三朵穗。瞧这些房形，还真像是穗

1　民间故事，最早流传时是说落魄秀才王吉安古道热肠，救助贫困。一个老人赠他一支玉杆笔，从此自信十足，文采横溢，连中三元，最后进爵封侯，被招为驸马。故事有很多版本，有说那老人是文曲星下凡，有说那老人就是微服私访的皇帝。

2　民间故事，讲的是许天宝为治老母痼疾，独探仙山，遭遇千种辛苦万般凶险，最终感动仙山神女，送他仙草和聚宝盆，更随他入世合百年凡缘。

3　清代初期，由浙江民间出资自印，主要是家具制作指导，现在犹有大量存世。大都为技艺高超的家具制作者和红木雕刻者持有，但其中很大一部分已经不是清原版，而是后来抄手画的。

4　连居是一种古老的居住形式，是将许多小居室利用通道相互连接成一个对外封闭的整体，这整体内部都是一个民族的人，对外就如同一个堡垒。

谷，恐怕也只有这样圆室连圆室、圆室套圆室的蜂窝状结构，才可以将那么巨大的一个风箱鼓出的风逐渐消于无形。”说话中鲁一弃发现，女人的眼光始终悠悠地瞧着他。

“三朵穗，上朵穗敬天，民以食为天，祈得食；中朵穗敬神，神灵佑身心，祈康宁；下朵穗敬地，俯首挖宝金，祈富贵。俯首挖宝金，此处藏‘金’宝，我们应该是往第三朵穗那里去才是正路！”得出这样的结论让鲁一弃很是兴奋。

“那就去吧。”女人的语气很是随意，就像个毫无主张的孩子。

“刚才是独头单穗粒，后来是对排单穗粒，这里是斜对双穗粒，我们就顺着过去，找到穗尾叶托再说，说不定大伙儿已经在那里等着我们呢！”鲁一弃此刻的思维分外的清晰，吉板上刻绘的穗朵清晰地映在他的脑海里。那种木刻的手法是写意夸张的，一个穗朵一般只有一个叶托，穗粒也不多，却紧密圆满，而且有一定的排列顺序。这样一是为了美观，二是不能出现缺口和漏粒儿。那的话样就成破穗了，谐音破碎，吉板反会成了暗咒儿。

“嗯呐。”这是鲁一弃遇到水大娘以来第一次听到她绝对服从的答应声，东北腔说得软软的，一听就知道是跟哪个会在暖炕上把男人缠死的女人学的，因为那话里头带着些暖炕上的烘燥味道，让鲁一弃小腹虚虚的，心头怦怦的。

“噢，对了，如果这里的坎面儿都对上了号，那么外面进来的小道就不是你说的房事中‘三峰三回’的理儿了，而是刻绘在吉板下方暗喻水到渠成的‘三徊波’。”这一会儿，鲁一弃脑中记住的文字、图案都像他说的水到渠成一样全都贯通了。

“嗯，你倒是一直在琢磨这‘三峰三回’。”女人说这话时脸上似笑非笑着。她不知道鲁一弃脸上是什么表情，因为在她说完话的瞬间，鲁一弃已经转头往前走了。

从穗形连居中走出来，鲁一弃发出一声感慨：“这真是老祖们留下的，要不按‘庆丰收’的路数真不容易出来。”

听了鲁一弃的话,女人也发出一声感慨：“也真险，差点就死在你家祖辈做的风箱里了。”

穗朵通道出来的地方，有个狭长的房室，这房室应该就是叶托的位置。根据鲁家吉板的一般刻绘方法，三朵穗的叶托只有第二朵是在穗朵左面，而且是包穗状的，另外两个都是在右侧并且下挂。

鲁一弃从这间房室与穗朵的相对位置以及这个叶托房室的形状估计，自己刚走出的穗朵是第二朵敬神的，所以现在应该沿穗杆过道往左，那里应该是第三朵敬地的穗朵。

“走这边吧。”鲁一弃回头招呼女人。

“嗯呐。”

殿无梁

鲁一弃择路很果断，因为只要此地护宝的坎面确实是鲁家祖先留下的，那么总是有办法解开的。毕竟有《班经》在手，万变不离其宗，找到了苗儿就能探到根，只是不要一脚直接踏入了扣子就行。

事实也确实如此，鲁一弃按照自己的思路走下去，没遇到阻碍也没有走错路径，最终顺利到达了一座大殿，一座屋顶由六边瓦铺成的大殿，一座几乎被埋在地下的大殿。

大殿里并不是漆黑一片的，这是因为殿顶的四周有一圈半透明的天窗，天窗外射入的光线，呈一道光墙围住大殿。鲁一弃推测，天窗应该是上面那圈冰沟，这里进来光线说明外面天已亮了。

不但有天光，大殿殿道的两边，也燃起两路长长的火盏。不仅如此，殿道的正中每隔二十步就有一个火缸，其中火焰纵跃不息。

火缸和火盏都是大鼓钵造型，火缸下是盘跪足，火盏下是缠枝三叉足，足脚固定在地面，看起来非常牢靠。这些东西都是铜制的，表面闪烁着明亮的金属光泽。可是奇怪的是，它们到底是什么时候被放置在这里的？因为不管是哪辈先人放置的，都不应该如此光亮如新，除非是有人在常常擦拭它们。

而且，火盏火缸是怎么点燃的？要么是人为，要么是自燃，是有大量氧气拥入，破坏了这里含氧量极低的环境。但不管什么原因，肯定是有人进来过了。

如果这里还是鲁家祖先布置的坎面，那还可以壮些胆子继续往前。但现在已经有其他人进来过，原来的坎面可能变了，新的坎面也可能有了，前面的道路变得更加险恶莫测，所以鲁一弃和女人站在大殿的门口没有往里挪步，只是仔细打量着整个大殿。

大殿真的很大，和女人在地面上的那套说法一样，它是纵深走向的长方形。虽然有光盏，但殿内纵深方向依旧见不到底。

殿道铺得很平整，鲁一弃细看了一下发现，那根本就是原有山体的整体石面，然后在上面凿刻出线条，样式看上去如同石块铺成。由此推断，大殿的殿基也是整块的山体，是采用凿穴立柱的手法建成。

殿中无梁，殿顶微微上凸，真就像是个龟背一般。《班经》中讲过这样的技法，所以鲁一弃没有表现出多少惊讶。因为无梁，大殿才要用六边形的木石瓦，只有这样的形状才可以相互支撑，而且所受的力可以平均分散。六边瓦屋顶铺设后，留下的三角形状边口对四散的瓦面力道有很好支撑力。如果估计得不错的话，大殿殿顶的正中心还会有个六边形的空心，这是瓦面叠铺后往中间力道的撑面。

“无梁无檐殿。”女人轻声说了一句。

“准确说，应该叫无梁无脊无檐殿。”鲁一弃说，“这种建筑方式多见于三国之前，大都是木质结构，因为砖瓦结构分量太大。这里用的是木石瓦，比砖瓦还坚硬，但是分量却要轻得多。”

“要找的东西肯定在这大殿中，我们进去吗？”

“进去，问题是怎么进去。”鲁一弃说的是实话，暗构到了这个范围，不管是鲁家的祖辈，还是对家的高手，留下的恐怕都是必死的坎扣。

就在踌躇之际，殿道上第一个火缸背后传来“呼哈”的怪声，吓了鲁一弃和女人一大跳。声音断断续续，一会儿就没有了。鲁一弃的心里突突乱跳着，可是脸色却是平静如常。他示意女人留下，自己却缓步往那方向走去。

女人没有留下，虽然她的神情是极度恐惧的，可依旧紧紧跟在鲁一弃的背后。

鲁一弃回头看了女人一眼，没再阻止，可心里却在嘀咕："这女人是怪，也不嫌我身上的尿臊气。"

火缸背后是条垂死的狼，眼中幽绿的光虽然依旧凶狠，却越来越暗淡。不知道这是不是一同被关在风箱里的狼，但这狼肯定不是被风箱压伤的，它身上有数十道的血口子，身体如同浸在血槽中。

前面还有血迹，有血迹说明有受伤的人或者动物走过，人和动物能走过的地方一般不会有坎面。于是鲁一弃领着女人，谨慎地沿着血迹往前走。

血迹的尽头又是一条死狼，死狼的身体就像朵盛开的花，血口子层层叠叠，应该是被什么人眨眼间就削切成这个样子。要不然凭狼的狡猾和灵活，只要挨上一刀，肯定早就迅速逃离了。

这死狼再往前不再有血迹，那里是干干净净的石面，连点尘土都不见。很难想象，两千多年前的大殿，道面上竟然没留下尘土，难不成真有人天天在打扫？

死狼往左十几步外又有个东西。那是个死人，浑身黑衣的死人。鲁一弃和女人都没有表现出吃惊，在这种地方出现死人比出现死狼更正常。

鲁一弃慢慢走过去。人死得很奇怪，七窍流血，眼珠暴凸。身体稍有变形却没什么伤痕，下身血流成渠。

"这人像被毒死的。"女人见过被毒死的人，有些在林子中迷路后乱食蘑菇的山客，被毒死时模样和这差不多。

"也可能是被压死的。"鲁一弃用毛瑟枪的枪头捅了捅死人，软绵绵的，感觉像是骨骼全都碎了。

相比之下，鲁一弃的说法很靠不住，这个大殿空空荡荡的，没有什么可以做成将人压死的靠字坎（对合形式的坎面）和落字坎（重物压下的坎面），除非是在其他地方被压死再移尸此处，可这有必要吗？

正在此时，一阵强劲的怪风从鲁一弃身后吹来，紧贴地面，打着旋儿。光盏子里的火苗不住晃动，旋风的力道是强劲的，地面上狼和人的尸体都被推着往前移动起来。风中夹带着尘沙，在那些火缸和火盏上刮出让人心头发毛的声响。

死人和狼很快就消失在前面的黑暗中，鲁一弃与女人相互搀扶着，斜着身体极力对抗着劲风，可脚下还是不由自主地滑动。他不知道这风会将他们吹到一个怎样的地方，会有怎样可怕的坎面在等待着他们。但这风、这风中的尘沙却告诉了他，这里的道面为什么会这样干净，火盏火缸为何如此光亮。

鲁一弃和女人都不是练家子，这就让他们在旋风中显得十分脆弱。在连连滑出几步后，终于上身一阵摇晃，跌趴在殿道上。

就在跌倒的刹那，一对巨大的黑影从两边同时扑出，擦着趴贴在地面的鲁一弃和女人撞在一起。巨大的黑影发出沉闷的撞击声，巨大的震动让鲁一弃和女人几乎从地面上跳起，带过的气流刮在他们脸上生疼。

两个黑影撞击后溅出的碎屑落了鲁一弃满头满脸，是木头。黑影原来是两个像墙面一样的巨大木块。刚才那人就是给拍死的，两块巨木左右合击，就如同一双有力的手掌在合力拍击一只蚊子一样。同时鲁一弃也在暗暗庆幸自己和女人恰到好处地摔倒了，要不然，现在也成了两具骨骼尽碎、腑脏外冒的死尸了。

巨木一拍之后便又弹起，消失在大殿两边的黑暗中。鲁一弃和女人躺在地上，身体尽量地贴近地面。他们已经顾不上抵抗那强劲的旋风，所以被吹得继续往前滑动。

又往前滑出五六步，终于停了下来，鲁一弃和女人的手紧紧抓在一起，已经变得滑腻潮湿。

他们就这么躺在地面上，不敢起来，这么大的大殿里，对拍的巨木坎面不会只有一对。

周围很静，只有火苗“扑扑”的跳动声。

鲁一弃挣扎着撒开女人的手，女人抓得太紧，似乎不愿意松开。抽出手来，鲁一弃首先在周围摸了摸，找到自己的毛瑟枪。枪握在手里，心里却暗暗觉得好笑，在这样的坎面前，枪又有什么用呢?

不管枪有什么用，人却不能这样一直躺着。

鲁一弃缓慢翻转过身体，趴在地面上，眼睛盯着前面殿道上的火缸。巨木拍击的高度低于火缸，那么巨木的拍击位置就必须避开火缸。

“爬到那火缸旁边就不会有什么危险了。”女人不知道什么时候也趴在了鲁一弃的身边。她说的话有些没头没尾，但是鲁一弃知道女人说的是什么意思。

水大娘突然手脚并用，动作迅速地朝火缸爬过去。

这坎面依旧与前面的风箱、三朵穗有关联，取义是“庆丰收”上的辅角人形，那些人形一般都作欢舞拍手状，行家术语管这些叫“喜乐拍”，所以刚才那坎面也是鲁家祖先留下的。女人懂这坎面，说明她和此处护宝的后人有很深渊源；如果她不懂这坎面，却不顾性命抢着往前当探杆，这说明她在意鲁一弃。所以从哪方面说，她都不会是对家的刺儿。

没等女人爬到火缸，鲁一弃便跟在背后爬了过去。女人在火缸处停下，回头朝他招手时，他其实也已经爬过了一半的距离。

爬过这么长一段，竟然没再有坎面扣子动作，那么刚才的坎面又是什么机括控制启动的呢？殿道是平坦的，自己和女人也没有碰到什么线，磕了什么绊儿。那么是不是踩了什么点了？那也不对，这大殿是整块的基石，没有办法做踩踏的弦扣。应该还是在上部，最有可能是身形阻挡住旋风刮过路径，从而导致某个地方部件受力不均匀而启动。

这个判断导致鲁一弃做出了危险的举动，现在风停了，机括也就不会启动了。于是他自信地站起身来，于是他开始继续站立着往前行走。

为了以防万一，鲁一弃极力提升自己的感觉。但是对于这样的机括坎面，他的超常感觉失效了，只能凭视觉搜索坎面机括。

寻找机括的过程其实也是搜索自己思维漏洞的过程。

一个致命的错误，一个致命的疏忽。

殿基不一定是整块石面！可能有裂口也可能有洞穴，而且就算是整块的，建大殿可以凿穴立柱，为什么就不可以凿穴安置机括弦簧？还有地面凿出的线条，把整石面变得像拼铺的地面，有这个必要吗？所以这是个诱儿，是个隐儿。甚至连刚才的巨木也可能是个幌子，是个前奏，而真正的杀扣还在后面。

鲁一弃意识到了，却也晚了，他连脚趾都没来得及缩一下，大殿道面就突然塌陷了一大块，脚下落空。

鲁一弃没逃出漏斗的范围，笔直往下掉。女人倒是恰好站在漏斗的边缘，她本能地挥舞手臂，极力保持身体的稳定，但是也就一刹那间，她几乎已经稳住了身形，却突然放弃了，随着鲁一弃往漏斗中跳落下去。

石头道面只发出些轻微声响，就恢复了原状，就像什么都没发生过一样，火缸和火盏中的焰苗也渐渐弱了下来。

鲁一弃不知道在地面下待了多久，他一直在做梦，梦境反复着他从上面落下的过程：滑下、落下、撞开活门；再滑下、落下、撞开翻板……

醒来时他发现自己脸上湿湿的、凉凉的，开始以为是血，后来顶上落下的一滴水珠告诉他，自己正是被这些水珠滴醒的。感知渐渐恢复，便觉得浑身疼痛。

鲁一弃在身边摸到了自己的毛瑟枪，枪栓摔掉了，成了根烧火棍。

一个绵软的东西让鲁一弃惊出身冷汗，但很快他就知道那是女人的身体，因为他摸到女人裤子上那块奇怪的皮子了。女人的鼻息很温暖平稳，应该没事，于是他开始往周围更大范围摸索过去。

除了女人，鲁一弃没有摸到什么活物，于是他将萤光石掏了出来，照亮了这个空间。

这里是个全封闭的暗室，暗室不大。地面错开高低两层，鲁一弃和女人在高处的一半，另一半比他们这边要低下去三尺多，而且下面有积水。四周的墙壁很硬实，却不齐整，上面附着厚厚的苔藓，还有各种形状的窟窿和缝隙，看上去像切开的发面。

女人也缓缓醒来，她看到鲁一弃在周围仔细查看着，便没有马上爬起来，依旧软软地躺在那里，轻声问了句："这又是哪里？"

"不知道，看样子是个尾子扣[1]。"

"找到扣子结了吗？"女人问。

"应该在顶上，而且像是单面封。"鲁一弃说这话时心里暗暗担忧，他不知道女人能不能承受这样的打击。"单面封"其实就是一个单向的封闭活门，它只能一面打开，因为所有的动作弦括都设置在可打开的一面，所以陷在扣子里的人永远不会有解开扣子的机会。

1　坎面中，最后一个或者已经没有继续动作变化的扣子。

没料想女人的反应出乎意料地平静："随它吧，这趟是我宿命所归，生死都由不得的。"

冷热熬

鲁一弃当然不会就此放弃，休息了一会儿，便又继续在暗室的周围查看起来。他用毛瑟枪的枪杆撬了撬墙壁上的缝隙，然后还攀着窟窿爬上去，用枪托撞了撞顶面，结果都是在白费工夫。

没有坎缺，那么是不是可以从其他方面找到缺口呢。于是他反复查看墙壁的材料，因为这里是"单面封"的尾子扣，那就没有下一步的坎形变化。老祖们布置这坎面时都只是匠人，没到坎子家的份儿上呢，布坎没有无路就是死路一说。那么是不是可以从墙壁上破出一条路?

从面儿上看，暗室墙壁的材料和三朵穗连居的一样。鲁一弃从水冰花那里拿过来一把攮刺（插在小腿边的匕首），这是女人自己随身携带的一件防身武器。鲁一弃用攮刺在一个窟窿边沿上刮了刮，竟然没有刮出一点粉屑。他又将一片苔苗菌剥去，捧些积水洗净墙壁，见那墙壁上的纹路却是树木的纹理。

鲁一弃首先断定这和殿顶六边瓦的材料木化石不一样，那种石头虽然也坚硬，却比这里的材料要脆，他很快想到了神钢木。

神钢木，东北地界所产，元代《燕北风物杂记》[1]就有记载："树高逾百十丈，断其为材。断则坚，时长，其质越坚。"就是说这种木头生长时虽然高大，却还不是十分坚硬，但是砍断以后就开始变得坚硬，时间越长，坚硬的程度就越大。看来这里的材料最有可能的就是这种神钢木。

如果这神钢木的墙壁是两千多年前老祖们造置的话，那么现在墙壁

1　元代时朝鲜人李善礼所著。主要描绘的是古燕国以北地区的风物人情和传奇传说。这书因为地域关系，流传很少，解放前便已经难觅原版。

的硬度，就是用手雷也不一定能将它上面的窟窿和缝隙炸开多大损缺。

“休息一会儿吧。”女人的眼光一直紧随着鲁一弃，关注着他的每一个动作，现在见鲁一弃终于静了下来，便轻声说了一句。这句话仿佛勾起了鲁一弃身体中的疲虫，连续这些天体力消耗巨大，真的让他有些支撑不住了。

跌坐在水冰花旁边的鲁一弃疲乏地看着她。女人没有理会他的眼神，只是用一块沾湿的布巾慢慢擦拭自己的脸和脖子。

看着女人一幅娇柔的样子，鲁一弃竟然心生怜惜，而且还有一种微妙的感觉，正在他的体内生长着。

女人擦完后，便对着鲁一弃坐下，想用湿布巾擦拭鲁一弃脸上的污渍和擦痕。当她的手刚碰到鲁一弃的脸，鲁一弃明显颤抖了一下却没有躲开，他心中似乎很乐意接受这样的举动。

但擦拭的过程对于鲁一弃来说简直就是煎熬，他看着女人抬手后晃荡着的丰满胸部，不由得双腿夹紧，双手攥着裤子双膝处的布料，把那两处的布料都攥成了两个棉陀陀。

擦完了，女人轻叹了一声重新退回了角落，背靠墙壁坐着，抬头呆呆地望着暗室的顶面。

鲁一弃许久后才将自己放松开来，他连句话都不想再说，身体一侧，倒在地上睡着了。

梦境之中，又是那条大河，又是那块黑色大石，又是绿柳飘拂。石上依旧坐着那三个高髻宽服的古人。鲁一弃想往前去，但是他走不动，身后有人死死地拽住他。回头看，是女人。起雾了，越来越浓，面前的影像也在雾中渐渐模糊，鲁一弃想喊，却喊不出声音。他真的很着急，急得浑身燥热。眼见着什么都消失在雾中了，他终于拼尽全力发出一声嘶喊。

鲁一弃在嘶喊声中醒来，显然是被自己发出的怪声吓了一跳。萤光石的光亮已经不再清澈明净。这是因为暗室中正和鲁一弃梦境里一样，弥漫起淡淡的、暖暖的雾气。就是这暖暖的雾气，让鲁一弃有了种燥热的感觉。暗室中还多了一些响动，从暗室地面低矮下去的那一边传来，是汩汩的流水声。

鲁一弃一个激灵爬起身来，拿起萤光石往暗室的另半边谨慎走去。才迈出两步，女人从一把拽住他，就像梦境里一样。与梦里不同的是，女人没有拽住不放。

那里什么都没有，只是一尺多深的积水流动起来了。水里会不会有什么？不知道。

女人看鲁一弃好一会儿都没有动静，便也走到他的旁边。看到那流动的积水，她反倒舒了口气："这水下没活扣，而是有暗流。"女人对这样的水流比较有经验，因为冬天到河边砸冰取水，冰开后，下面的水流就和现在的情形差不多。

"这么说这水下两边都有通道。"鲁一弃没有等女人回答，就已经一个纵身跳进了水里。

水下真的有暗流，两边墙壁底部也真的有出入口。但是出入口虽然也有两尺多宽，却只有一巴掌高，扁扁的，不是正常人可以通过的。

虽然水下的口子无法出去，但鲁一弃没有马上从水里上来，他在水下两边仔细摸索了一番，希望能有其他什么有用的发现。

"快上来吧，水位高上来了许多。"水冰花说得没错，不但是水位变高了，雾气也变浓了。开始那些雾气只是从墙壁的窟窿、缝隙中往外冒，现在连水面也开始了。"水面也开始冒雾气了！"这才是关键的，也是这句话让鲁一弃猛然觉察出水温有了很大的变化。

"你有没有闻出这雾气有种奇怪味道？"女人在问。

的确，这味道刚才好像闻到过，是女人给自己擦拭脸部的时候，那蘸水的布巾也有这味道。布巾是女人的，那么味道只会在水里。

"这味道好像有点刺鼻。"女人说。

这些现象鲁一弃都感觉到了，但这不是现在最让他担心的事情。他担心的是水位在不断上升，水温在迅速升高。

"你热不热？我热死了。"女人便说边，脱去了袄子。鲁一弃没有答话，不过他也脱掉了棉袄。

墙壁上喷出的雾气不但浓，而且烫，流动的水也开始翻腾起来。

"啊！那水像是开了。要是漫上来，我们怎么办？"女人发现的事情，也正是鲁一弃担心的。此时的水位已经离这边的高处不到一尺了，而且还没有一点下降的迹象。

鲁一弃脸上往下滴着汗，不但是因为太热了，还因为他的心里很着急。那边的水要漫上来的话，他和女人都会被煮熟。

水没有漫上来，而是沸腾了。在房间的另半边翻滚着流过，散发出灼人的蒸汽。

墙壁上窟窿和缝隙中冒出的雾气也很烫，已经不比那半边沸水散发的蒸汽温度低了。

灼热的蒸汽和酸涩的汗水刺激着他们的双眼。女人现在身上脱得只剩下粉色的肚兜和裤衩。绸质的肚兜被汗水和雾水湿透后紧紧贴在身上，可以清晰地看到胸前凸出的两个圆头头。她蜷缩在地上，企盼地面能给身体带来一些凉意。鲁一弃身上也只剩下一条裤衩了，就是这白色的大裤衩，也被蒸汽和汗水浸透得如同什么都没穿一样。

真是无处藏身了，就连地面也开始灼热起来，暗室就如同一个巨大的蒸锅。

与此同时，在他们先前走过的三折坡下，冰潭之上，一个诡异的身影正在将一根根红尾长针刺入一些新鲜尸体，然后点燃一张符咒，口中念念有词。随着咒语越念越响，那些新鲜的尸体开始挣扎起来，推开压在身上的冰块，掀开封住身体的冰层，砸碎插在身体上的冰凌，以各种匪夷所思的姿势拔地而起，走动起来。一群破碎的尸体，竟然迈动着不慢的步子，往峡谷口那里走来。他们不是鬼，他们只是工具、武器，这是传说中的尸坎——驭尸术。

也就在此时，一声清脆尖利的枪声和一声沉闷的火铳声在峡谷口同时响起。

紧接着，狼群动了，没有一点先兆，也没有发出任何嗥叫，这就是训练有素的狼群，这也是最狡猾最凶残的狼群，它们的目标是那两头熊。熊发出了咆哮，是因为愤怒，也是因为疼痛。

而地下，还有一群人，他们在奔逃，背后有许多挥刀的人在追杀。奔逃的人中有盲爷、鬼眼三、铁匠、柴头，背后追杀的人他们认识，是“明子尖刀会”的杀手和“攻袭围”坎面的人扣，也有不认识的。那些不认识的更厉害，虽然没拿刀，空着手，但他们整个人就像是把刀。盲爷与他们交手，还没出半招，身上就莫名其妙地被划出好几道血口。貌似这些人浑身上下都是刀锋，而且根本看不清他们是如何出刀的。幸亏他们是在宽度不大的石头甬道里，幸亏鬼眼三有一把像大盾牌一样的雨金刚……

鲁一弃不知道自己是什么时候被热晕的，但他知道自己是被冻醒的。当他醒来时，暗室中已经没有一点雾气了，墙壁上覆盖着一层厚厚的白霜。女人依旧蜷缩着，一动不动不知是死是活。

鲁一弃没来得及穿上衣服，就急忙爬到女人的身边。女人没有死，轻声呻吟了一声，然后下意识地紧紧抱住了鲁一弃。她的意识没有完全清醒过来，但是昏迷中的她还是感觉到了寒冷。

一对男女几乎全裸地拥抱在一起，只是为了相互获取些热量。鲁一弃一只手抱住女人，另一只手将周围散落一地的衣服捡起来，胡乱地包裹在女人和自己的身上。

暗室中的温度还在迅速下降，就和他们昏迷前温度升高的速度一样。气流从墙壁上的缝隙和窟窿中快速通过，发出沉闷的“呼呼”声，鲁一弃甚至都可以看到墙壁上的白霜在一点点地汇成冰面。暗室另半边的水流声也变得很是缓慢，流水声中似乎还夹杂着冰块的撞击声。

女人很快也清醒过来，但身体却依然麻木。鲁一弃也一样，他的手指僵得连件衣服都捏不住了。对于这种情况，在东北老林中生活多年的女人显然比较有经验。她坚持着坐起，然后用手掌摩擦起鲁一弃的身体。

她的动作刚开始很慢，那是因为她的手也已经僵硬。等手掌磨热了，她的动作变得快速起来。从鲁一弃的手臂、胸口、后背、腿部依次快速摩擦。很舒服，鲁一弃感觉这舒服不只是因为身体变热了，好像还来自其他反应。表皮磨红了、烫了，女人就让鲁一弃赶紧套上衣服。

这是个好法子，鲁一弃想都没想就也伸出手给女人摩擦起来。女人没有动，她微闭着眼睛，任凭鲁一弃的双手在自己身上摩擦着。温度在继续下降，而鲁一弃却感觉自己体内像燃着一把火，这火燃起后就很难熄灭。摩擦还在继续，从女人的胸口、腹部一直到大腿、小腿、脚掌，鲁一弃觉得自己好累，累得都有些微喘。

“咔嘣嘣”，一阵轻微的响动传来。鲁一弃一下停住了双手的运动，警惕地望去。

响动也惊动女人，她知道自己该做什么，趁着身体被磨热的温度还没有退减，赶紧穿上了衣服。

“是水面冻住了。”女人告诉鲁一弃，这种水面冻结的声响她已经不知道听过多少回了。“快！站起来活动开，不能坐着，要不然一会儿就会被冻死。”

暗室中，在萤光石黯淡光芒的照耀下，两个身影不停地吐着白气，抖抖索索地跑动。影子映在墙壁上，一会儿膨胀，一会儿收缩，一会儿又扭曲，显得十分的怪异。

气流的声音已经变得很弱，现在鲁一弃只能听到自己的喘息声和偶尔传来的冰面因为膨胀而崩裂的声音。女人探头看了一回，喘息着告诉鲁一弃：“冻成整块……冰坨了，这冷劲儿……什么时候……才能过去呀。”

是呀，他们都累了，都跑不动了。可是这时还不能停，停下就会被冻死。因为温度还在下降，两人脸上也已经结霜了。

涨破穴

“坚持，别没……被蒸死，再被……冻死了。”鲁一弃喘吁吁地说着，但是他却知道自己和女人都已经坚持不了多少时间了。

终于，女人再也没有力气活动了。她跌撞两步，来到鲁一弃面前，喘着气，用一种将无奈、惋惜、绝望、安抚交织在一起的眼神看着鲁一弃。鲁一弃也停止了活动，他看到女人那奇怪的眼神，也看到她眼睛中流出的两颗泪珠。泪珠没有能滚下脸颊，就已经冻结在那里。

女人扑过来，将鲁一弃抱得紧紧的，鲁一弃也抱住了女人。两个人如同塑像一般一动不动。

又不知道过了多久，周遭突然安静下来，片刻之后，墙壁中竟然又吹出了暖风。

女人脸上的那对泪珠融化了，流下了脸颊，滴进了鲁一弃的脖颈。暗室中的温度又恢复了正常，可这只是暂时的，他们并不知道，这地方会一直这么忽冷忽热、循环往复……

“现在还轮不到我们死。”女人说完便放开鲁一弃，拔出攮刺，走到石壁边切刮那些苔层。

是呀，还有其他人，鬼眼三、盲爷、柴头……这些都是自己的兄弟亲人，把我的命看得比他们自己的都重。要是就此放弃，对不起我自己更对不起他们。可他们现在在哪里？会不会像我一样生不如死，也正等着我去救助？所以我不能死，还要想办法逃出这里，找到那些兄弟亲人，完成祖辈留下的大事！鲁一弃的目光清澈起来，面容也重新变得平静且坚定。

“吃罢，这是苔苗菌，看着像青苔，其实是菌类。”女人递给鲁一弃一块苔菌，“多吃点，然后再喝点水，不知道会在这里待多久，肚里没食可撑不住的。”

鲁一弃这才感觉腹中饥火如刀，接过苔菌就塞进嘴里大口嚼起来。

苔苗菌的味道不算怪，稍有些草涩味。鲁一弃连吃了几大块，然后到积水那边捞了些水喝下。这水的味道反倒比苔苗菌还难入口，有些呛喉。

吃了东西，两个人没再说话，鲁一弃盘腿而坐却入不了定，女人蜷缩到屋子角上闭目凝思。

时间越久，鲁一弃越坐不住，像是失心疯一样，跑到墙壁边，扒了几块苔菌恶狠狠地咬嚼起来。

女人皱着眉揪着心，但她真没什么办法了，只能祈祷老天保佑了。

雾气淡淡地飘进暗室，积水也开始缓缓流动了，室内的气温再次快速升高了。鲁一弃边捶着墙壁，边嘟囔着：“太闷了，太热了，我要出去，我要炸开这里，我要炸开这里。”

女人一惊，迅速将鲁一弃装着手雷的布包拿来，藏在身后。

越来越热了，鲁一弃狂躁地脱掉了上衣，光个膀子，然后继续嘟囔着："我要炸开它，我要炸开它。"同时回身来找他的布包。

布包不见了，鲁一弃目光在暗室中环扫一圈，最后落在女人的身上。

鲁一弃走过来，一把拉住女人的胳膊，将女人从墙角拖开。

女人连踢带打，与鲁一弃对抗着。她知道在这种地方用手雷是最下策，肯定会误伤自己。

女人争夺不过狂躁的鲁一弃，眼见着他拿着装有手雷的布包走向墙壁。女人从地上爬起来，捡起那只没用的毛瑟枪，枪托朝上高举着，对准鲁一弃的脑袋用力砸去。鲁一弃像个被砍断的树桩直直地摔倒。

鲁一弃再次醒来时，他发现自己枕着女人的大腿躺在地上。那女人正用僵硬颤动的手在给自己摩擦身体。脑袋很疼，这疼痛让他想起自己差点做出的傻事。

"看来我们是要死在这冰火两重天之中了……"女人把头歪向一边，痴痴地说。

现在鲁一弃虽然已经平静了许多，也清醒了许多，但是随着越来越快速的摩擦，他还是感到自己的心火不可抑止地燃烧起来。看到女人给自己摩擦身体时带动胸前的那一对圆球，在光滑的缎子肚兜下不住滑动起伏，他突然明白自己的心火从何而来了，于是一把扯掉了女人薄薄的肚兜。

女人没有一点惊讶和嗔怪。此时的鲁一弃就和他要炸开墙壁时一样狂躁，他翻身起来，把女人压在身下，然后像个斗牛场上的公牛犊一样，低着头猛然冲进。

女人发出了一声撕心裂肺般的惨叫。

平静终于在几番云雨之后来临，此时暗室里也不再寒冷。鲁一弃从一堆杂乱的衣服中钻出来，随手拉了一件棉衣裹住身体，坐到墙边，眼睛盯着墙壁，不敢作声，更不敢看女人一眼。他感到很愧疚也很奇怪，自己怎么会突然变得如此兽性，还有这个操持窑子生计的女人怎么会还是个处女。

女人在收拾自己，她雪白的双腿上有太多的血渍，多得无法想象。她用一块棉巾粘了水，仔细地擦拭着。

“我是个石女，所以成婚才三日，男人就撇下我去闯关外。我找他是想与他解除婚约，让他另娶。可是到这里后，才知道他进山不久，就被倒木砸死了。我觉得很对不起他，也没脸回老家面对他的家人。正不知何去何从，遇到一个怪老头，老头替我推算出了后半辈子的宿命，让我在这里等一个寻宝的鲁家人，说这鲁家人是个‘石性人’，只有‘石性人’能破解石女命。

“金家寨是那老头帮我造的，他让我利用那些女人探听、收集林子中一切和寻宝、宝构有关的信息。他还教给我些坎面风水的道理。据他说，本地的班门传人将一些特别的风水学说融入技法之中，既能依形而置、依形而建，也能借技改形、借物变形。可他却从没告诉过我他的身份。”

女人接着说：“我学的只是皮毛，对老头交代的任务也不是太上心，心里盼的是能早点遇到决定我后半辈子的那个人。”

“石性人？”女人的话勾起了鲁一弃的好奇心，忍不住嘟囔了一句。

“老头说，石性人面若石而心如火，这种人能积聚很大的能量，然后在某一个时刻爆发，破解石女痼疾。你们中虽然不止你一个鲁家传人，但是我瞧你什么时候都是面无惊澜的，一副石头般的表情，而所做所言却是另一番心性，便断定你就是我要等的。所算之命果然被验证了，嗨，你真厉害！”女人最后几个字说得春意荡漾温情无限。

“因为我刚才吃的不是苔丝菌！”面壁而坐的鲁一弃突然发出一声惊叫，“你过来看！”

女人一惊，赶忙捡起地上的萤光石凑了过去。两个人靠在一起，仔细辨看那一层厚厚的苔状物。

果然，这么仔细一看，便瞧出不一样了。那东西肯定也是菌类，可真的不是苔苗菌。苔苗菌上应该是密麻麻排列的褐色小尖桩，而这上面却排列着细小的圆头桩，瞧着像是无数挺起的男根。

“皮苁蓉。”看来女人知道这东西。

“你是说仙药十八味中的皮苁蓉？”

“我不知是不是，但是听说十几年前有人采到过半大梳[1]，居然卖了三斤老参的价钱。它是关东三宝的宝外宝，功效是平常苁蓉的数十倍。”

据说苁蓉之物是天龙与野马交合时，龙精滴至地上而后长出的东西，有壮阳补肾的奇妙功效。这皮苁蓉比平常苁蓉还要强上数十倍，厉害程度可想而知了。

南北朝时《方外奇药三阶论》[2]中有记载，说世上的奇药分为三个档次：天丹，仙药，草精。这皮苁蓉就列在十八味仙药之中，最早是被宫廷中的炼丹士用来炼丹。据说用此炼成的丹丸，男人食后茎硬如钢，可以连御十女不射不颓。后世不再炼丹，有药师采用硫黄熏制，而后直接服用，效果竟然更胜丹丸。

“我知道了，皮苁蓉本身就是壮阳的东西，这里冒出的蒸汽和水中都有股子怪味，就是盲爷在进来前说的硫黄味儿，我在水中没有感觉出水温变热，也应该是被水中的硫黄气给熏麻痹了。这种环境下长出的皮苁蓉不用硫黄熏制，就已经是很厉害的壮阳药了，何况我还喝了些带硫黄成分的水。我就说我怎么会做错事的呢……”鲁一弃说的话是事实，同时也是在为自己的行为找开脱理由。

女人嗔怪地斜了鲁一弃一眼：“你说刚才是做错了事？”

“是，噢不是！噢是！不是……”鲁一弃也有慌乱的时候，女人扑哧地笑了。

“不过你说的没错，我也听说过以前有人用这做春药、性药。当地叫它‘涨破穴’。”

但不管皮苁蓉是什么药，要想活命就必须吃。鲁一弃虽然有极好的定力，可吃过两三次后，便忍不住在女人身上又纵横了一把。

他们第三次交合是在鲁一弃仍能把持自己的情况下进行的。也许是初尝到男女性事的快乐，也许是意识到生命的最后时光必须珍惜，所以

1　过去妓院行当中常用的计量暗语，一梳大概一张扑克牌大小。

2　这其实不是一部书，而只是一篇篇幅较长的文章。著作者一说是太医官司马芝根，另一说是民间游医冯仕盛。这篇文章结合了各种医药典籍和传说，对各种奇药异草作出了分析和讲解。当然，其中存在一些糟粕和偏差，但仍有不少内容是被中医奉为经要的。

在女人的稍稍暗示下，鲁一弃与女人完成了人生中第一次也可能是最后一次完美的交合。

又一轮的热冷折磨，让两个人都觉得最后的期限离得不远了。他们相互拥抱着蜷缩在墙角，享受着越来越少的温存。

女人不知道鲁一弃在想什么，很难从他那不变的面容中窥探到内心的点滴，但女人觉得他现在已经是自己的男人，自己必须让他感到快乐，哪怕是在生命的最后一刻。

女人轻咬住鲁一弃的耳垂："你真好！要我说你才是个真正的'涨破穴'。"

"嗯。嗯？！"鲁一弃突然激动起来，推开女人坐起身来。"你刚才说什么，你再说一遍？"

女人误会了鲁一弃激动的原因，她像小夫妻调情那样，在鲁一弃的裆里摸了一把，眼中放光地说道："你是个真正的'涨破穴'！"

"对！我们就给这里来个涨破穴！"鲁一弃的拳头重重地砸在暗室的墙壁上。

其实鲁一弃早就想到，这地下肯定有个巨大而繁杂的系统，而他们置身的这座暗室只是这系统中的一个关节，一个可以被当做扣子的关节。地下岩层中的暗河被地热加温沸腾，每隔一段时间就涌出流动，这和间歇喷涌的温泉是一个道理。与间歇喷泉不同的是，暗河是封闭循环的，其中水不外流，只有热气蒸发，从山体各处的缝隙窟窿中漫溢到外面遇冷成雾。系统内部的热气会导致气压增大，当内部高气压达到一定程度时，就会推开某个阀门快速排出，间歇停止的地热本身也会导致温度下降，而气压的急剧下降更会迅速带走许多热量。这其实就是个制冷过程，使得整个系统能在短时间里从闷热难耐变得极度寒冷。

鲁一弃在洋学堂里学到过：水在接近冰点的时候体积最小，然后不管是温度上升还是降低，体积都会按一定比例增大。这个体积增大的过程，所蕴含的巨大能量是很难想象的，就像种子发芽一样。

他用女人的攮刺从墙壁上刮下大片的皮苁蓉，挤压成团状。在水流出方向的墙壁上选择了几个窟窿，将皮苁蓉塞进去，并用步枪捣入一定深度，然后倒入少量的水，让那些皮苁蓉膨胀，将窟窿和缝隙堵死。

又熬过一次热量蒸发之后，鲁一弃便始终注意着水温的变化，估摸着水温快降到冰点了，他开始用靴子和皮囊快速盛水，递给墙边的女人，女人再将水不断地灌进那些窟窿中。

当所用有被堵的窟窿和缝隙都灌满水的时候，水温已经很低了，水面上也开始结冰了。鲁一弃爬了上来，忐忑地等待着奇迹的发生。

温度越来越低，鲁一弃和女人相互拥抱着，两人都盯着墙壁，观察着墙壁的变化。

终于，随着一声脆响，墙壁上出现了一些曲折伸展的线条，就像一个国画圣手在描绘着一幅遒张的老梅枝。声响越来越密集，却始终是清脆刚劲的，就像个神力的壮士，不断拉扯着弓弦。

灌水的窟窿和缝隙中是整块的冰，并且鼓胀起一个个半圆体凸在外面。伸展的线条纵横交错，把那些窟窿和缝隙连接了起来。

“涨破了，你瞧都涨破了。等这冰一化，这些就全是碎块了。只是不知道这墙壁有多厚，还有就是这墙壁背后千万别是山体，那样就真完了。”鲁一弃嘴唇哆嗦着说道。

片刻之后，暗室回暖，冰融化了。鲁一弃和女人合力将裂开的神钢木碎块扒开，背后不是山体，而是一条砖石砌起的甬道。

甬道的尽头有一条砖石的错合缝。所谓的错合缝就是两座墙体的连接处。根据《班经》中记载的工艺技法，墙体的错合缝应该设在墙角一砖的距离，这样既美观，又可以增加墙体的稳固度。但这里的错合缝在甬道尾端墙面的正中，这是一般匠人都不会犯的低级错误。那么在鲁家祖先留下的暗构中，就只有一种可能——这里是个暗口。

其实利用错合缝留暗口，做得好是很难看出来的。它可以利用相邻的砖块逐步过渡，最后只留一块砖的错位，而且这块错位的砖可以安排在墙的最上面或者最下面，甚至可以掩到土里。

这里的暗口就埋在墙根下，所以只要发现暗口就好办了，别忘了这里是鲁家老祖所建暗构，手法万变不离其宗。鲁一弃脚踩三，膝推七，手按十一，单掌横移，这是《班经》中的招法。

暗门缓缓打开了。

第七章　扑面而来的巨石大斧

这石室里没有硝石，而且处在硝石洞上方，即使门开着，下沉的火气也进不来。四面石壁上有许多发光晶体，所以石室里很敞亮，不需要仔细辨认，就已经看清发出声响的是一些按顺序不断抬起落下的石斧。

石斧很大，比上面无梁殿中的巨木拍还要大，而且分布很密，几乎遍布整个石室。

……

现在已经不是卖弄的时候，这点柴头很拎得清：“这坎面的动杆在脚下，平时石斧悬在室顶缝隙中，只要下面行走的步子不对，触了动杆儿，相应位置的石斧就会落下劈砸坎面中的人，而且就算坎中人功力高，躲闪快，但总有另一只斧子候着呢，是躲不过的。”

地火烈

门后是一个奇异的世界。一个巨大的洞窟展现在鲁一弃和女人眼前，洞窟中有许多水桶粗细的圆木，被连接架设起来，呈交叉纵横、高低盘旋状。

单从圆木的连接和架设工艺上，就能找到鲁家技艺的影子——圆木与圆木之间吻合得十分紧密，几乎看不出连接的痕迹；圆木的架设极其巧妙，充分地利用了巨洞中的空间；架设点也大都借用洞壁和石柱等各种天然构势，只是在必要的地方少量加入人为的垒砌。

这些让人眼花缭乱的圆木汇成两路，往同一个方向延伸而去。那是巨大石洞的一个旁支，是一人高的天然洞道。

鲁一弃查看了那些圆木，应该和暗室墙壁是同样的材料——神钢木，但他轻轻敲击圆木时，两组圆木发出的回音却不太一样，一组声音很空洞，另一组却是沉闷的颤音。这些圆木到底是干什么用的呢？

两人顺着圆木往前探寻，但鲁一弃并不知道，就在刚才的暗室里，有一条被他们忽略的裂纹，正在直直往下，一直没入到积水中、墙根下。于是积水顺着裂纹不断往下渗入，反复冰冻的力量将裂纹继续扩大，最终将其演变成一个贯穿的断口。

而此处地下的结构远远没有墙壁那样结实，贯穿的断口与地下一个更大的裂断口连接了，在地下某种力量的作用下变成了贯穿性的断裂带。于是，一股的巨大能量沿着断裂带缓缓上升，追赶着鲁一弃而去……

鲁一弃和女人一路走来，发现每隔一段，圆木就从一些封闭的柱形砖石高台中穿过，这些高台都是人为垒砌的。高台上有活门，是很古拙简单的造型，说明年代很是久远。活门时不时会突然打开，喷出一股灼热的气体，随即便又关上，看样子应该是用来调节内部压力的喷口。在高台顶部还有溢水的孔道，常有些细小的水流从中溢出，沿砖石表面流下，却很快消失不见了。

一个大胆的设想在鲁一弃脑海里逐渐形成：这里有个间隙性的地热源，因为拥有充足的地下水，便相当于一个巨大的蒸汽系统。这里的所有的构造都是在利用地热。试想，除了蒸汽，谁能拉得动“风箱坎”？谁能让大殿中的“巨木拍”来去无踪？只有如此大幅度的冷热交替才会导致大殿里产生强劲旋风，也只有地热生成的蒸汽才能让上方空旷的山谷迷雾茫茫。

架设的圆木其实是中空的管道，用来输送热水和蒸汽。这就是为什么两路管道敲击的声音会不一样，因为一路是气道，一路是水道。

这里的管道不但结实，而且还能承受很高的温度，否则无法维持千百年始终完好无损。因此鲁一弃又觉得这些圆木更像是木纹精石[1]，因为木纹精石不但坚硬，还耐高温，它毕竟是火山熔浆炼造出来的。只是先辈们怎么能找到这么多的木纹精石？除非这里能够就地取材，或者索性是根据精石矿的地貌依势而建，因为种种迹象都表明，此处是一个富有生命力的火山。

“是不是又到了发热的时间，这里好像也在变暖嘛。”细心的女人发现了环境的变化。

的确，这一说也提醒了鲁一弃，那本来很久才喷一次蒸汽的活门现在开启得更频繁了。

突然，脚下一抖，整个山体好像都在左右晃动，他们赶忙撑住洞壁稳住身体，晃动瞬间即逝，只有洞顶上的泥沙和碎石还在簌簌地往下掉。

“快走！”

“从这里恐怕走不出去，这里是杆子槽[2]，我们最好能回到坎面中，然后寻缺破弦才是正路。”女人所说很有道理，他们从那个冷热暗室中

1　木纹精石是火山熔浆快冷却前裹住树木，蒸发了树木的水分，然后在数千年之后形成的矿石，此石记载于唐朝时《西域贡物册》。

2　机关传动部分的部件是不能裸露的，而是安装在一些暗藏着的槽道、暗沟之中，否则机关的运动方式和布置就一目了然了。暗藏传动部件的槽道暗沟统称为杆子槽。

逃出，不是寻缺、解扣逃出来的，而是硬生生破壁而出的，所以这地方没有可能寻到出路。

他们当然不会再回到原来的那个暗室，因为那个坎面他们解不开，所以鲁一弃采取的是笨办法，找到一个人工垒砌痕迹最明显的地方，再次破壁而出，回到坎中。

于是鲁一弃和女人只能加快脚步继续往前，边走边找，心中的焦急和这里的环境温度一同飙升。

又一个极大的石洞出现了，里面一片豁亮，因为这石洞中有两只巨大的铜鼎，鼎中燃着熊熊火焰。当鲁一弃和女人还在洞道中快步行走时，地底深处的一股电流冲进这洞中，放射出美丽的光华。电流击中两只铜鼎，让其中的油料瞬间燃起。

这是地电，也是从地下深处发出的某种巨变来临的讯号。周围变得愈发闷热，管道也开始发烫，排气口的开启越发频繁，不断发出的喷气声就像许多奔跑的人在喘息。

这种情形不要说有超常感觉的鲁一弃，就是女人也意识到危险即将降临，恐惧和焦虑充斥着她的双眼。现实总是会让人失望，他们非但没有找到人工垒砌的石壁，就连继续往前路径都没有了。两路管道自此没入了坚实的石壁，不知道往什么地方去了。

“快往回走，另外找条路。”女人已经开始慌不择路了。

“这一路过来没见到其他的路呀。”鲁一弃还算镇定。

“那咋办？”

“不急不急，会有办法的。”

说完这话，鲁一弃凝神聚气，让自己的心境自然平静下来。

一个忘我的状态，感觉在黑暗洞道中疾行。他仿佛又见到北平暗室中的那块石头，只是突然间那石头变软了、融化了，化作一汪彤红的热流，蠕动着往前，朝自己抱拥过来。

鲁一弃发出一声惊呼，他仿佛体会到了比烈火还灼烫的滋味。

醒来后的鲁一弃惊呼未了，又听到了女人的尖叫，因为她看到一群黑乎乎的活物从山洞通道中往自己这边奔涌过来。

那是一大群山鼠，其中还夹有几只穿山甲和十几条蛇。此刻这些生物表现出了一种违反自然规律的团结，进到山洞里后便一起挤在角落，无声地哆嗦着。

女人回头见鲁一弃也满脸茫然、目光发怔，便知道情况极其不妙，迈两步走过去，挽住他的胳膊，平静地看着他。如果没有了希望，那么能和自己命中注定的人一起死去，也无憾了。

毁灭来临之前竟然出奇地安静，就连那两只铜鼎都燃烧得悄无声息，只有管道活门时不时发出一声长嘶，极其强劲。

一股巨大得能毁灭一切的能量即将到来，虽然缓慢，却无法阻止。

“没机会了吗？”女人问这话的时候很平静。

鲁一弃平静了一下心绪，将女人拉向自己，然后紧紧抱住她，抱住他生命中的第一个女人，也可能是唯一的一个女人。女人身体软软的，手臂却很有力，她也抱紧了鲁一弃，心中希望这样的拥抱能将两人融为一体。

鲁一弃闭上眼睛，是在享受这最后的温存，也是等待最终毁灭的来临：“这里一定有路，不要让恐惧扰乱了我们的洞察力，不然我们连那些动物都不如了。”

这句话显然是鲁一弃对自己说的。

其实他忽略了一个事实，在山底下的洞穴里，最有能力找到活路的就是这些山鼠、穿山甲和蛇。五代时，南唐人李顺平的《勘秘幽本录》中就有“牵鼠出九里暗河”的记载。现在这么几种小动物一起堆积在山洞的那个角落，其实是非常明白地告诉他们，石壁背后有活路！

细心的女人似乎发现了这一点，她温柔地挣脱鲁一弃的怀抱，走向动物最密集的方向。在这些惊恐不堪的生灵面前，她就像是位救世的女神，每一步都缓缓踏在动物们为她闪出的空隙中。

最后，在成百上千双眼睛的注视之下，女人将整个身体伏在墙上，四肢舒展，张开双手，就像刚才抚摸鲁一弃的身体一样，用心地抚摸着整块光滑的墙壁，不放过任何一个细节。找到了，果然是暗门！这里的暗门隐蔽得很好，与墙壁浑然一体，只有两盏火光的情况下，肉眼是根本看不出区别的。

暗门的开启程序也是典型的鲁家技法，女人轻松地找到了“底企”[1]，拨挑杆托开“底企”，鲁一弃上前来，用力将石门往一边推开。

石门在一点点地移动，只要推过了“底企”就轻松了。看着石门打开有一寸多宽了，女人兴奋得满脸通红，就如同洞道里已经出现的岩浆一样。

山鼠和几条蛇已经钻了过去，穿山甲虽然还过不去，却依旧拼命往门缝里挤。石门又打开了有半寸左右，一些瘦小的动物已经钻了过去，还有些不大不小的卡在缝中挣扎。

鲁一弃手上已经感觉到石门过了“底企”，便调整了一下姿势，准备一下子将石门拉开。可就在此时，一阵更为猛烈的地震出现了，山体剧烈地摇晃，山洞顶部不断有石块落下，山洞的石壁也开始分裂解体，山洞中架设的管道也随之移位，发出一阵阵刺耳的“吱呀”声。幸好没有断裂和脱节，要不然其中的沸水和蒸汽会将人瞬间蒸熟。

石门打开了三寸，让那群弱小的生灵们暂时逃脱了死亡的威胁。之后再也拉不动了，地震让石壁分裂变形，石门卡住了。

鲁一弃双手紧紧扣住石门的间隙，拼尽全力试了几次。可是那石门却是纹丝未动。

女人也像石门一样纹丝不动。她很幸运，站立的位置正好是许多石块落下的一个空隙。她知道自己很幸运，破解了石女痼疾，体味到做女人的快乐，就是死，还有个命中注定的男人陪着。两颗晶莹的泪珠滑下她的面颊，不知是喜是悲。

鲁一弃回头看了女人一眼，这一眼正好看到那对泪珠。

“不要急，还有法子的。”鲁一弃的面容依旧平静，语气却是充满了焦躁。

听到鲁一弃的话，女人笑了，没等泪珠滴下脸颊就笑了。她一边笑一边用力地点着头。

1　滑动的倒锁装置，正向可滑动，到位后便锁死，要想反向滑动必须将这装置脱开后才能进行。这和我们常用的弹舌锁道理上有些相似。

飞鼎破

通红的熔浆夹杂着怪异的焦臭涌入了山洞，将一只铜鼎瞬间推倒。铜鼎中的油料在熔浆中腾起一个巨大的火球，随即便在青烟中与鼎体一同消于无形。

“你看，那铜鼎！”女人仿佛见到了自己的结局。

对，铜鼎！鲁一弃目光落在另一只依旧伫立着的铜鼎上，感觉这只四方的铜鼎应该可以派上什么用场。

一声长长的蒸汽喷发声响起，犹如同时扯裂了几十匹粗厚的帆布。

鲁一弃的手从女人的肩头移开，变作鲁家独特手势，开始对周围环境进行测量和计算。

“帮我！”鲁一弃说完，将步枪交给女人，让她撬铜鼎的一只象腿形鼎足，自己则扯下一块棉袄裹在手上，直接去推鼎耳。铜鼎真的很烫，很快就烧透了棉袄，烫焦了鲁一弃的双手。但是这铜鼎也没有抵住两人的一推一撬，轰然倒下。其中的油料化作了一片火海，很快就和那熔浆连接起来。

没了油料的铜鼎轻多了，在两个人的努力下移动了六七步远，停放在靠近管道的转角处。鲁一弃将将鼎口朝着管道方向，然后搬来一些方正的石块将铜鼎垫起了一定的高度。

鲁一弃再次测量了一下位置，确定高度合适了，便拿出一根“天湖鲛链”，快步走到有蒸汽活门的柱形平台前。那砖石砌垒的柱形平台现在也已经变得滚烫无比，已经到了一个肉体无法直接接触的地步。

站在高台边，鲁一弃没有马上动作，他安静且专注地从侧面看着那个随时会开启的活门，仿佛忘却了周围所有的一切。活门如同爆裂般打开，强劲的蒸汽嘶吼着冲出，一阵嘶鸣之后活门重新关上，鲁一弃马上往圆柱平台扑过去，根本不顾平台上灼烫的高温，将“天湖鲛链”绕在圆柱平台上，封住活门。一共绕了三圈，他的手好像已经被铜鼎烫得麻木，最后“天湖鲛链”怎么都打不上结。

女人两步来到鲁一弃的身边，柔实的手指捻起“天湖鲛链”，指花一翻便系成一个越拉越紧的穿套扣。只是稍不小心，左手手掌外缘在墙体上擦过，顿时烫出一溜儿燎泡。

做完这些，鲁一弃拉着女人躲到平台的另一侧：“躲在这儿，千万别跟在我身后！看到门开了马上往外逃！”

熔浆和火油完全融合了，而且开始沿着碎石的缝隙慢慢聚拢过来。

鲁一弃站在一块洞顶落下的巨石上，手里紧握着手雷。他握得非常用力，这样的握法让他手掌从麻木中解脱，重新找到了钻心的疼痛。有了疼痛便有了感觉，有了感觉就能准确控制手雷出手的力度和角度。

“天湖鲛链”已经绷得极紧了，从活门边缘细小缝隙喷出的气流声如同哨子般刺耳。

等等，再等等，生死成败在此一举。

“天湖鲛链”是极其结实的，鲁一弃看到平台的砖石已经开始膨胀，几近爆裂了。

就在这时，鲁一弃预想中的确切时机，他拉开保险环，扔出了手雷。

手雷不偏不倚地卡在洞顶一块摇摇欲坠的巨石与山体连接的缝隙里。

手雷爆炸了，洞顶那块削长的巨石好似一把天剑横劈而下，木纹精石做成的坚实管道和落下的巨石一同断裂，管道中憋足的蒸汽狂喷而出……

铜鼎的鼎口正包围着狂喷的气流，在强劲得无法想象的冲击下，如同一颗炮弹一般飞出，击中那扇不厚的石门，在上面留下一个和铜鼎底面同样大小的方形孔洞，边缘如同刀切的一样。

石门被撞开一个孔洞，可管道中的蒸汽却没有就此停歇，继续狂吼着往石门的方向倾吐高温。

鲁一弃此时已经迂回到断裂的管道旁，掏出两颗手雷，拉开保险，塞在管道的底部，然后快速躲到一块大石的背后。两颗手雷爆炸了，管道被推开了，蒸汽不再直喷石门。

女人的动作很快，奔到石门跟前，想都没想就从孔洞钻了出去。鲁一弃紧随其后，从孔洞鱼跃而出，还没等他站稳，身后就传来石块砸在岩浆上发出的噗噗声，好险！

鲁一弃借助熔浆的光亮看了一下，这里是个砖石砌成的甬道，甬道往前七八步就有一个岔口。

熔浆的红光突然显得黯淡了，大量的蒸汽从洞口往外涌出。洞顶坍塌，把沸水的管道也砸断了。

鲁一弃拉着女人便往其中一路岔道奔去。沸水翻滚着气泡，从石门上的孔洞和旁边的缝隙中喷涌而出，瞬间将他们刚才站立的那一段甬道整个覆盖，随即又沿着岔道四处流淌，紧紧追赶在鲁一弃的身后。

从鲁一弃和女人所在位置往前拐过两道小弯的地方，有一群人正分作两堆周旋着，前面四个人，后面有十几人。前面的四个正是鬼眼三、盲爷、任火狂和傅利开。

在封箱坎被破之后，鬼眼三和铁匠直接被吹到头朵穗，而盲爷却是被吹到第三朵穗中。盲爷到底是贼王，他知道在风劲无法继续推动身体时如何巧妙地落地，所以在第三朵穗的穗口就停稳身形。

他从穗杆摸索着到了头朵穗穗口，遇到正好从里面出来的鬼眼三和铁匠。鬼眼三和铁匠都看出了三朵穗的布置，但是他们不知道走哪朵穗才是正路。就在此时，另一群人也出现在三朵穗中，并且与三人迎面相对。那是三人无法应付的朱家人扣，他们只能边招架边往离得最近的头朵穗托叶中躲去。

那托叶居然不是狭长的居室，而是一条滑道，刚进去没什么，奔逃中突然出现个陡坡，将他们全都抛入一个迷宫。

在迷宫中他们遇到了柴头，当时柴头正努力着想从滑道爬上去，结果和顺着滑道下来鬼眼三撞了个满怀。

柴头不是从滑道上下来的，甚至都没有进到风箱坎，他在峡口小道中寻路，转了好多圈也没能出去，突然瞧着丛得金在前面，便赶紧追过去，没想到失足踩了个陷口，直接掉入迷宫。

迷宫的环境和设置对于相持的双方都是陌生的，所以在这样的坎面中无论是奔逃的鲁家门人，还是追击的朱家人扣，都不敢太过造次，只敢在陷口附近周旋对抗。

两边人都被甬道深处突然出现的鲁一弃和水冰花吓了一跳。特别是那几个浑身都是锋芒的“十六锋刀人”，他们是朱家从姑苏城内调出的精锐，这对男女出现的瞬间，他们就真切地感觉到一股无形的压力扑面而来。

“都听我说一句！”鲁一弃平静的声音在这悠长环绕的甬道中显得异常的高亢和威严，“想留条命就快逃！”

话语刚落，那几个“十六锋刀人”如同旋风一样转身从其他人扣的空隙中挤了过去，迅速消失在甬道中。其他人扣动作明显要慢，直到刀人们已经拐弯了，他们才转过身去。

扣子都逃走了，其实他们中大多数人都没有弄清自己是为什么要逃。

鲁一弃也没想到人扣们会逃得这么快，其实他的话还没有说完。后面关于沸水和熔浆涌过来，还有火山随时要喷发这些事他还没来得及说。

“快走！”见到鬼眼三他们，鲁一弃心中充满喜悦和激动，真想拉着手好好说说失散后的事情，可现在他能说的只有这两个字。

鲁一弃的神情语气让鬼眼三他们知道情况十分不妙，于是没说半句闲话，跟着就走。

甬道中温度迅速升高。大家都喘着粗气，迈着大步奔逃。

鲁一弃他们正跑着，突然看到逃走的那些扣子迎面冲了过来，嘴里还发出吱呀的怪叫。

在前面开道的鬼眼三吓了一跳，“十六锋刀人”的速度太快，这样冲过来根本就没有给他一点反应的机会。不止是鬼眼三，其他几个人也没有一个能作出一点反应，那刀人就已经近在咫尺了……

看来有人自作多情了，刀人对鲁一弃他们理都没理，而是擦过他们身边，如一群发疯的奔马一样挟风而过。

紧接着，前方出现一片暗红的沸水，翻滚着气泡，追着对家人马迎面而来。

“这里！”鬼眼三发现一条和水流方向相反的岔道。水流在狭道中奔流，只要前锋不受阻挡，一般要等水头劲道过了，水才会慢慢往岔道回流。这样就给鲁一弃他们留出了一点时间，赶在沸水前面有十几步远。

可是这岔道通向哪里？能不能彻底摆脱身后的沸水和熔浆？

迷宫逃

甬道越走越窄，逐渐变成只能两两并行。道路变窄并不可怕，可怕的是在他们前面出现了一堵墙壁，一堵没门没缝的坚实墙壁。死路！

沸水漫了上来，已经追到后面铁匠的脚后跟。所有人只能尽量把身体往前挤。

此时的沸水沸腾得特别厉害，翻滚着、喷溅着、蒸发着，因为沸水背后涌来的是火红的熔浆，眼见着就要将那些沸水完全蒸干。

铁匠又将身体往里挤了挤，沸水和蒸汽他还能承受，但那通红的熔浆却是边儿都不敢沾的。

“咔嘣”一声巨响沿甬道传来，震得几个人耳膜嗡嗡作响。那已经流淌到铁匠脚边的熔浆明显地顿了一下，突然间快速往反方向流走，没一会儿就消失不见。要不是满地的焦痕、残余的火苗和带有硫黄味儿的焦臭，谁都不会相信刚才熔浆已经逼迫到脚边。

耳中的回声还没有完全消失，又听见甬道中由远及近传来连绵不绝的“隆隆”声。

那是甬道顶部连续坍塌发出的声响，长长的迷宫似的甬道正在像多米诺骨牌一样一路坍塌过来，又像一张黑暗的巨口，即将吞噬鲁一弃他们，更像是地狱的延伸。面对这样的局面谁都没有回天之力，只能闭目等待死神的来临，只能任凭山体的碾压，只能最后再下意识地往后竭力地挤让丝毫的空间。

就在此时，身后的墙壁经受不住他们的挤压轰然倒塌，就在甬道要压住他们的一瞬间，他们滚裹在那一墙的砖石中一同摔出。

又是一段坡度极大的路径，连续的滚翻却没有让鲁一弃失去知觉。他始终和女人紧紧抱在一块儿，不管最终面对的是生还是死。

终于落到实地了，鲁一弃直接掏出了萤光石，又是一个密闭的空间。

“这上头有‘幻头线’！”萤光石的亮光才亮起，柴头就兴奋地叫起来。“幻头线”是鲁家技艺中常用的一种手法，是将“线带”或者“平行线”蜿蜒扭转，让图形产生无限延伸的视觉偏差。有这样的图形就意味着他们还处在鲁家祖先的布局范围中，还没有被困到无望的绝地。

“你这歪眼睛能瞄出实路吗？”铁匠说。

“亮盏再高点，我看看‘幻头线’的扭口[1]在哪里。”柴头说。

鲁一弃站起身来，把萤光石举高，也盯着面前的“幻头线”，一边依旧平静地说道：“那快找找，寻条道出去，这里的火山快喷了。”

这里虽然有鲁家祖先留下的“幻头线”，但看着更像个天然石洞，洞壁上泥污青苔厚厚堆积，很难看出线形差异来。柴头的眼睛摔肿了，眼眶也变形了，这反倒让他大小眼的瞄视有了准头，竟然一下子就找到了扭口。

扭口在洞顶正中，铁匠腿正弓，手掌一托，给鬼眼三一个借力，鬼眼三便纵上了洞顶。

果然是扭口，鬼眼三在看着很是平坦的洞顶竟然吊攀住了。因为青苔和泥垢下面藏着一条折边，扭口才有的折边。

鬼眼三手指全扣在折边里，然后将身体平吊起来，双脚脚尖在弧形的顶面上一阵乱蹬。随着他的蹬踏，泥垢和青苔大片落下。鬼眼三勾扣住的那个折边随着他的蹬踏在移动，一条缝隙出现，鬼眼三蜷缩身体，将脚掌踩入缝隙，然后双腿用力，一下子打开了一个三尺见方的长条形口子。

洞口打开的瞬间，鲁一弃感觉到涌动的气息如同翻腾的烈焰一般，而铁匠则是闻到一种混合气体的味道，这味道他在加入了上好煤料的火炉中可以闻到。

“千万不要用明火，这洞里有火气。”鲁一弃是在《西域风物录》[2]

1　鲁家技艺中有一种长条状或带状的装饰和设置，在合适位置扭转角度，多个这样的扭转便会产生不断延伸的错觉。这个扭转的位置就叫扭口。

2　与《西域异物录》只有一字之差，为唐朝时西凉道接送使吴景全编著，内容均是西域各地的风土人情。有残本存世。

上寻到火气这个名词的，其实他不知道，《西域风物录》上的火气其实指的是天然气，也可以说是煤气，而这里所谓的火气却是硝气，含硝矿石中常年析出的可燃气体。

沉闷的声响再次传来，山体不住地颤抖着，洞顶的泥垢碎石不住地落下。这些现象是在催促鲁一弃他们动作要快。

鲁一弃伸手到女人的怀里，一把扯出了她的丝绸肚兜，远远扔掉。这是怕丝绸料摩擦产生静电火花，引燃上面空间中的硝气。女人也不躲闪，只是面露些许尴尬。

柴头将自己带的火折丢掉，纵身迈步，在盲爷腿上一个借力，伸左手抓住鬼眼三，右手在顶上那缺口的边沿上一搭，便到了上层。

上去了两个人，后面的人要上去就更容易了。盲爷是最后一个上的，他把盲杖给鬼眼三和柴头拉住，枯瘦的双手交叉用力，身子便轻飘飘地攀援而上。

上层洞的石质是硝石，掏挖而成的石洞被封闭了不知道多少年，其中充盈着浓厚的硝气。铁匠嘱咐大家，千万不要让携带的铁器碰到硝石壁，稍微的撞击和摩擦都可能产生火星，发生爆燃。

在萤光石的昏暗光线照耀下，鲁一弃看到这一层石洞的洞壁和顶部有许多图形，他都在书里见过，只是不知代表着什么意思。

“是‘地灵祭火符’，启无形地焰，炼惠世之金。”鬼眼三已经在旁边给他解释这图形了。“古老的玄元祭术，不知道是否真的有用。”

“哦！”鲁一弃一下子恍然大悟，许多的东西在他脑海中拼合成形。

鲁家先辈在此建暗构藏五行“金”宝，如果像自己原来推测的那样，是藏在无脊无梁殿中，然后放置在受日月精华最多的母体心脏位，这种布置对于一般的寻宝人来说也算是天工奇巧了，可是对于点穴设坎技艺源自墨家，造诣更在鲁、墨两家之上的朱家高手来说，未免简单了。朱家高手抢先进入，却没能找到暗藏的“金”宝，说明鲁家先辈在此处的设置多半是有违常规、另辟蹊径了。

现在看来，果然如此。此处有硝石矿聚无形地焰为“火”；此处的位置是在山体深处，依山脉连接覆山之“土”；管道让地下水不断循环，让蒸汽四散包绕为有“水”；山体上林木葱郁连绵得“木”，再加上“金”宝本身，这是一个五行调和的局相，是一个四行孕一行的构造。它利用林木吸收日月雨露精华，再由土石传入宝构，加上地下水挟取地气，用“地灵祭火符”和硝石矿聚集地焰，一同育护滋培“金”宝，使得两千多年来一直宝气不衰、凶穴难扩。

“小心往上走，要来得及的话，把上面的宝贝顺便启了。”鲁一弃的话有些莫名其妙，让几个高手很是摸不着头脑，都相互狐疑地对视了一眼。

鲁一弃没有在意几个人的反应，只管举着萤光石，牵着女人顺着洞穴小心地往前，表情依旧是那样的平静。只有女人知道，他正处于一个极度的兴奋和紧张状态中，因为他的手掌变得滚烫，而且不断有汗液沁出。

跟在鲁一弃背后的几个高手渐渐露出了惊讶的表情，特别是盲爷。在这样蜿蜒昏暗的洞穴中，他脚下感受到的地势变化要比其他人眼睛看到的更加真切。他们是在往上走，洞穴是蜿蜒着朝上的，而且越往前，陡度的上升越明显。

当他们在硝石洞中小心前进时，坍塌甬道的碎石砖块间，一小股熔浆正迅速地往硝石洞的洞口接近，而硝石洞中浓厚的硝气也正从洞口往下涌落聚积。几乎同时，他们所在的位置往上不算太高的地方，有一个砖砌的地下通道直贯入山体。这通道一端的暗门被无声地移开了，从不宽的间隙中一个接一个地挤进死尸！对，是死尸，那些本该在三折坡下冰潭中的破烂尸体。

鲁一弃他们在硝石洞中行动很缓慢，是因为怕有什么大动作导致火星迸出，也因为这一段是陡度挺大的上坡路。路很长，盲爷已经默数一千多步了。往后就是逐渐盘旋向上的洞道，每走一段就有大幅度的转折，铁匠闻得出，在这些位置硝气的浓度特别大。

盲爷数到两千的时候，突然开口了：“千徊百曲焚心脉！”

没人接话茬，大家都在等盲爷继续往下说。

“我还没瞎的时候，我的小女儿曾在过路商队那里偷到本古医书，叫《轮脉阴阳平》。其中讲人心在情至极处谓之焚心，此种情形下，盘绕的心脉就会出现许多小的弯曲和转折，使人心胸不畅、情郁难抒。根据我的脚量，我们现下走的洞道是和那心脉的图形有些相似。”

柴头搭话了："那倒是，你没听水老板讲吗，一个女人莫名其妙地怀孕了，又偏偏生出条恶龙来，这心里哪能舒坦得了。"

铁匠和鬼眼三都轻声笑了两声。

"别出声！"盲爷突然声色俱厉地喝道。

几个人被盲爷的语调吓住了，一下子都没了声音。周围重新变得寂静起来。

"听到了吗？前面有声响。"盲爷说。

近宝怯

"在那边。"盲杖指向斜上方，那是洞顶。

厚厚的硝石，重重的山体。

"像是有人在敲墙。"铁匠把耳朵贴紧洞壁才听到。

"就是毛眼妞儿唱小曲我们都别理。我们几个都在这儿，能发出这种响动的不是对家就是坎面。"柴头的话不无道理。

"不是还有丛得金吗？"女人喏喏地问了一句。

这话让在场的人心里都咯噔了一下。几个大老爷们儿驻足倾听了一会儿，面面相觑，经过了一番极其微妙的眼神交换，一行人重又动身继续前进。

鲁一弃微眯着双眼，话语中竟然有些抑制不住的兴奋："就快到了！"

洞道的尽头突然开阔起来，远处的石壁上镶嵌着一扇气派的双合门，雕花镂饰，檐额半挑，与丑陋的硝石壁极不相称。一道石阶从门口延伸下来，缘平棱直，宽七高五，粗算有三十多级，两边的栏杆也雕琢得极其精美，云线凸，石鼓头。

双合门、石阶和栏杆都发出一种幽幽的暗金色光泽，其中还夹杂着许多金色的亮点。这种材料叫做“烁金玉黄石”，极少见，只有帝王宫殿才能少量使用，比如九龙口的三步阶，紫檀御书桌面。

鲁一弃突然变作一副失魂迷离的模样，迈步直往石阶上走去。

鬼眼三伸手想拉住他，却被柴头给拦住。女人紧跟在鲁一弃身后，半步都不落下。

石阶很稳当，没有坎面。走到石阶顶端，鲁一弃左右上下扫视了一番，从门槛的底边捡起一件东西，紧紧攥在手里，那是一枚没有丝毫锈迹的钉子。下面正低头登阶的几个人都没看到他弯腰的动作，只有盲爷的脚步稍稍滞缓了一下，眼白子翻了翻。

柴头和铁匠仔细检查了那扇门。这很奇怪，按坎子家的常理，做工越精美复杂的器物设置坎面的可能性就越大，因为花哨的造型更适于暗藏扣子。脚下的台阶如此平静已经是个意外了，难道这门……

鬼眼三终于有些耐不住，直接伸手往门上运力推去，旁边的人连阻止都来不及。

门纹丝未动，也没有什么异常。

“会不会是往里拉的？”女人低声喃喃，毫无底气，因为这“烁金玉黄石”做成的门扇光滑平整，没有一个着手处。

“大少，你捡的东西兴许是钥匙。”盲爷翻着白眼说道。他的话让大家有些意外，让女人更意外，她以为只有自己看到鲁一弃弯腰捡东西，可没想这点动静早被台阶下方离得好远的盲爷听到了。

鲁一弃摊开手掌，从他见到这钉子模样的东西时就发现它带有一种灵动绚丽的气息，也许是那钉子融入了他的身体，也许是他的精神汇入了这枚钉子，鲁一弃以一个极其自然随意的动作抬手把那钉子插在了门上，一切凭的都是感觉。

由于鲁一弃的动作并不快，所以插入的位置几个人都看得很清楚，那是石门上一个闪烁着金光的斑点，样子和其他的斑点没有丝毫区别，可它是窍口。

当鲁一弃轻轻拽回钉子的时候，那对门扇轻巧地滑开了。

随着门扇的开启，盲爷所说的敲击声更加响亮了，而且比先前嘈杂许多。

门开启到足够两个人并排通过的时候，钉子自动脱出，这门便不再动弹分毫。鲁一弃随手将钉子放进口袋。

铁匠从始至终都盯着那枚钉子，脸上是难以置信的表情。

这石室里没有硝石，而且处在硝石洞上方，即使门开着，下沉的火气也进不来。四面石壁上有许多发光晶体，所以石室里很敞亮，不需要仔细辨认，就已经看清发出声响的是一些按顺序不断抬起落下的石斧。

石斧很大，比上面无梁殿中的巨木拍还要大，而且分布很密，几乎遍布整个石室。

傅柴头好像对这样的坎面很熟悉，才看一眼就嚷嚷了："不对不对！这些个石斧不应该这样不停起落的。"

"你懂这坎？说说！"鬼眼三问。

现在已经不是卖弄的时候，这点柴头很拎得清："这坎面的动杆在脚下，平时石斧悬在室顶缝隙中，只要下面行走的步子不对，触了动杆儿，相应位置的石斧就会落下劈砸坎面中的人，而且就算坎中人功力高，躲闪快，但总有另一只斧子候着呢，是躲不过的。"

"'百剁一砧料'的手法。"看来铁匠对这坎面也有所了解。

"差不多吧，但你说的技法是广西坎子家逍云洞一派的'天落刀雨'所用，其实和这坎面又有好些不同，那坎面是按点步行步落刀，这里步法却是有一定规律的……"

"太上六壬八步罡。"没等柴头道出石斧阵的规律，鲁一弃在旁边轻声说了一句。

傅利开满脸佩服地看向鲁一弃。

鲁一弃在那些不断剁砸的石斧群中，看出了其中规律，按照太上六壬八步罡的步法，从天壬一步踏入，转六步，回三步；转地壬二步，踩五步；过风壬八步，侧身滑入云壬七步……

他设想中的动作不管是速度上、幅度上都是完美的，所以脑海中的一番试走流畅舒展。可是就在云壬七步这里，他却无论如何都走不过去了。本来按规律此处可进可退，但是可退步的云壬六步那里有三只石斧儿，而可以进步的气壬四步也有两只石斧几乎同时落下，再也没有可踩的点了。

鲁一弃一个激灵醒过神来，额头已然遍布冷汗珠子。

“没道理呀！这坎面根本过不去。鲁家人不会设这样无解的必杀坎。”鲁一弃说这话时很是疲惫。

其实鲁一弃所谓的没道理还有另一番意思。他远看这座山体时，可以感觉到到绚丽飞扬的宝气，进入峡谷后宝气反倒变弱了。在硝石洞中他也感觉有一点灵犀宝意在召唤，可是等进入这里，竟然所有的感觉都没了。难道这就是仙家玄学所说的“至宝不近示于人”？

“就是说呀，石斧原是悬着不动的，踩动杆才落。要像现在这样连续动作，不要说布设千年之久，有个一两天也尽数毁了。”柴头说道。

“哦！”鲁一弃知道怎么回事了，“这山中的坎子都是蒸汽提供的动力，刚才我在杆子槽中砸破了管道，再加上熔浆的急剧加温，整个系统已经是一团糟，这里的扣子便自行动作起来，而且动作的速度、规律已无章可循。按太上六壬八步罡走不过去，现在唯一的办法只有解了总弦机点，才能让这些石斧停下。”

很明显，这个坎面的总弦机点是那根插嵌在对面石室壁上的管子，拇指粗细。从管子起伏的气息看，材质、做工都是绝好，年代更是久远。

“如果总弦机点是根管子，有几种破法？”鲁一弃这句话让大家心中惊喜，现在考他们这样的问题，肯定是找到门路了。

“断、旋、提、吹、摇。”鬼眼三说。

“可这管子整个嵌在石壁中，只能瞧见个管口。”

沉默。

“鲁门长，我明白你的意思。”终于有人开口，是铁匠，“管口机点其实相当于一个锁芯，需要专用的匙具推捣才能起到作用的。我瞧你刚才开门用的‘楔形钉匙’，是用渤海沟子中的珊瑚铁晶做成，千年不锈。这样好的东西我想不会只是拉门那么简单，说不定就能打开机点。”

鲁一弃心中却是暗暗佩服，真不愧为铁手奇工，一眼之下就将世上少有的东西判断准确。

“哎，你找到机点了，在哪儿呢？”女人的声音显得更加亲昵，就像小两口的悄悄话一样。

“在那里！”鲁一弃的手坚定地指向一个方向。

大家都顺着他的手指望去，可是谁都没看到他所说的管子口，满眼只有无数快速扑闪的斧影。

原来机点在坎面的另一边，这中间有四十只巨型石斧在不断剁砸，从他们的立身处到另一边石壁的距离总有十八架梁[1]，而且是个陷在石壁中的管口，这怎么解呀？

鲁一弃掏出了那枚“楔形钉匙”，托在手里掂了掂，感觉了一下它的分量，然后掏出驳壳枪，仔细地检查了一下，确认没有问题，便凝神聚气，进入了忘我的状态。

他在不断起落的巨斧中寻找间隙，一条可以让“楔形钉匙”顺利到达石壁管口的路径。

“楔形钉匙”划了一个弧线抛出。石斧前前后后地落下，仿佛是一轮波浪在追赶着它。钉匙抛出的力道很快到了末梢，一只正在落下的巨型石斧刚好赶到它上方三寸不到的地方，眼见着就要砸上……

一枚驳壳枪的子弹抢在石斧之前撞击到“楔形钉匙”的尾部，就像“妖弓射月”，随着一声清亮的脆响，“楔形钉匙”瞬间变做了直线飞行，笔直地从斧群中脱出，箭矢般没入另一面的石壁之中。

巨斧依旧在喧嚣着起落，好像没有一点变化。鲁一弃也依旧抬手持枪站在那里，身形没有移动分毫。

柴头、铁匠他们开始有些慌了。是机点不对？是“楔形钉匙”不起作用？还是根本没能射入管口？

盲爷的表情变化最大，瘦薄的面皮扭挤出条条沟壑，但他的反应却是与众人相反的：“好！好！慢了！又慢了！”

巨斧的起落真的慢了，盲爷话刚说完，其他人也看出了变化，而且变化越来越明显。

鲁一弃缓缓收回身形，放下持枪的手臂，那些巨斧也都落下，不再抬起，原本喧嚣的石室之中一下子没了声响，沉寂得可怕。

盲爷用盲杖往前面的地面探了探，铁匠也很谨慎地捡一些石块往那

1　鲁家木工的数目代称，以普通民房梁架之间的跨度大小为准。每一架梁的长度大概在两米左右，十八架梁大约就是在三十五米到四十米之间。

坎面中各个方位投掷一遍。坎面的确解开了，其中也没有坎中套坎的布设，他们这才放心地从巨斧间走了过去。

刚走出巨斧坎，突然一声粗重的滑动声传来，这一下把几个人吓得魂飞魄散。鬼眼三蹲在地上，单手将雨金刚往前举着，却还没来得及把它撑开，柴头更是脚下一软，趴伏在地上了。

那声音过后依旧是寂静。没有危险，原来是在暗置机点的石壁上启开了一扇石门。

石门中有种无形的气息凝重内敛，一起一伏是如此的绵长强劲。

“这是奇异宝气的中心才会有的现象。”鲁一弃暗暗作出这样的判断，好像是经历过这种情形，在前世，在梦里……

几个人小心地进入了石门，里面是个面积略小却很方正的石室。石室的另一边也有一扇已然开启了的门，打眼看去，门外是一条长长的黑暗洞道，飘着少许雾气，显得深邃而诡异。

在石室的正中间有座黑乎乎的台子，两凳半高[1]，长宽和张大八仙桌差不多，是用许多同样大小的黑色晶块叠垒起来的。这些晶块很像说书人的醒木，光滑并带着晶体特有的光泽。

台子的叠垒是用鲁家“铺石”一技中“五瓣花”的手法。虽然中间镂空，却能环环相扣、互为支撑，是非常牢靠且节省材料的结构。

台子呈梯形，最上面用“铺石”中“层层荷”的手法，晶块一角压一角，拼出个旋转面。

旋转面的中间放了只古锈斑斓的玉盒。

鲁一弃有种故友重逢般的激动，可此时偏偏有些迈不动步子了，也不知道是那凝厚宝气的阻滞，还是自己近宝心怯了。

几个男人虽然加快了脚步，但还是带着些警觉和忌惮，因为周围的环境，也因为同行的伙伴。

女人和其他人不一样，考虑得没那么多。她几乎是一溜小跑，到台子边踮脚伸手就往玉盒抓去。

1　过去匠人常用的估算单位，一米六左右。

辨魑魅

奇怪的是鲁一弃也没有拦阻，因为他没有感觉出一点危险的气息。

“啊！”女人没有抓住玉盒，她在自己一声短暂的惊呼中凝住了伸出的手。

女人的惊呼让离着不远的几个男人立时止住了脚步，却让坠在最后的鲁一弃加快了脚步。鲁一弃在快速移动的过程中始终伸直手臂，平举着驳壳枪，枪指住的是墙角的一处阴影，眼睛却关切地盯住女人的前方，观察事态的变化。

女人是被一个霍然站起的黑色身影吓住的，那身影一开始蹲在黑晶体台子的另一边，看着女人要拿玉盒这才现出身来。

女人被吓住了，而突然出现的身影却极其快速地行动了。他的手也往玉盒探去，后发先至，赶在女人的前面触摸到那只玉盒。

“嗨！停！”鲁一弃的声音在石室空间的作用下震得人们的耳膜“嗡嗡”作响。重要的还不是声音，而是语气中挟带的气势，如同一阵劲风刮过，卷起一个气流的漩涡。

突然出现的身影像定格的画面一样停住了，同行的几人竟然也没谁敢动。

只有鲁一弃还在动，他缓慢地迈着小步，悄无声息地往前走，边走边从胸腔中喷发出一个字：“谁？”

“丛得金！”墙角的阴影喊出的是正确的暗号，声音也像，而且他手上提着的正是铁匠打制的斧子，只是脸上蒙着块黑色布巾，衣服也变成全身的黑袄。台子后面的那个影子衣着一样，也蒙着黑布。

“砰！”一声枪响，子弹打在“丛得金”脚尖前半寸的地面上。“别动！不管你是谁都别动！”

“让他们把脸上的蒙巾摘了！”在鲁一弃这样气势的威慑下，还能自如说出话的恐怕只有女人。

两个身影没动也没作声。

鲁一弃用枪口指住喊“丛得金”的那个身影：“你说谎。”然后枪口一转，指住想要抢夺玉盒的黑色身影：“你才是丛得金。”

那两个人身形都一震。

“开始我最疑心的就是你们丛氏兄弟。”鲁一弃面对着台子那里的身影说道，“因为其他人的来历都和鲁家有些渊源，只有你们两个的来历最没谱儿。但在金家寨我看到丛得礼为救我而丧命，从而觉得你们兄弟又是可靠的。确实，之前我想，你们不知道此行的目的，与此行利益没有任何冲突，而且对坎面是外行，证明你们和坎子家的朱家没有什么关系。

“后来发现金家寨栅栏卡子为朱家杀手所断，而且他们就是要把我们往这个方向逼，所以便开始怀疑你带我们要去的是什么地方，又是什么目的。特别是你曾说过去的地方珍宝无数什么的，如果只是为了获取财富，你们兄弟为什么不自己去，为什么这么多年还留在木场做苦力？这里有很多的矛盾和不合理，而且这话为什么刚见到时不说，要到金家寨后才说出，是因为之前你们没有这样的计划，那天夜里你们离开宿营地，向朱家汇报了我们要去金家寨，你们才有了下一步的计划。

“但当时你们回来得及时，几乎同时和傅大哥一起发声吓走大兽子，这就让我误会你们是和傅大哥在一起的，没有深究你们的去处。接下来你们又不大愿意走夜路，说另外知道个休息的洞穴。这又是前后矛盾了，为什么最初不领我们去洞穴休息？其实是怕我们动身太早，你们的同门在金家寨还没做好准备。”

鲁一弃轻咳一声又继续说道：“另外你的行为上也开始露出破绽。一路上背后总有尾儿坠着不落，这让我觉得是我们中有人在留迹儿。正好傅柴头对我说起，他在小镇中是凭木料的气味来找到路径的。这提醒了我，因为我发现你一路断后扫去雪地脚印时，始终用的是同一种树枝——鳞针松。这种枝叶的味道很独特，有一股涩苦香。扫雪过程中，多少有些针叶落下。这样少量的枝叶虽然人闻不出，兽子却可以闻出。

事实上我们背后也一直都有兽子的踪迹，夜宿点还有大兽子闯入，傅大哥刚开始发出的吼叫和怪响并未能将大兽子驱走，等你们出声后，兽子才吓跑，因为你们知道怎么驱赶自家兽子。但是随后三哥发现了任老在积雪下落炉灰，夏叔发现水姐靴下暗藏硬点子。这两种更为明显的留迹招数让我忽略了你。”

铁匠和女人都有些尴尬。铁匠自以为巧妙的雪中暗留灰手法竟然一早就被别人发现了；女人尴尬，是因为鲁一弃说话间改口叫她水姐了。

“但你最大的破绽是在奔洪道前，当时任老说出‘斜插竹篱格’的布置，这布置只有学过我家《班经》总章的人，或者是为了对付我们鲁家而研究我家技艺的人才会知道，但在场的所有人都只是查看现象，没有对此提出疑问，说明都是懂这个词的意思，所以疑点全部集中到两个不是鲁家传人的人身上，一个是水姐，一个是你丛得金。而你更为明显，因为早在遇到你们时，傅大哥就说过你们只跟他吃饭而不授技，因为你也始终把自己伪装成不懂坎面的木瓜。”

“那现在水老板……”鬼眼三终于插到半句。

“她现在已经证实了自己技艺的来路，所以可怀疑的只剩他丛得金。”鲁一弃说这话时看了女人一眼。

鬼眼三又说：“在红杉林坡上前后困住时，他和山顶人扣对手，一招没过斧柄就被削断躲开，等水老板开枪击中人扣，这赖小子反而空手扑上，挡住了水老板的枪口。我想那是护他本门的人呢。”

女人也补充了一句：“对了，之前他总是单独出去找干果，定是借这机会把我们的信息传递出去，所以对家才赶在我们前面来到这里。”

“他一直都表现出只有蛮力，功夫却很差的样子，可是在三折坡时，我听他把下坡说成上坡，想抓住他问个明白，却连续失手，到第三把才将他抓住。那时我也在疑心，这小子为什么要藏料儿。”盲爷说道。

“这另一个是谁？”女人问。

“诈死的。”鲁一弃说道。

“你的意思是说他是丛得礼？”鬼眼三满脸的诧异。

“你们不是亲眼看他死了吗？”任火狂也很是不解。

“是的，我们是看到他中了一支飞矛，飞矛穿透了他，但是我们谁都没有看到他咽气，只是听丛得金大声号哭，说他哥哥死了。就是鬼眼三走之前想看丛得礼一眼都没成，被丛得金急急忙忙给拉开了。”

几个人听得都在点头，两个黑衣人则谨慎地交换了一下眼神。

“但是当看到大弩高手被飞矛钉死在大树上的时候我觉出不对了，如果没有背后的大树，飞矛完全应该从弩手身体穿过。再回想柴头拉着当活盾的那个女人，飞矛是穿过几道木壁、洞穿女人头颅、再穿过一道木壁飞出。可为什么飞矛却没穿过丛得礼的身体呢？是因为那飞矛是在两个高手配合下，极好地控制住了力道，而且当时还故意射在栅栏上弹了一下，其目的也是要减缓攻击力，否则那样的高手怎么会出现这种准头上的失误。矛杆留在身体里，就可以堵住伤口，不会大量失血。过后妙手灵药救治，也就和受了个刀箭皮外伤差不多。但这还有个重要前提，就是丛得礼心脏偏位，是长在右胸。飞矛刺穿左胸并没有刺到心脏。”

说到这儿，鲁一弃忽然又想起了养鬼婢，心中不由微微一震。

铁匠也开口了，声音恨恨的：“我那老拼铺从石洞出来解手，撞到个窥视我们的人，却只看到个背影。当她看见前面领路的丛得金的背影时，‘咦’了一声，当时我没在意，现在回想起来，就是因为她发现丛得金的背影和她解手时看到的背影很像，而与丛得金很像的背影最有可能的就是丛得礼。她毕竟不是江湖中人，想不到江湖中的诡异难测，所以没有及时说出来。所以第二次就被人杀了灭口。不过她临死前的动作很奇怪，直直地指向我们，其实她要指的只是丛得金一个。”

“我在峡谷小道里找不到出路，看到丛得金，便跟了过去，没曾想从一个陷洞掉进甬道。这肯定是他已经发现这个洞，却不敢下去，便诱我去当探杆呢。”傅柴头也想通了一件事情。

“可你是怎么知道谁是丛得礼，谁又是丛得金的？”女人是在问鲁一弃。

鲁一弃也没有直接回答女人，反而问了鬼眼三一句：“三哥，你可记得我对你说过他们兄弟走得很是对称整齐？”

“记得！”

“是的，对称整齐，整齐也还算了，还对称！为什么会显得对称？

是因为他们其中一个是左撇子。一左一右才显得对称。”

“心脏偏的，手也是偏的。丛得礼是左撇子！杀死任老的女人的也是左手刀！”盲爷把事情联系上了。

“在三峰三回道里我们遇到的不是丛得金，他见到我们只是挥挥手，却不过来会合。记得吗？那人很自然地挥动的是左手。”鬼眼三的话语变得不再简短。

大家的目光纷纷落在角落那人握着斧子的左手上，然后又转到台架子旁那人刚从玉盒上缩回去的右手。

“我这斧子柄做的是反扭纹，反手握会很不舒服，除非这人天生是个左撇子。”铁匠死盯住那人咬牙切齿地说道，并且在说话中他往那人的方向移动了一小步。

提斧的人握住斧柄的手骨节猛然一动，他的确没有感觉出握把处有什么不舒服。

“说到斧子，那可是任老倾心制作的神兵利器。可将自己保命的家什交给另一个人，那么其中关系肯定非同一般，至少是血脉至亲。所以这一个是丛得礼无疑。话说到这份上，你们两个也真不用再蒙着脸了。我知道你们蒙脸的原意是想在我们得到宝贝后，还有机会再潜到我们身边，伺机夺宝。现在你们觉得还有这样的机会吗？”鲁一弃朗朗而言。

两个黑色躯体微微有些颤动。这是个行动的好时机，有人不会放过这样的细节。

鬼眼三就在此刻缓缓将雨金刚撑开，身形前倾，双腿微弓，完全一个准备跃出扑击的状态。

铁匠也悄悄将钢钎握紧，钢钎头微微翘起，尾端则紧贴住腋下。刚才甬道里的一番奔逃，他的武器只剩下这钢钎和后腰插着的一把刀，一把“攻袭围”扣子留下的好刀。

柴头的动作最不明显，只是将握着大锯的手暗暗往下用力，大锯撑在地面上，这样的下压让锯梁歪斜了，一边的弦绳松弛，另一边的钢锯条已然弓起。

还有盲爷，盲爷突然沙哑着嗓子大喝一声：“丛得金！”

所有的人吓了一跳，站在黑晶搭成台子边的身影更是下意识地

“啊！”了一声。

这一声的作用很大，它证实了那人的确是丛得金，同时也让盲爷锁定住他的方位。

盲爷的脸颊猛然抖动了一下，身形也随之轻微地一抖。就在这抖动中，他拔纵而起，往鬼眼三那里跃出。他需要鬼眼三手中雨金刚给他脚下撑把力，这样就可以直接跃过台子，从上方攻击到丛得金。

几乎与此同时，铁匠突然大步纵出。这一步未等落地，钢钎已平直刺出……

他们两个是最先动作的，但是铁匠只迈出两步就脚掌斜踏，紧急停住身形。盲爷倒是踩到雨金刚了，但雨金刚随着他的踩踏垂落下来，没有一点撑劲。

这是怎么一回事？只有盲爷不知道，因为他看不见。

其他人都很清楚，因为那个瞬间他们都和盲爷一样看不见了。

第八章　火尸蟛：潜伏在火山中上千年的食人虫群

东晋人程棱镔，后人也有称之为程开土的，为开山挖土之始祖，著有《见方动水土》和《地中异情录》。在《地中异情录》里有记载："叠尸之地，开土见虫。形如扁蟛，壳身蕴火。循缝而行，来去无迹。破皮而入，中者皆焚。"这就是说的火尸蟛。这火尸蟛只是俗称，书上常见的名字为火龙虫，也有叫火土龙、食火土龙的。在世界各地火山爆发的现场也见到这样的虫子，它可以在刚凝结的熔浆上快速蹑足而行。

那火尸蟛掉落在地，转了个圈，好像是在辨别方向，随后就往墙脚快速爬去，从根本看不到什么缝隙的墙脚处钻了进去。

山崩裂

一片绚丽的光华从石壁上闪出，霍然出现在石室之中。眨眼间就让整个石室变做比白昼还要炫目数倍。

光华刚一出现，里面的人就都闭上了眼睛。

也是在眨眼间，亮度下降，没等光亮完全消失，有些人已经睁开了眼睛，并快速动作起来。

刚才已经动作的盲爷和铁匠这次都没有动，这是因为他们的蓄势一扑没达成，而重新调整身形状态需要时间。

这次最先动的反倒是女人，她伸双手再次朝玉盒扑去。跟在后面的鲁一弃也迈出一步，朝黑晶台子伸出手。他们两个都没有行走江湖的经验，所以考虑到的东西很少，只想着出手拿到东西。

比他们稍慢一步的是丛得金和鬼眼三，他们两个其实是在鲁一弃和女人之前就睁眼的，但是他们都有着江湖人的谨慎，所以首先是横臂缩脖矮下身体，警惕地戒备着。等看清女人和鲁一弃都往台子扑去，丛得金这才匆匆出手。鬼眼三瞧着丛得金肩臂一动，立刻跨步纵出，挥舞雨金刚劈头砸下。

炫光来得突然，去得更快，石洞中又回复到原先的昏暗。

鲁一弃已经退了回来，他手中没有玉盒，只捏取到一块黑晶。

玉盒最终是被女人抢到的，可她双手捧住玉盒还未来得及缩手，丛得金的鹰形掌已经叼住了她一只手的脉门，一用力将她从台子的一侧拖拉到自己这一边。丛得金的思路很缜密，直接与女人对抢可能会损坏到宝贝，而且对家还有个绝顶高手也出手了，只有制住女人再抢夺玉盒，才能保证宝贝不损，才能借得女人为人盾，保证自己不被伤害。

女人的反应也快，她一只手被制，想都没想就用另一只手将玉盒抛向鲁一弃。鲁一弃眼瞧着女人甩手抛过来一件东西，便手脚慌乱地接住了。

“把玉盒给我！”丛得金像只狂暴的困兽一样吼着。

角落里的丛得礼见玉盒落在鲁一弃的手中，下意识地就往鲁一弃这边快速冲来。但此时鲁一弃却像泥塑一样呆滞，根本没意识到丛得礼的威胁，更没有举起他的枪，因为就这刹那间，他感觉到远比丛得礼可怕得多的威胁。

“是什么？”盲爷突然惊恐地发出一声怪叫，他听到地下传来一种鬼哭神嚎般的怪声。

“当心！找东西抓……”鲁一弃只来得及喊出一句不完整的话。

其实不是鲁一弃的话喊得不完整，而是由于后面的话全被一阵怪声和“隆隆”的震动声淹没了。

石室中真没什么固定的东西好抓，那些石壁都十分光滑难以着手。练家子们还好，脚下有力，勉强能站稳。女人却是瘫坐在了地上，丛得金怎么拉都拉不起来。

鲁一弃则索性躺在了地面，双手里紧紧抓着黑晶块和手枪，怀里抱着玉盒，好像这些都会成为他的救命稻草。

地震！火山喷发前的地震！出现的绚丽光华就是被称做死亡之光的地光[1]！而地下传出的声响是地声[2]！

震动越来越强烈，本就昏暗的石室扬起粉尘，能见度变得更低了。幸亏这间石室很是牢固，不曾有石块砸下。

震动大概持续了十几秒钟就停止了，石室中剩下一片咳嗽声。咳嗽声未停，跑动声响起，接着便是呵斥声和金属撞击声。到底都是老江湖，刚从惊愕和慌乱中省悟，马上就意识到自己该做什么。

鲁一弃依旧躺着，借这个机会把玉盒塞到自己的粗布包里，将那块黑色晶块揣到怀里，然后坐了起来并举起了枪。

举枪的同时，鲁一弃感觉到脑后一阵烫热，这又是某种危机临近的

1　地光是指地震时天空的发光现象。地光出现的时间大多与地震同时，低空大气中出现的片状光、弧状光和带状光等多为青白色，地面上冒出的火球、火团则多为红色。

2　地声是地震发生时，一小部分地震波能量传入空气变成声波而形成的声音。在基岩露出地表和表土层很薄的靠山地区，容易听到地声。

预兆。啊！是硝石洞！危险来自硝石洞！

硝石洞中如同波浪一样起伏的硝气，终于跃出个大浪扑向火红的熔浆。整个硝石洞中火光一闪，爆响声震耳欲聋。气浪让“烁金玉黄石”做成的石门在空中翻转几圈后拍在石壁上，外面石室的巨型石斧也如同树叶般飞出，牢牢钉在室壁、室顶上。

随着硝石洞的爆炸，地下再次剧烈震动起来，这次震动持续的时间更长。

鲁一弃一直躺着没有动。他知道，山体如此剧烈地震动，自己根本站不稳。

他将头侧转，一只耳朵贴在地面上，从隆隆的震动声中听到一个绵长而快速的开裂声，由远而近，就像破开一只脆爽的西瓜。就在此时，那黑晶块搭成的台子“哗啦”一声坍塌了。被鲁一弃抽掉一块没有塌，地震没有塌，硝石洞爆炸它也没塌，却随着地底深处的一个开裂散塌了。

地下的开裂声在接近，大地的震动也在继续。

石室突然间像一只被敲开的鸡蛋，从室顶开始往两边分开。石室被分做了两半，越分越开。

扩大的裂缝中，灰尘夹杂着碎石落下，像夏日的暴雨一般密集，就像在石室中间挂上了一块灰色的纱布。

随着山体的震动，鲁一弃逐渐往那裂缝中滑去，眼见着就要落入无尽的深渊，他赶忙一个翻身，趴在地面上，但是震动还是让他继续往裂口中滑去，他只能靠胸部和双臂挂住整个身体，不让自己掉下去。

可怕的是地面也开始往裂口那边倾斜，地面很光滑，没有一点可抓的东西。

鲁一弃只能眼睁睁地看着自己扒住地面的手掌一点点往下加速滑动……

良久，大地终于停止了震动，昏暗的石室在这场大震后居然变得更加明亮起来。照亮石室的光线，白色的来自上面，红色的来自下面。

石室，连同整个山体都被扯成了两半。上面的光线是山体裂开口子中落下的天光，光线淡淡的，已经不知道是黎明还是黄昏了；裂开的口子里散发着怪异味道的气体，翻涌着通红的熔浆，下面的光线就来自这些熔浆。

眼见着鲁一弃的手就要从裂口的边缘上滑脱，一把斧子伸到了他面前。他想都没想死死抓住斧子头，就像个快要溺死的人抓到根稻草。

“把玉盒给我！我拉你上来。”从得礼说这话的时候有些掩饰不住的兴奋。

斧子真的是根稻草，没有人想到局面会变成这样。虽然离着不远就有柴头和铁匠，但他们只能在碎石的阻隔下干着急。

“给你。”鲁一弃边说边艰难地腾出左手到包里去掏摸。

从得礼很贪婪，但他并没有因此而丧失警惕，依旧偏着身体，保持着自己脚步的稳定。

一只古锈斑斓、流光溢彩的玉盒，温润得就像要将鲁一弃的肌肤融化掉一样。

从得礼的眼睛闪烁起来，这目光中充斥着的欲望可能是他这辈子最强烈的一次。他微微前倾，并将斧柄往自己身前拉近，这样可以让他够到鲁一弃手里的玉盒。

“左转斧头！”铁匠突然高喊一声。

铁匠喊声未了，一根晃动抖索的带子挟着寒光快速飞来。

鲁一弃想都没有，将手中的斧头往左一扭，斧子柄突然大力地弹出伸长，插入了从得礼的左前胸。那里有个伤口，一个被飞矛射穿的圆洞形伤口。斧柄撞破裹住伤口的纱布，插入到那圆洞形的伤口中，再次穿透了从得礼的身体。

斧子是铁匠做的，却不是做给自己用的。铁匠当然不希望自己做出的好东西伤害到自己，更何况使用它的人是个不能完全相信的人。因此他给柴头、鬼眼三和从得金这三个人每人做了件好物件儿，而这些好物件儿中暗藏着只有制造者知道的，可以用来伤害主人的机栝。

剧烈的痛楚让从得礼一瞬间几乎有将斧柄拔出扔掉的冲动，但这只是个念头而已，他的手却是更紧地抓着斧柄，这时要是拔出斧柄，他肯定会血喷而死。同时，他的右手也牢牢抓住了玉盒，这玉盒不拿到手，他是不会罢休的。

飞来的带子挂在了从得礼的右肩上，带子上闪跳的寒光瞬间被鲜红覆盖。那是柴头从锯弓上绷飞出去的锯条。

从得礼用一种难以置信的目光看着自己肩上的锯条：这样一件木匠工具竟然也能当暗器用？！

血从肩上快速地流淌下来，这是因为锯齿状的伤口出血更多更快。这样快速的出血，会在短时间内让从得礼的右臂发麻，失去知觉，最后连拿住玉盒的力量都丧失掉。

“把玉盒扔过来！”这是裂口另一边从得金的喊声，他抓住女人当人盾，被鬼眼三和盲爷逼迫住。

“快扔过来！东西在我们手里才能保命！”从得金焦急地喊道。

从得礼是奸猾的老江湖，他当然明白这个道理。只有这东西在自家兄弟手中，对家才不会继续下杀招。只有这东西在自家兄弟手中，门长及其属下高手才会来救自己的命。于是他趁着自己右手还没有因失血过多丧失能力，将玉盒抛向了裂口的另一边。

从得金接住了玉盒，这让鬼眼三和盲爷变得更加投鼠忌器了。

鲁一弃空出的左手空摆了几下后终于找到个固定点。那是从得金肩上挂下来的锯条头，此时的鲁一弃根本不管这是什么东西，挂在什么地方，只管一把紧抓住不放。

从得礼觉得肩头的痛楚刺透了全身。他扭头一口咬住肩头的锯条，只有这样拖住，才能避免在鲁一弃全力拉扯下将他手臂整个锯下。

此时已经不是从得礼让不让鲁一弃活的问题了，而是变成了从得礼要想活命就必须将鲁一弃拉上来，或者想法子让鲁一弃摔下去。

于是在双重痛楚的夹击下，他艰难地移动不大灵活的右手，从腰间抽出一把刀，一把厚背薄刃的狼牙刀。

“果然是你！”铁匠发出一声恨恨的怒喝，随即不顾一切从阻隔的碎石堆上爬过来。

好刀！可以断链削栓、吹毛落发，杀死老女人时连一滴血痕都没留下。这样的利刃只要随手一挥，便可以砍断锯条。问题是从得礼眼下不但挥不动，连将刀拿稳都很是费力。

狼牙刀一点点往前探去，逐渐向鲁一弃抓住锯条头的手指接近。

刀口渐渐切入鲁一弃的手指，就算鲁一弃能忍住疼痛坚持不放，锋利的刀刃还是会将他手指削断的。

铁匠、柴头他们还在碎石堆的另一面，就算他们现在过来了也来不及。鲁一弃绝望了，他仰天发出一声长长的嘶喊。裂口另一面也传来了女人的哭喊。

赐我亡

嘶喊中，一块大石落下，不知道是被嘶喊震落的，还是上天有意在帮助鲁一弃，石块正好砸中丛得礼的天灵盖。这一下虽然不能将这个高手砸死，却毫无疑问地可以将他咬住锯条的牙口给砸松。

牙口一松，肩头立时血花骨末飞溅。狼牙刀掉在了地上，和它一起掉落的还有一只握住狼牙刀的手臂。

丛得礼癫狂了，他发着狠，死命想拔出插在身体中的斧柄，他要杀死鲁一弃，哪怕同归于尽。可斧柄依旧插在他身体中，就像长在里面一样。

穿透他身体的斧柄正被双结实的大手从后面抓住。

丛得礼完全失去了理智，突然间拼尽全力往裂口中冲去，他要利用自己的冲劲和体重，再加上挂在下面的鲁一弃，将背后抓住斧柄的人一同带下裂口。

人从裂口落下时的样子很像一片枯叶。丛得礼就是这样一片枯叶，他怎么都没有想到，自己左侧的半边身体突然间豁开一条缝，这条缝连接着圆洞形伤口和左肋边。

丛得金从斧柄上脱出，冲入断裂口后他还在琢磨这是怎么回事，直到自己身体发出了焦臭。

鲁一弃被拉上来了，被抓住斧柄的铁匠和手里提着内弯刀的柴头一起拉了上来。

柴头手中暗金色的弧形内弯刀刀尖上滴挂着一条黏稠的血线，就连他自己也没有想到，铁匠打制的弯刀会如此锋利，忙乱中的一刀，竟然轻巧地顺着斧柄切开了丛得礼的半边身体。

熔浆继续向上翻涌，而在裂口对面，女人和玉盒都还在丛得金的手中，盲爷和鬼眼三还在与他僵持着。

鲁一弃探头在裂开的深沟中左右瞄了几眼，然后坚定地说："走！到对面去。"

地裂的口子很长很宽，将山体整个劈开，跳是不过去了，但鲁一弃看到了裂口中的一座"桥"，两块巨大的岩石，对拼着卡在悬崖之间，而且离桥不远有被裂口截断的四方形洞道。他需要做的就是走到那个位置，利用那块岩石，穿过这条裂谷。

柴头在碎裂倒塌的石壁背后发现了通道，他不知道这通道都是通向哪里的，也不知道这通道当年是派什么用场的。里面很黑，很潮湿，石壁上都积聚着厚厚的淤泥。从洞形来看，这洞道修筑得很粗糙，洞壁高低不平，洞径大小不一，给人感觉是修造暗构时先行开凿的用来运送材料和运出石块杂物的副洞。

鲁一弃取出萤光石走在最前面，一路快跑。他真心希望这通道能转到"桥"的位置。这种不管不顾的行进方式非常不安全，但铁匠和柴头也顾不上阻止，只是紧跟其后。

这个洞道的地势是微微下沉的，行走了好久都没有到头，倒是在一侧的洞壁上发现了一个破口，破口里是砖砌的甬道，四棱四方，整整齐齐。如此的甬道让他们三个感觉是回到正道上了，忙不迭地从口子钻到甬道中。

正道也不好走，有许多岔口，三人在仔细辨别和试探后发现，这是鲁家技法中的"散枝博古格[1]"，熟悉了门道，他们加快了速度。但是当再次拐过一个直角弯后，突然出现在他们眼前的一番情形让他们霎时愣了。

是一个人扣，一个功力高强的"十六锋刀人"。刀人一只手扶着墙壁，另一只手揪扯着胸口，低头剧烈咳嗽着。地上插着一枚刀片，那是

1　博古格有好多种，主要是用在墙壁的装饰以及木壁隔断上，能增加一些古意和书香气。散枝博古格的延伸是以一种无规则的方式，就像散开的树枝一样，但是杂乱中别有一番韵味。

“十六锋刀人”暗藏在口中的第十五把刀。可是刀人现在已经顾不上这取命和保命的秘密武器了，只是撕心裂肺地干咳着。

刀人的背心冒出了白白的热气，他咳出的气息中竟然带着点点火星。

好不容易，刀人“哇”的一声呕出了一些黑乎乎的东西，是内脏的碎块。当那些碎块堆成堆的时候，刀人已经跪跌在地上，一动不动了，只有半张着的嘴巴里还在往外冒着青烟。

鲁一弃他们强忍住恶心，向前迈步，准备绕过刀人继续往前，突然瞧见那已然不动的刀人口中溜出一朵火苗，扁扁的火苗。

“那是什么？！”柴头惊恐地问道。

“火尸螃！是火尸螃！！”铁匠更为惊恐地叫道，一边往后退着步。

东晋人程棱镔，后人也有称之为程开土的，为开山挖土之始祖，著有《见方动水土》和《地中异情录》。在《地中异情录》里有记载：“叠尸之地，开土见虫。形如扁螃，壳身蕴火。循缝而行，来去无迹。破皮而入，中者皆焚。”这就是说的火尸螃。这火尸螃只是俗称，书上常见的名字为火龙虫，也有叫火土龙、食火土龙的。在世界各地火山爆发的现场也见到这样的虫子，它可以在刚凝结的熔浆上快速蹑足而行。

那火尸螃掉落在地，转了个圈，好像是在辨别方向，随后就往墙脚快速爬去，从根本看不到什么缝隙的墙脚处钻了进去。

三个人重重地舒了口气，幸亏只有这样一只火尸螃，幸亏这只火尸螃已经从这人扣身体中吸饱了精血，要不然三个人中必定会有一个成为它的牺牲品。但有一只火尸螃，就会有成千上万只火尸螃，藏在那些滚烫的岩石缝里，不知什么时候会钻出来。

鲁一弃管不了那么多了，可当柴头开启一扇砖壁形的暗门时，他心中莫名地涌起一股烦躁和心乱，从被铁匠他们从裂口拉上来后，他的心绪就再未平复过，更无法回到自然忘我的状态。

感觉不到的东西总是会突然间见到。暗门打开，一群血肉模糊、支离破碎的尸体朝他们扑了过来。

铁匠到底见多识广，这种情况面前他是最镇定的一个。当年在关内融道家秘藏红铜汁破玲珑封魂锁那一仗中，他也见过类似的情形。所不同的是那时的尸体都是完整的，不像这里的这样破烂。

“往这边走，尸坎动作僵板，尽量带他们绕圈拐弯。”说完铁匠扭头往一条支道中跑去。破玲珑封魂锁时，江西赶尸言家派人帮忙对付活尸首，他们是用“游身转”的步法绕得那些尸首乱碰乱撞，最后乘乱落符下镇。这里是甬道，范围太小，只能带着尸体不断拐弯。每到一个弯口，这群尸体都会挤成一团，行动缓慢。

鲁一弃见那些活尸离着自己越来越远了，心里不由地暗暗庆幸。多亏是铁匠知道那些活尸首的弱点，要不让被这些活尸抓住还不知道是怎样一个可怕的结局。

活尸首只是被拉开了一段距离，并没有真正被甩掉，但是鲁一弃却在这个时候停住了脚步，任凭活尸怪异的脚步声越来越近。因为前面出现了比活尸更加可怕的东西。

柴头此时都不敢正眼去看，这使得他那对大小眼歪挤得更加不自然了。在这段甬道里，燃着无数飘移灵动的火苗，布满了甬道的四面，让方正的甬道仿佛变成一个燃着的火筒。这些火苗全是火尸螃，破皮入肉焚烤肺腑的火尸螃。一只火尸螃就可以让厉害非凡的十六锋刀人死得惨不忍睹，而他们面前是无数的火尸螃。

背后是活尸群，近得已经可以闻到尸体上散发的血腥气。前面是火尸螃，已经开始活动起来的火尸螃群，就像一汪火流，朝着这边流淌过来。

“怎么办？！”铁匠急了。

“啊？！怎么办！？”鲁一弃出现了从未有过的慌乱，看不到水冰花，他的心境始终无法投入到自然忘我的状态。

“走这边！”此时的柴头反没有那两个慌乱，他大概已经过了恐惧的极限，这才显出反常的镇定。

就在活尸跟在他们后面迈入岔道，与火尸螃汇聚在了一起。活尸的表面布满了火尸螃，瞬间火尸螃的热量让他们僵死的肌体重新有了温度，色彩也鲜亮了，冻结的尸液也开始融解，但尸体毕竟是尸体，不会有感觉，依旧带着火，冒着烟，跌撞着直扑鲁一弃三人。

拐过几个弯后一面墙挡住去路。柴头一眼就看出这面墙是道暗门，可是暗门的弦线似乎在地震之后被墙体夹住，急切间拉扯不动。

活尸越追越近，铁匠撸了把额头的汗水，猛咳一声，吐出口浓厚的唾液。这样可以让他的声音变得清亮些。随即他发出一声呐喊，挥舞着钢钎往活尸堆中扑去，将最前面的两个活尸砸倒，一时间火苗纷飞四溅，火尸螃被砸得四散飞落。

后面的活尸没有丝毫的停滞，继续往前，前后的活尸堆挤在一起，铁匠用钢钎抵住最前面的一个活尸，阻止他们继续往前。活尸的肉体很脆弱，所以在铁匠和活尸同时大力的作用下，钢钎快速往布满火尸螃的尸体中插入，越插越深。这样的伤害对于活尸来说没有任何意义。尸体一边从钢钎上穿过，一边继续挥舞着的双手，眼看着就要抓住铁匠。

钢钎只能抵住一个活尸，旁边的活尸从被砸倒的尸体上踩过，继续朝铁匠扑过来，而铁匠已经无从招架。

一把没有锯条的大锯架住了旁边的活尸，大锯是柴头的，但拿住大锯的却是鲁一弃。他不能眼见着铁匠被活尸和火尸螃吞没，他们应该合力争取最后的一线生机。

木质的锯弓肯定不如钢钎，才接触活尸就开始弯曲冒烟了。弯曲是因为活尸力量太大，冒烟是由于火尸螃挟带的温度很高。

锯弓“咔嚓”一声断裂了。

柴头发出一声欢呼，门终于被打开了。

“啊！！”鲁一弃的右手被活尸抓住了。一只火尸螃爬上了鲁一弃的手背，尖螯一划，躯干收缩成扁平形状，就像一枚银元，一下就钻进肉里。

“啊！”鲁一弃再次发出一声惨叫，这惨叫不是因为火尸螃给他身体带来灼烫，他还没有机会感觉到那会是怎样的一种灼烫。惨叫是因为右手已经脱离了他的身体，在一片金光闪过之后，他已经不再拥有右手了。

是柴头，柴头不知道鲁一弃被活尸抓住后会是怎样一个结局，但他知道被火尸螃钻入身体后会是怎样的悲惨。于是想都没想，弯刀一挥削断了鲁一弃的手腕。

柴头第二刀削断的是活尸的手臂，因为这条手臂正向鲁一弃的脖颈抓去。

“你们先走！”说这句话的同时，他又挥刀削断了串在钢钎上那只活尸的手臂，这手臂已经快碰到铁匠的脑袋了。

铁匠松开了钢钎，转身拉起鲁一弃就往门外跑，余光瞥见柴头拼命挥舞着弯刀。随着暗金色的刀风划过，火苗四散飞溅，断肢碎肉飞落，浆白的尸液飞洒。

“快出来！”鲁一弃大声地喊着，“傅大哥，快出来！”

柴头很想出来，但他实在没有这样的机会。这时只要他手中的刀挥舞得稍微慢点，立刻就会被活尸抓住。

鲁一弃在门外开枪了，但子弹只能让活尸再破烂一些而已，帮不了柴头。

“当心！脚下！”铁匠说这话的时候已经晚了，柴头的双腿被倒在地上的活尸紧紧抱住。

鲁一弃和铁匠往回跑了两步，却听见柴头声嘶力竭地嚎叫：“走！滚！想死一堆儿！臭打铁的，回来我咬死你！”

铁匠停住脚步的同时也一把拉住了鲁一弃。

柴头的腰也被抱住了，活尸蟮有好些已经钻进了柴头的裤腿，像波浪一样往上延伸。另外有许多的火尸蟮掉落在地，重新汇聚成火流，朝着暗门这边漂移过来。

弯刀飞出，那是一片金色的绚丽光华。刀插在墙缝上，发出嗡嗡的颤音如金钟悠扬。刀尖砍断了暗门的弦线，暗门在慢慢地移动、关闭。

弯刀飞出后，柴头已经不再能够动弹，众多的活尸已经完全将他制住，就连手指动一动都困难。火尸蟮也开始往他的上身掘进了。

“杀了我！快杀了我！求求你！快他妈的给我个痛快！”柴头撕心裂肺地叫喊着。

鲁一弃知道这是傅利开最后的请求。暗门也已经关闭一大半了，他不忍正视自己要做的事情，于是将脸扭转，同时发出一声带哭腔的惨吼。一枪，正中眉心。

暗门渐渐合上，在关闭的最后瞬间鲁一弃回头看了一眼。里面活尸已经开始焦黑了，死去的傅利开也开始冒烟，但是他的双眼始终大睁着，一双对称的眼睛。鲁一弃知道，这双眼睛，恐怕要永远留在他的梦魇里了。

铁匠搀着鲁一弃继续奔逃了好一会儿，鲁一弃的断腕喷洒出的鲜血沿路划出一条长长的血道。铁匠看背后再没有活尸和火尸蟮追来，这才停住，将鲁一弃的断腕仔细包扎妥当，直到这时，鲁一弃才感觉彻心的疼痛。

“再休息会儿？”铁匠问鲁一弃。

“还是……走吧。”鲁一弃脸色惨白，疼痛和虚弱让他有些颤抖。

壑难过

七八步外就是山体裂开的深沟，外面就是那座“石桥”。

还没走到裂口边，鲁一弃就已经感觉到下面灼烈的高温。这里的地势较低，所以距离下面熔浆更近，而上面裂开的山体，不断有水沿着裂壁流下来，那是山体外面的冰雪被高温融化了。

鲁一弃在那两块卡住的巨石前站住了……

铁匠看到裂口对面依旧对峙的局面，鬼眼三和盲爷从两面逼住丛得金，形成一个密不透风的围杀式，但是丛得金手里有女人，所以他的防御很轻松，可以拉着女人不断沿着裂口往卡住的大石这边移动。

鲁一弃站在石桥前，铁匠上前用力踹了踹巨石，巨石很结实很稳当，他回头看了鲁一弃一眼，那意思是说没问题，可以过。

鲁一弃没动……

铁匠从鲁一弃迷离的目光中看出了什么，他大声干笑了几声，并提高嗓门说道：“没事，可以过，要么我先过，你瞧着。”可没走几步，他却蹑足猫行地往后退了回来。

一个白色的身影不知何时出现在石桥上，似乎是一闪之后，便如同一块磐石静止在那里，太稳当、太自在了。

身影挟带的气相是跋扈嚣张的，无形的压力一点点地扩展开来，压迫住在场的每一个人。与他同样嚣张的还有他手里的武器，那是一张巨型的弓，比人还高，还有他背后斜背着的几支比弓更长的矛。

鲁一弃还是没动，但他的气场已经与那白色的身影开始了交锋。

在金家寨，他们交过一次手。对，面前这高手正是那个白发白须的长臂老人。他白色袍服上有个灰黑的洞眼，这是上次交手时鲁一弃给留下的。

铁匠也认得这个白老头，白老头带人攻袭金家寨那次，他在山坡上远远见到。他更认识那飞矛——“晓霜侵鬓矛”，三折坡上的弩手就是被这飞矛钉死在树上。他知道丛得金为什么要往这边移动了，与这样一个绝顶高手会合到一处，也就意味着夺宝成功。

白老头的白须白眉遮挡不住双精芒如电的双眼，他从金家寨一战后就一直在等待这样的机会。好多年没出江湖的他终于遇到了一个敌手，这就像封藏多年的美酒终于到了开封的时刻。上一次交手，门主不允许对这年轻高手下杀手，只搞些哄哄吓吓的招儿赶着他走。今天不同，门主下了杀令，他终于可以和这年轻高手放手一搏了。

鲁一弃的意念在一点点地坚定起来，刚才他一直没动，不是他不想动，而是不知道怎么动。现在的他聚气凝神，完全忘却“动”字这样一个概念，脑子里只是想着跨过沟堑，去拥住女人的肩，去拉住兄弟朋友的手，一同走出这样一处死地。与此同时，他显示出的气相变得从容、笃定，气息的升腾便也变得肆意、狂放。

相比之下，白色老头的气相就显出波动和凝滞来，似乎被鲁一弃的气场所压制。

鲁一弃往卡住的巨石上走了两步，这两步和他平常的步数没有不同，甚至更随意一些。但是这样随意的步法蕴含最多的是坚定和决断，于是这两步在一些人眼中变得势不可挡。

白老头感觉到周围气相发生的微妙变化，自己同门高手的气相在畏缩、在退避。面前这个年轻人拥有的气相却变得更加腾跃纵横，如同云翻浪卷一般，而且这年轻人的气息变化和分布与裂沟下翻滚的熔浆、山体刀削般的裂壁以及周围弥漫的雾气是如此的融合服帖，这难道说就是道家传说中发于自然之体，引导自然之境，采自然之气为己用的天意之气吗？

几声狼嗥隐约传来，这让铁匠的眉头稍稍舒展。

“快把东西给我！”白老头发出的声音竟然很是清脆响亮，就像童音。这句话让他身后的丛得金吓了一大跳，下意识地扭头将手中的玉盒往老头那边递了递，随即发现根本不是那么回事。

“给你。”鲁一弃伸出手，可是什么都没有，连手都没有，他很自然地伸出自己的右臂，没有了右手的右臂，“来拿呀！”

虽然白老头此时静若磐石，但他的骨节的确是轻微地响了一下。没人看得到老头的面容，所以只有他自己知道自己有多沮丧。对面那个年轻人只是挑衅而已，不理就得了，怎么还紧张得连筋骨的运转都控制不好了。

和老头同样沮丧的还有铁匠，因为他只看到狼，却没有了控狼的人。

狼群是从他们身后的洞中出来的，也有几只是从裂壁上其他小窟窿中钻出来的。它们往裂沟这边缓慢靠近，喉咙中低鸣着，似乎很介意滚烫的熔浆。

即便如此，没有哪只狼驻足不前，它们在经过鲁一弃身边时甚至还扭头闻闻他断腕处的血腥气。是的，虽然它们的速度并不快，亦踌亦躇地往前颠着步，但步法和节奏都控制得很一致，明显是受过很好的训练。狼群排列的位置也很讲究，不是什么排列阵法，但它们如果一同扑出的话，相互不会碰撞阻碍。上方小窟窿中钻出的狼凝固成一副预备纵跃的姿态，雕塑一般。

白老头也像雕塑一般，一个杵着大弓的雕塑。

丛得金不像雕塑，因为他在发出声音，在反复嘟囔着：“狼来了！兽王没拦住！连兽王都没拦住……”

铁匠听见丛得金的话了，他缓慢转过身来，高声断喝：“当然拦不住！他是猎神！兽王也没用！”

声音在断裂开的山体中回荡，久久不散。铁匠坚定的目光中浮现了一层雾气，他沮丧的表情中又多出些悲伤。他心里也很清楚，猎神郎天青和兽王熊山平是宿敌，他们之间的相互了解甚至超过亲兄弟。猎神没有出现，兽王也没有出现，狼群却来了，是猎神的狼。

原来，对付三大弩时的帮手是个被称作猎神的高手，是铁匠给约请来的。铁匠用雪底留灰的法子就是在给他引道。上了红杉古道后，便是猎神给铁匠领路，他用狼和猎犬在前面寻对家留的痕迹，再给铁匠留下记号，还有铁匠的那双很好的皮靴子……

狼群的出现，转移了人们的注意力。就连熔浆快没过裂沟的边沿，都没人注意到，而盲爷和鬼眼三偷偷往丛得金那边逼近了半步，也没有人注意到。

当然更没人会注意到铁匠任火狂，不断在膨胀伸展自己身躯的任火狂。因为这种身体变化是无形的，只有铁匠自己知道。

铁匠体会到这高大身体中蕴含的能量。这能量中包含着勇气，包含着信心，包含着义无反顾的决心，包含了视死如归的从容。猎神没有来，现在能协助鲁一弃的人只有他一个。

狼群渐渐地逼近，逼得很近，白老头甚至可以闻到狼口鼻中喷出的腥气。他没有动，但脚下石头越来越烫，有些难以忍受。

连白老头都难以忍受，那些赤足踩石的狼群就更加承受不了。承受不了就会匆忙行事。人是这样，更何况思想不周全的狼。

领头的青背白尾狼发出一声低沉而短暂的咆哮，随即狼群在瞬间纵跃而起。

走到巨石块上的那几只狼像树叶般飘起，往老头那白色的身影缠裹过去。石壁上方呈纵跃姿态的几只狼也同时飞纵而出，谁都无法想象，这些狼竟然能像空中滑翔的雀子，直往白老头头顶覆盖下来。

白老头的动作快得连鲁一弃都看不清楚，在他所有的感知器官中，只有狼群在动，在分散，在解体，在粉碎，在血肉飞溅，而老头就在这些碎物中间依旧伫立不动。

巨石上没有留下一根狼毛和一滴狼血，更不用说白老头的身上。破碎的狼全落在巨石之外，熔浆上化作几缕清烟、一片焦臭。

铁匠的面色就如同他做活用的砧铁一样灰沉，这些不是普通的狼，如此群起扑出，是搏命的最后一击，只有失去主人的狼群才会这样做。

“必须过去，不然会没命。”铁匠终于说了句简短的话。

鲁一弃只点了点头。

“天湖鲛链。给我！”铁匠的语气不容辩驳。

鲁一弃解下在岩浆的映衬下熠熠生辉的天湖鲛链，沉默了好一会儿才继续开口道：“还还给我吗？”

铁匠听出这话的意思了，他不知道如何回答。他转过身，双手托着天湖鲛链，口中低声念诵：“血汇成流，身随心走，天地雄豪，无首魁首……不死不休！死亦不休……死亦不休！死亦不休……”铁匠念的词鲁一弃都听到了，他还听到了铁匠的强劲的心跳声，随着“不死不休！死亦不休！”的节奏，如同打铁时铁锤的敲击声。但鲁一弃没有转身，他看不到的是，天湖鲛链如同活了一样，应和着铁匠的心跳，应和着血液的流动，顺着铁匠的腕口往衣服里钻去，贴肉而行，依脉而行。最后天湖鲛链的两头在铁匠的胸口露了出来，铁匠将这两头收紧，打了一个合心结。

当铁匠再次转身时，走动的姿态和平常稍有些异样。他边走边抽出后腰上插着的刀，一把杀退“攻袭围”后捡来的刀，一把吹毛立断的泼风刀。

任火狂持刀走上巨石，走得无比沉稳镇定。

巨石在熔浆作用下变得滚烫，白老头和铁匠的鞋底都开始“嗞嗞”地冒烟。

鲁一弃有些诧异，在他的感觉里，任火狂的背影变得无比高大，像某个先古的大神，但鲁一弃随即便明白过来，这是一种气焰的升腾和膨胀。

任火狂继续坚定地朝着白老头逼近，老头已经可以感觉到铁匠身上挟带的气场。

气场虽然范围很大，却很散，缺少凝聚力，说明来人丹元不固，底气不足。

气场中杀气也不重，甚至比不上所持兵刃的刃气，这人此趟对决是很无奈、很畏怯的。

任火狂站住了，是个很不严谨的进招姿势。

白老头没动，这样一个对手真的不值得他先动。

任火狂的攻击姿势很笨拙，速度也不快，刀劈出的力道也很弱，不是他故弄玄虚，他驾驭刀的能力真的只有这么多。

这一点白老头甚至更清楚，就连不懂技击的鲁一弃也看得出来。

所有的一切都在证明着匠人和技击高手之间的差距。

白老头好像依旧没动，也可能是动了却看不出来。

铁匠的刀没有够到白老头，离着头顶还有两尺多就已经停住了。因为持刀的人虽然还挺立在那里，却已经没有了脑袋。

刑天斩

任火狂的头颅掉落在巨石上，弹跳两下后，滚到鲁一弃的脚边。脸朝着鲁一弃，上面竟然是带着些狡狯得意的笑容，直到此时才听到对面传来女人的一声惊呼。

基本都在白老头的意料之中。一招，只是无法看清的一招；一闪，只是弓弦悠悠一闪。意料之外的事也有，就是没了头颅的铁匠没有倒下，依旧在没有任何支撑和扶持的状态下稳稳屹立着。

白老头也依旧伫立着，他在等待，等待一个意料中的机会。

铁匠的脖颈在收缩。白老头知道，血喷马上就会来临。他正是要利用这个机会，摆脱年轻高手施加的压力，伺机夺宝。这大石上真的已经烫得立不住脚了。

但是铁匠站立的尸体顶端并没有血液喷出，四肢却动了，就像个扭转压迫后的弹簧突然间松开。

在鲁一弃的眼中，铁匠的身躯和手臂如同北平院中院里五足兽坎面中的“回转流星”一样，疯狂地动作着，只是速度更快，快得离谱。一眨眼的工夫，一切又都停止了，一切都结束了。

一泓碧水般的刀刃从白老头的脖颈间滑过，顺畅得就像没有碰到任何东西一样。雪一样白的头颅高高飞起，未曾落下便已经被脖颈间喷出的鲜血染得红艳红艳。

染满鲜血的白色头颅滚落在铁匠头颅的旁边，面容极度地惊异。嘴巴兀自不停地张合着，却发不出一点声音，那张合的嘴巴分明是在重复着三个字：“刑……天……斩……”

巨石上的两个躯体对比分明地展现在那里。任火狂的脖颈中始终没有喷出血来，依旧持刀站立着，一幅杀破一切的架势，只是这姿态已然不再稳固，也许一阵风就能将他吹倒。白老头的身体蜷缩得像个球，毛茸的球，红白相间的球。

鲁一弃在任火狂的身后站立住。铁匠的背心的衣服都已经迸绽开来，可以看到深陷入肉的天湖鲛链，也正是这天湖鲛链勒锁死了血脉，他脖颈处才没有血液喷出。任火狂是以天湖鲛链为力弦，以头颅为机栝，以生命为诱，将自己身体做成个坎面，一个先死后杀的坎面。

鲁一弃还看到，纵横交错的天湖鲛链在背心的正中凸勒出一块，上面刺有三个篆体字：“刑天神”。

《古众魔神列传》[1]之“刑天篇”有载：“古之魔神刑天，奇能……手足坚如金，不畏火灼；……与天帝争神，其首断，乃以乳为目，以脐为口，操干戚以舞……其后皆异于人，可以手足取火……”

一个刑天的后人，一个无惧的勇士。

“刑天舞干戚，猛志固常在。同物既无类，化去不复悔。”鲁一弃低声吟诵着，将满腹悲伤顿时化作万千豪气。随着这低诵，天湖鲛链松散开来，重新从铁匠袖口滑出，堆拢成一束。鲁一弃弯腰把它拾起来时，几颗泪珠在手背上溅开。天湖鲛链被放在布包中最妥帖的位置，现在这东西已经已经不单是件奇物，它更是一个朋友生命的寄托和纪念。

他从粗布包中掏出一只玉盒。玉盒带着一股悠悠的寒气、淡淡的毫光，散发出一股清灵洁净的玉泽笼罩住鲁一弃。

“你们是要这个！”他向着裂沟的另一边，声音异常平静。

丛得金看到鲁一弃又掏出个玉盒，惊讶地拉着女人往巨石边紧走几步。他看看鲁一弃手中的玉盒，又看看自己手中的玉盒，茫然而无措。

盲爷和鬼眼三紧紧跟上，停下时，离着丛得金的距离更近了。

---

1 作者为无名氏，从内容上看应该是个群体编著的作品。这是一部文字和图画并存的书籍，也是一部神话故事集，对古代的魔神传说有比较详尽的描述。现在有宋代木刻版存世，是绝好的藏品。

“只要这个在我手上，便不断会有人来抢夺，也便不断会有人会死。”鲁一弃说话时，面容和他的语气一样平静。

就在此时，茫然而无措的丛得金显得有些混乱了，因为他手中的玉盒发出不停地蜂鸣声和轻微撞击声。

“但是我的兄弟亲人不多，不能再死了。现在时间也不多了，你我也都不想死。所以这件事必须立刻了结。”鲁一弃说。

丛得金脑子全是疑问，装宝贝的玉盒到底是自己手上的还是鲁一弃手上的，如果是在鲁一弃手上，那自己手中玉盒里装的什么？

“我肯定不会把宝贝给你们，你们也肯定不会让我把它带走。看来只有把宝贝还留在这里陪伴我死去的兄弟亲人了。”

丛得金不是傻瓜，自己取到玉盒后，没一个援手来接应，反倒是前赴后继地拦截鲁一弃。看来真的藏宝玉盒还是在鲁一弃的手上。可丛得金很不甘心，手上这个玉盒不论从质地、纹理、斑锈、毫光上来看，都是件奇珍，里面装的东西肯定也非常重要。他终于按捺不住好奇心，单手拇指一挑，将玉盒盖子启开条缝，眼睛凑近了往里瞄去。

鲁一弃施展双臂，自然得就像伸了个懒腰。只是他仅剩的左手上托着那只玉盒，并且探出巨石之外。当双臂舒展到极点时，鲁一弃停顿了一下，像是在做一个短暂的思考，但这停顿只是一刹那而已，随即便是决断地翻转手掌，玉盒落下，划过一道淡淡的光，直往下面翻滚的熔浆中投去。

“啊！螟蛉子！三更寒！”丛得金发出一声惊恐地惨叫，刚凑到玉盒前，一个影子便闪入他的眼睛，快得让他以为是错觉，但眼中的疼痛却是那么真切。疼痛从眼睛往脑顶一条直线延伸，他立刻知道自己中的是什么招，毕竟三更寒是他自己门中的扣子。

这只螟蛉子被关在火纹暖玉盒中一个多月，正处于极度饥饿的状态。丛得金带着它靠近熔浆，这种溶壳蜾蠃所产的幼子，被熟悉的熔浆热度和气味唤醒。当进入到肉体活物中后，便直扑大脑，吞嚼脑髓。本来需要几天进行的一个过程，这只螟蛉子转瞬就已完成。

鲁一弃手中的玉盒刚开始落下，对面断壁上两个不知藏于何处的身影激射而出，箭一般地往玉盒落下的轨道截抄过去。

人总是在利益面前失去理智，特别是已经近在眼前的利益。眼看着决定命运的玉盒要就落入熔浆，有人舍弃了一切。

“砰、砰！”两声枪响。

枪声让一个身影省悟，身体在巨石上借力，带着伤，重新箭一般地直射回去；让另一个身影与玉盒一同落入熔浆，翻转了一个火浪，不见了。

开枪的不是鲁一弃，说实话他没有这样快的反应，他现在只剩一只左手了。

那人是一边从石洞口奔出一边开的枪，所以连续两枪射出时控制得没那么好，这才让一个身影逃回。

那是个中年人，白净的脸膛上有两道新鲜的伤口，新鲜得连血都还没有凝固。身上用兽皮缝制的衣服已经破碎褴褛，这和他手中经过改制的步枪以及腰间精美的猎刀极不协调。跟在他身后的是三只獒犬和两头青狼，都是龇牙吐舌，皮破毛乱，看来是刚经历一场厮杀。

鲁一弃没有回头，他知道来的是什么人。从连发的两枪可以知道，从犬吠狼嗥可以知道，从虽不凌厉却连绵厚重的杀气就可以知道。

“唉！来晚了。”看着任火狂滚落在地的头颅，猎神郎天青很是懊丧，也很是无奈，他确实已经尽了全力。

从得金发狂了，他猛撞着石壁，又用小刀扎刺自己，但他始终没有松开女人。女人也像是发狂了，她开始挣扎起来，倒不是急于逃命，而是因为此刻从得金的脸已经变得极其恐怖，五官扭曲、皮开肉绽、鲜血淋淋，她只能在惊惧中奋力地挣扎避让。

“推他下去！”鲁一弃的声音不高，却清晰得让人不会漏掉一个字。

女人很听话地变拉扯为推搪，猛然间将从得金推得连退两步，离着裂沟的边沿只有一步不到了，但是从得金抓住女人的手始终没有放松。

裂沟下熔浆在翻滚，亮丽耀眼，巨大的热浪让人透不过气来。

女人突然间被拉到这样一个境地，惊恐中下意识地伸出了一手，期待救援。

抓住女人手的是盲爷，所有的变化来得太快，已经要溢出来的熔浆突然间迅速下降，而且越降越快。随着熔浆的下降，山体也开始抖动起来，越抖越凶。裂沟两边的山体逐渐合拢，卡在裂沟中的两块巨石也颤抖着发出“吱嘎”的怪叫摇摇欲坠。

盲爷把盲杖狠狠地插入一条裂缝中，他的脚下已经支撑不住了。女人是极力地想往倾斜的石面上爬，可惜她不是练家子，她腿脚间没有那样的劲道。从得金已经踩不住裂沟的边沿了，他完全靠抓住女人肩胛的一只手吊住自己的身体。

鬼眼三小心地稳住自己的身形，用梨形铲撑柱地面，一点点地往女人和从得金那边挪过去。

巨石上站不住了，进退两难的鲁一弃身边快速窜过几只犬和狼，随即一只修长有力的大手抓住他的臂膀，硬拽着他纵身扑到对面的山壁石缝中。

鲁一弃转身想沿着山壁直接攀下去救女人，被郎天青一把拦住。鲁一弃疯狂地挥舞着那只完整的手臂，终于没有挣脱朗天青的控制。

“你疯了吗？这是去送死。”朗天青呵斥道。

抖动更大了，山体崩塌了，大小石块犹如雨下。石缝外面在渐渐变暗，鲁一弃从甬道里努力探出头来，只见裂成两半的山体朝中间倾斜，两边的顶端重新合在一起。

“快！加把劲！”鲁一弃很是着急，他们必须在山体合拢之前将女人拉上来。

“从得金这狗日的勾住沟沿呢！”这情形只有在石缝外面的鬼眼三可以看到，他不由地高声咒骂道。

女人已经可以看到趴在石缝边的鲁一弃了，可是趴着够着根本使不上劲。再说从得金天生大力，既然能拉住了，就不是添鲁一弃这点力量就可以解决的。

上方最后一丝光线消失了，只有裂口沟缝间残余的熔浆还发出暗红的光亮，照得几个人的脸血红血红。

几块大石从女人身边擦过，挟带的风声提醒了女人：“夏叔！你撒手！快撒手！一弃！你快走！再晚就来不及了。”

“老瞎子，放了吧，要不然都没命。”鬼眼三也喊。

“不行！我算过，这女人跟大少连着脉呢！”盲爷冲鬼眼三吼道。

“不能放！不要放！”鲁一弃也在喊。

“不要放！我来！”盲爷和鲁一弃的话让鬼眼三重新作出了抉择，他知道，能解决眼下状况的只有他了。

石面更加倾斜了，上面又有石块不断落下，但是鬼眼三毕竟是移山断岭的高手，知道石面上的纹理走向和软硬点，再加上他是夜眼，光线虽然黯淡他却看得清。他用一把锋利坚固的梨形铲在石壁上一砸一个凹槽，一敲一个低坑，大的可以手抠脚踩，小得也能做铲子的撑点。

眼见着离丛得金只有三四步远了。也就在此时，山体的剧烈抖动变成了下落，一段一段的。所有的人都能感觉到自己和山体一起做着落体运动，就像大地上有张巨口在吞噬着山体。更可怕的是顶端倾斜重合的部分开始坍塌，覆压了下来。

来不及了，鬼眼三只能纵身扑出，梨形铲削断了丛得金的臂膀……

鲁一弃真没有想到从石缝中逃出生天。当然，这幸亏是有猎神的灵犬开道，要是自己走，等饿成人干了都没可能找到出路。

天空中弥漫飞扬着火山尘埃，黑沉沉、雾蒙蒙，看不到一点星光。

这次的火山喷发伴随着地震，而且引爆了硝石洞，从而演变成个巨大的地裂式地震。裂开的山体让山顶狭小的喷口变成大裂沟，熔浆只能在其中流淌漫溢。脆弱的岩层承受不了熔浆的重量坍塌了，山体下陷。这其实就是地质学中不常见的下陷式火山喷发。

地面上已然不见了双膝山、双乳山，取而代之的是一片广阔的丘陵焦土。从方位上估摸，他们应该是从左乳山中出来的，这也应了金宝所藏之位是传说中产恶龙的女子心脏的位置。

就在最后一刻，鬼眼三决然扑下，一铲切断了丛得金的手臂，但自己没能勾住沟沿，只是手臂在沿边上搭了一下，身体一个大幅度的摆晃，然后便跟在丛得金的背后坠入了漆黑无底的深沟，盲爷才得以将女人拉进了石缝。

才从地缝中钻出，女人便坐倒在地号啕大哭，她没想到自己还能活着出来，她更没想到能和自己命中注定的人一同活着出来。

鲁一弃没有哭，他只是跪在地上发出连声的哀号。傅利开没出来，是为了自己能从活尸和火尸蟛追逼中逃脱；任火狂没出来，他以命搏命，是要为自己开出一条道路；鬼眼三也没出来……他不知道此时此刻是该悲哀还是愧疚，庆幸还是骄傲，所以只能无泪地哀号。这哀号，让猎神和盲爷这样的硬汉也不由地暗暗垂泪，让獒犬青狼悚然动容，竟然附和着发出了哀鸣。

许久许久，鲁一弃终于直起身体，双目恢复坚定，面容变得冷峻，用已然有些嘶哑的声音说道："这事还没完。"

一只沾满尘土和血渍的手，指向了西北面。手的主人眼中光彩四射："走！在那儿会有个了结。"

"那是萨哈连江（黑龙江的曾用名）！"猎神答道。

硕野金

一路上郎天青告诉鲁一弃，他原先是一座山头胡子巢中的"炮点子爷（狙击手）"，后来觉得手上血腥重，便拔香头退出山头，一个人在老林子里打猎为生。有次意外被另一山头的对头暗算，抓住后给挂了冰柱[1]。幸亏是铁匠救了他，他为报答铁匠的救命之恩便答应协同铁匠办件大事。他们为这件事一早就筹划了多种方案，做了充分准备，铁匠还给他改了枪。

听到此处，鲁一弃下意识地瞄了一眼猎神的枪。从外表看那也就是支普通的滑膛步枪，但枪管口子边有旋纹，这肯定是铁匠将这枪管内部上了膛线，从而增加子弹飞行的准确性。还有就是后簧仓加长，这样可以加大子弹的推进力，而且枪身的单托把改作双握把，这样经过训练后，左手就可以快速退膛上弹，这也就是为什么猎神可以连发射击的原

1　冬天，把人剥光了绑在柱子上浇水，冻成冰柱。

因。再有就是外扩了弹仓，可以一次压入双倍的子弹。

郎天青说，前些天夜里，铁匠让老女人来通知他，大事儿来了。于是他便按原先的计划暗中尾随，双破三大弩后，他跟踪受伤弩手，变成在前面开道。直到进入峡口后，遭遇到对家的兽王熊山平，这才与铁匠失去联系。

天空中依旧灰尘弥漫，夜色依旧伸手不见五指。

“就在前面了。”话语中听不出鲁一弃此时是什么心情。

“是前面？”猎神有些不大相信，“前面已经是大江的江心，这位置有个最大的拐漩涡子[1]，附近人都管它叫黑龙口，平时无人敢来。”

猎神的话证实了鲁一弃的判断。超常的感觉在灰尘和夜色的掩盖中清晰地搜索到一处气相。这气相的相形极为凶险，翻腾滚卷，冲荡九霄，像漩涡，像怪浪，黑厚浓重，摄魂撼魄……那是凶穴！

看不到大江，江面已经冻结成厚厚的冰；看不到冰面，冰面上覆盖着厚厚的积雪；看不到积雪，积雪上已经飘落一层火山灰。

真的是一处凶穴，如此近距离的火山活动都没能让此处的寒冷环境发生一点变化，就连蕴含热量的火山灰也没能让冰面消融。

远远可以看到在茫茫的冰面上真的有个漩涡，一个晶莹的黑亮漩涡。那是个黑色江水凝结而成的冰漩涡，凸起在冰面上。不高，却显得天工精巧，美妙绝伦。

冰漩涡那里肯定具有某种能量，在这种能量的作用下，不只是鲁一弃，其他的人也都开始感觉到胸闷头疼，肢体麻木。那几只獒犬和青狼也变得烦躁和慌乱，四处乱窜。从漩涡那边散发出的奇异能量如同层层波浪压迫着、冲击着他们，搅乱了他们的思维，迷惑了他们的精神，削弱了他们所有的感官。

鲁一弃昏迷的状态是最严重，但是这种状态到底是丧失了部分思想还是获取了另一层意境，只有他自己能够确定。他的步伐始终是坚定不移地朝着那个冰漩涡移动。

1　江道拐弯的地方，一般都有很急的漩涡，而且由于上流冲击，会让此处江底出现深潭。

从积雪和灰尘中钻出一堆活物拦住了去路。由于大家的觉察力都大幅度削弱了，所以直到相互间已经面对面了，他们才发觉。

拦路的是一群疲惫的狼和一只同样疲惫的巨熊。在狼群的背后还蹲着一个浑身是伤的人，眼中散发的光芒比狼更为兽性。这人是谁？正是郎天青口中的兽王。

猎神和兽王是宿敌，但平常避而不见，现在是门中大事，不容退却，所以先前在山中反复缠斗，几乎两败俱伤。

猎神挺立在最前面，身边围绕着仅剩的三只獒犬和两头青狼，从状态和战斗力上来看，这剩下的五只兽子并不比兽王的那一群狼和一只熊弱多少，又是个势均力敌的局面。

猎神示意女人和盲爷搀扶着鲁一弃从一旁绕过去，自己则将枪端在手里，猎刀衔在嘴里，继续往兽王那边走去。

兽王只是发出一声轻哼就冲了过来。他的手里握着一把虎头铳，这是一把明代东厂火流堂研制的三节铳，可以连续射出三枚狼牙钉。

猎神连哼都没哼，他的嘴里衔着刀。嘴里的猎刀是不能掉的，因为他清楚自己猎枪的弹仓里只剩一颗子弹了，一枪之后，他只能靠这猎刀搏命了。

瞬间，双方的野兽都从萎靡状态变得亢奋，就像是回光返照一般。

铳响了，枪响了，熊在咆哮，狼在怒号，犬在嗥叫，一群活物搅在一起，如同翻滚的浪。

灰尘在飞扬，积雪在飞洒，皮毛四散，血花乱溅。战斗场地上的灰尘不见了，积雪不见了，空出一大块光滑的冰面。冰面上处处殷红，在晶莹的冰面映衬下，分外鲜艳夺目……

鲁一弃来到冰漩涡边，他微眯着双眼，像是睡着了一样。

女人和盲爷都累得虚脱，一下子跌坐在厚厚的雪堆中。反倒是失去魂魄一般的鲁一弃巍然屹立在那里，身形没有一丝的动摇。

许久，鲁一弃伸出手，轻轻地搭在冰漩涡上，轻柔得就像在为闺中的女子搭脉一般。冰漩涡的寒气顺着鲁一弃的手指、手掌、手臂、肩膀、脖子，直冲上脑顶。一个激灵，鲁一弃猛然睁开了双眼。

眼前是漩涡，冰凝成的漩涡；漩涡里还有漩涡，黑水旋成的漩涡。

黑水漩涡又大又深，显得很厚重很粘稠，旋转得也不快，看着就像要凝结住似的。

睁开眼的鲁一弃没在看漩涡，他是在看漩涡的对面。迷离中，他真切地感觉到在那里刚刚出现一件好东西，正散发着灵动腾跃的气息。他认识，这正是“五重灯元汇”中的那件好东西，也曾在他逃离金家寨时，在连绵山林中隐约出现过。此时它散发出的气息更加强盛旺炽，仿佛是以此抵御着些什么。

感觉到的是气息，眼睛看到的是人。很难说清那是个什么样的人，从衣着打扮上看，显得平凡，但从气质风范上看，却是高贵中又不失仙风道骨。高贵是天生的，仙风道骨却必须有多年修炼道法的根底。

好东西在那人背上，不止是有灵动气息，还有淡甜香味。这种香味很特别，让人闻到一次就很难忘记。是蜜蚁奇楠[1]。

蜜蚁奇楠木是不能刨削上漆的，只能做成后在使用中摩擦，让它自然地起色起光，否则就会纹裂芯烂。

那人背负的树干形楠木盒子，远远就能看出已经磨出了玉泽，且起码有了两分水，三分毫。木头能磨出如此润透的玉石光泽，那总要在数千年之上。

在背盒子人的身后，还弓腰跟着个人。这人虽然弓着腰，头却往前伸抬着，那姿势像是个天生驼子。一双眼睛血红血红，单手捻着根红线，指间不住地在打扣解扣，红线的另一头咬在他的左槽牙间，狠狠地，就像从嘴角挤出的一道血线。这人与前面那人截然不同，他身上散发出森森的妖气。

“你做得很妙。”背着奇楠木盒子的人说话了，语气很平静，就像是在和一个挚友、知己交谈。

“顺其自然而已。”鲁一弃不知道该怎么说，但脑海中很自然地蹦

1　一种奇异的楠木，带有甜香味道，一种喜欢偷食蜜汁的蚂蚁常以此楠木为巢居。能以蜜汁为食且不会被蜜汁黏住的蚂蚁，力量和咬嚼力都是很大的，有这种蚂蚁的存在，楠木无法成材，一般手腕粗细便已经遍布蚁穴，万株之中都难得有一根为可用之材。用它做成的器物有极高的密封性，不单是尸气、阴气，像杀气、煞气、血气、毒气等等都能遮掩封闭。

出这样的语句。这也许是出于道家自然之功的好处吧，于是，他将自己的状态放得更加自然些。

“我知道你有理由来这里。”同样平静的语气。

“我自己倒不太清楚，不过现在知道了。”更加自然地回答。

“这地方我找了好一会儿。”

“所以也晚了。”

“不算晚，你还没动手。”

“晚了，不然你不会让我走到这里。”

“很难相信，那小物件真能定得此处凶穴。”

“我也不信，却不得不信。”

“凭什么？感觉吗？”

“也许，还有你们也在逼迫我相信。”

“你真要那样做？”

“是顺其自然。”

“我们再说道说道。”

“等我做完事再说。”

“那，可惜了！”

“难说，也许是万幸。”

说完这句，鲁一弃从怀里掏出件东西。

“我要是过来抢呢？”话说得很是绵柔，就像是在商榷。

“凶穴挡路，不知其凶几何，急切间就不要过来了呀。”鲁一弃同样温和地劝阻，像是在劝阻一个送行的老友。

“那在你动手之前先杀了你！”语气中稍有些凌厉。

鲁一弃笑了，因为这威胁让他知道，自己快赢了。

“蜜蚁奇楠所封之物一般都是千煞之器，其器一出，惊天动地，杀必成。”鲁一弃记得一则叫《上古神遗器鉴》[1]的残帖中有这样的记载，“只是杀了我，你也不一定能拿到这件东西。杀了我，你就再也找不到剩下的天宝。还是一切顺其自然的好。天作主，人作为，你比我聪明，

1　最初应该是图文并茂的作品。手抄版残片中有“千煞器出，杀必成”的文字。

话留到下次再说吧。”

对面的人不再做声，到底是有道行有修为的。只是在思考，在审度，他似乎也意识到自己在什么点子上落了下风，也意识到自己的想法有偏差。

鲁一弃的态度很从容，从容得就像一朵雪花从天上飘落一样。偏偏此时，阴沉的天空有雪花飘旋而下，从鲁一弃眼中飞舞过去。鲁一弃盯着雪花在看，凝视的眼睛牵动面颊、嘴角展现出一个很好看的微笑。在微笑中，手中的东西在漩涡中坠落，比那雪花快多了，却同样自然，自然得像流星从天际划过。

坠下的一刹那，对面两个人的身形都微微颤动了一下，但只是颤动了一下而已。眼睁睁地瞧着梦寐以求、世代追寻的宝贝被投入凶穴，从此再难见踪迹，还依旧能保持住如此的平静和镇定，这份定力也的确世间少有。

投入到漩涡中的东西正是先前盛放玉盒的基座中的一块黑晶，黑色的晶块在漩涡中晃荡了两下，便直沉下去。也就在一瞬间，它的表面上映衬出些金线。金线很是绚丽夺目，而且真正夺目的还不是它的光泽，而是金线构成的内容。

绚丽的金线组成四个极古朴的文字：“硕野流金[1]”。

金色的字一显即逝，却永远地留在了鲁一弃的脑海里，当然也可能永远留在别人的脑海里。鲁一弃抬头看了对面人一眼，对面的人也在看他，四目对视，仿佛神交已久，仿佛心犀相通，一切尽在不言中。

漩涡在完全吞没黑色晶块的同时消失了，水面一下子就平静得如同镜面一般。黑色的江水显得厚重黏稠，没有一点起伏波动。

“咔啦啦”，一连串的爆响，如同是滚滚春雷，只是这春雷由脚下传来，而脚下是大江的冰面，冰封的大江，这样突兀震撼的响动让人不得不为之惊愕胆战。

对面的两个人走了，就在雷声响起的时候从容悠闲地迈步离开。

鲁一弃没有走，甚至连双脚都没有移动一丁点。他只是静静地站

1　传说中大禹治水之后，将土地分成几种用途。其中可耕种收成好的肥沃土地叫“流金地”，“硕野流金”就是封定此类土地的印玺。

着，气定神闲地站着，仿佛忘却了脚下滚雷般的响动。

走了的人几步后又停下，扭头看了鲁一弃眼，那眼光中充满了惊讶和钦佩。于是嘴角一牵一笑，然后用平静、平淡的口吻说了句：“后会有期。”

鲁一弃没有说话，只是报以微笑，直到那两个人消失在风雪中。一片蜿蜒曲折的裂纹，如同蛛网，而且在不断地延伸。裂纹中有黑色的江水涌漫上来，闪烁着粼光，似油，似金。镶嵌在裂纹中，让裂纹看着像闪电，像灵蛇，像黑龙。

大江的冰面碎了，冰封的大江开了。

鲁一弃站立的地方是一块已经被许多道裂纹纵横包围了的大冰块，它的浮力完全能够承载鲁一弃和女人、盲爷三个的重量。

裂纹一直在延伸，不停地延伸。冰面碎裂成浮冰，随着流动的江水，缓缓移动起来，不时相互碰撞，发出隆隆响声，让这条严冬中静谧的大江变得喧嚣异常。

《萨哈连江水志》[1]：“民国年初，江水异常，立冬未久即开凌，却流凌不阻，黑水未淹，江道通畅。”

民间野史有传：“民国初年，黑龙江出现立冬开凌流凌的奇观，世外高人推算，为天下有变，定国定疆、尽驱鞑虏之先兆。”

一块巨大的浮冰往下游缓慢流去，鲁一弃依旧巍然屹立着，他的目光看得很远很远。旁边坐着女人和盲爷，都已经疲惫不堪，默默无声。

江堤上那个背着匣子的人往下游方向紧跟了几步，随即又止住脚步。潇洒飘逸地挥舞了一下衣袖，平静地看着鲁一弃他们越漂越远。

红眼驼子跟上前来，说：“朱少主，西南‘土宝’已有了踪迹。”

1　记录萨哈连江也就是黑龙江的水文变化。但很局限，因为江很长，这江志记录的只是其中一小段的水文变化。不过有好些事情和异象都可以反映当时整条流域的状况，现在依旧作为查考资料。

激发个人成长

多年以来，千千万万有经验的读者，都会定期查看熊猫君家的最新书目，挑选满足自己成长需求的新书。

读客图书以“激发个人成长”为使命，在以下三个方面为您精选优质图书：

1、精神成长

熊猫君家精彩绝伦的小说文库和人文类图书，帮助你成为永远充满梦想、勇气和爱的人！

2、知识结构成长

熊猫君家的历史类、社科类图书，帮助你了解从宇宙诞生、文明演变直至今日世界之形成的方方面面。

3、工作技能成长

熊猫君家的经管类、家教类图书，指引你更好地工作、更有效率地生活，减少人生中的烦恼。

每一本读客图书都轻松好读，精彩绝伦，充满无穷阅读乐趣！

认准读客熊猫

读客所有图书，在书脊、腰封、封底和前后勒口都有“**读客熊猫**”标志。

两步帮你快速找到读客图书

1、找读客熊猫

2、找黑白格子

马上扫二维码，关注“**熊猫君**”

和千万读者一起成长吧！

超级畅销巨著《藏地密码》系列全套

一部关于西藏的百科全书式小说

了解西藏，必读《藏地密码》！

从来没有一本小说，能像《藏地密码》这样，奇迹般地赢得专家、学者、名人、书店、媒体、全球最知名的出版机构以及成千上万普通读者的狂热追捧，《藏地密码》是当下中国数千万“西藏迷”了解西藏的首选读本，也是当下最畅销的华语小说，目前销量已达到惊人的 1000 多万册。

《藏地密码》被广大读者誉为“一部关于西藏的百科全书式小说”。

翻开《藏地密码》，犹如进入一幅从未展开过的西藏千年隐秘历史画卷……从横穿可可西里到深入喜马拉雅雪山深处，从藏獒“紫麒麟传说”到灵獒“海蓝兽传奇”，从宁玛古经秘闻到格萨尔王史诗，从公元 838 年西藏最黑暗时期的“朗达玛禁佛”到 1938 年和 1943 年希特勒两次派人进藏之谜……跟随《藏地密码》的脚步，您将穿越西藏深不可测的千年历史迷雾，看尽西藏绵延万里的雪域高原风光，走遍西藏每一个传说中永不可抵达的神奇秘境。

从《藏地密码》中，您还可以了解到不可思议的古格地下倒悬空寺、西藏极乐之地香格里拉，以及西藏历史上突然消失的无尽佛教珍宝去向之谜……雪山、圣湖、墨脱、象雄、布达拉宫、密修苦僧、传唱艺人、帕巴拉神庙、古藏仪式、千年兽战、神秘戈巴族、死亡西风带……一切都如此神秘、神奇、神圣。通过《藏地密码》，您将与西藏这一千年来所有最最最隐秘的故事和传说逐一相遇。